I0662582

ABSOLUTES VERTRAUEN, ABSOLUTE UNTERWERFUNG

DIE MASTER DER SHADOWLANDS-REIHE

BUCH 9

CHERISE SINCLAIR

VanScoy Publishing Group

Absolutes Vertrauen, absolute Unterwerfung

@ Deutsche Ausgabe: FP Translations; 2023

ISBN: 978-1-947219-51-9

@ Originalausgabe: *Show Me, Baby* by Cherise Sinclair; 2014

Dieses Buch enthält explizite Darstellungen sexueller Handlungen und ist nicht für Leser unter 18 Jahren geeignet!

Lektorat: Christian Popp

ANMERKUNG DER AUTORIN

An meine Leser/Leserinnen,

dieses Buch ist reine Fiktion. Und wie in den meisten Romanen wird die Liebesgeschichte in eine sehr, sehr kurze Zeitspanne hineingepresst.

Ihr, meine Lieben, lebt in der wirklichen Welt. Ihr werdet mehr Zeit brauchen als die Romanfiguren. Gute Doms wachsen nicht auf Bäumen und es gibt ein paar sehr seltsame Menschen dort draußen. Wenn ihr auf der Suche nach eurem eigenen Dom seid, hört auf euer Bauchgefühl und seid bitte vorsichtig.

Und wenn ihr ihn findet, dann nehmt zur Kenntnis, dass er nicht eure Gedanken lesen kann. Ja, so beängstigend das auch sein mag, ihr werdet euch ihm öffnen, mit ihm reden und auch ihm zuhören müssen. Teilt eure Hoffnungen und Ängste miteinander. Erzählt ihm, was ihr euch von ihm wünscht und wovor ihr abgrundtiefe Angst habt. Okay, er wird eure Grenzen etwas austesten – er ist schließlich ein Dom –, aber ihr habt ja euer Safeword. Nicht das Safeword vergessen, okay? Und passt auf euch auf. Verhütet. Vertraut euch einer Person in eurem Freundeskreis an. Teilt euch mit, kommuniziert.

Denkt dran: Safe, sane, consensual. (Sicher, vernünftig, einvernehmlich.)

Ich wünsche mir für euch, dass ihr diese besondere Person findet, die euch liebt, die eure Bedürfnisse versteht und euch im Herzen trägt.

Während ihr nach diesem besonderen Menschen Ausschau haltet, könnt ihr Zeit mit den Shadowlands-Mastern verbringen.

Fühlt euch gedrückt,
Cherise

KAPITEL EINS

„**E**r wird mich feuern", murmelte Rainie Kuras. Lautstark hämmerte der Regen auf das Autodach und übertönte ihre eigenen Worte, als sie durch das eingeschränkte Sichtfeld ihrer Windschutzscheibe spähte. Die Straßen waren mit Wasser überschwemmt – eine spezielle Florida-Falle für Unvorsichtige. Sie blickte zum Himmel auf, wo zweifellos eine ganze Reihe von lästigen Göttern lebte. „Denkt ihr wirklich, ich habe Zeit für so etwas? Echt jetzt?"

Ihr Griff am Lenkrad verbeulte die verblasste blaue Polsterung. Sie durfte nicht zu spät zu ihrer Arbeit bei der Abschleppfirma kommen. Vor allem nicht mehr seit der *reizende* Cory, der idiotische Sohn des Besitzers, letzte Woche das Geschäft übernommen hatte. Was für ein quälender Start ins neue Jahr.

Seitdem war jeder Tag schlimmer als der davor. Ein Elend. Rainies Seufzer klang bitter, sogar in ihren eigenen Ohren.

Aber sie konnte es sich nicht leisten, zu kündigen. Schließlich hatte sie auch ihre letzten Ersparnisse aufgebraucht. Sie bereute es nicht, das Geld ausgegeben zu haben. Miss Lily hatte sich in ihren letzten Momenten wohl gefühlt, bevor sie – wie die

1

zerbrechliche alte Frau den Tod nannte – nachhause gegangen war.

Rainie blinzelte sich Tränen aus den Augen. Warum schien es, als hätte es seit ihrem Tod jeden Tag geregnet? Die Welt trauerte.

Eine Hupe ertönte hinter dem Civic und riss Rainie zurück in die Gegenwart. Nach einem Blick in den Rückspiegel lenkte sie zum Bordstein, um den BMW mit dem Bostoner Nummernschild vorbeiziehen zu lassen. Mit einem Handy in der einen Hand schlug der Fahrer mit der anderen erneut auf die Hupe.

„Vollidiot." Rainie verdrehte die Augen. *Fahr lieber langsamer, Kumpel.*

Das rasende Auto erreichte die überflutete Kreuzung. Natürlich öffnete sich für Moses nicht auf wundersame Weise ein Durchgang. Als das Wasser nach außen spritzte, geriet sein Fahrzeug ins Schleudern.

„Fuß runter vom Gas. Keine Panik", flüsterte Rainie und zuckte innerlich zusammen.

Als die Reifen des Boston-Autos auf Traktion stießen, pendelte das Heck auf die andere Seite. Ein hohes Wimmern war zu hören. Ein braunes Tier wurde an den Bordstein geschleudert. Der BMW fuhr weiter.

Oh nein. Nein, nein, nein! Rainies schwitzige Hände rutschten über das Lenkrad. Sie wusste nicht, wie man Verletzungen heilte; vor allem galt das für Kreaturen, die nicht menschlich waren. *Beweg dich, Hund. Bitte beweg dich.* Der kleine Körper lag regungslos da.

Gott, bitte, bitte, bitte, lass es dem Hund gut gehen. Vorsichtig fuhr sie über die überflutete Kreuzung, schaltete die Warnblinker ein und sprang aus dem Auto. Der starke Regen klatschte ihre Haare an ihre Kopfhaut und durchnässte ihr Kostüm.

Sie blinzelte durch feuchte Wimpern und sah, dass der Hund atmete. „Oh Gott, du Ärmster." Mit seinem verfilzten Fell war der Hund nicht viel größer als eine Katze. Verängstigt. Winselnd. Zitternd.

„Ich bin wirklich nicht gut mit Tieren." Wie sollte sie auch? Sie hatte immer in Wohnungen gelebt und noch nie ein Haustier besessen. Unbeholfen ging sie in die Hocke und schaute nach Blut und Knochenbrüchen.

Sie schob das Fell beiseite und blickte finster auf das Blut, das aus seiner Schulter sickerte, während sie versuchte, ihre Stimme ruhig und gelassen zu halten. „Jessicas Katze mag mich. Hilft das? Soll ich mir von ihrem Haustier ein Empfehlungsschreiben ausstellen lassen?"

Der Schwanz des Hundes schlug einmal gegen den Bürgersteig.

„Ich muss dich zu einem Tierarzt bringen." Sie konnte nicht wirklich feststellen, ob etwas nicht stimmte – schon gar nicht im strömenden Regen. „Okay, mein Kleiner, wenn du keine ärztliche Untersuchung willst, musst du mir sagen, dass es dir gut geht. Kannst du – kannst du aufstehen?" Tränen verwischten ihre Sicht. *Stirb nicht, kleiner Hund. Bitte nicht.*

Er wimmerte, sah sie aus schmerzerfüllten, dunkelbraunen Augen an und besiegelte so ihr Schicksal.

Erschöpfung lastete schwer auf Jake Sheffields Schultern, als er auf den unmöglichen Dienstplan starrte ... und über die Vorzüge des Mordens nachdachte. Mit seinem Geschäftspartner Saxon würde er anfangen. Schließlich hatte er es gewagt, für einen Tauchurlaub auf die Insel Cozumel zu verschwinden.

Nachdem er den Körper seines besten Freundes entsorgt hatte, müsste er die sogenannte Rezeptionistin der Tierarztpraxis exekutieren. Ja, auf jeden Fall – Lynette musste sterben. Er studierte den Plan eine Sekunde länger.

Oder vielleicht sollte er sich einfach selbst umbringen.

„Seit einem Monat weißt du von Saxs Urlaub und trotzdem hast du ihm noch OPs reingelegt?", fragte Jake leise. Er war einunddreißig, ein Tierarzt und seit dem ersten Unijahr auch ein Dom; er hatte also reichlich Übung darin, seine Wut zu drosseln.

„Ich habe eine ganze Reihe von Terminen. Sax ist nicht hier. Wer genau soll diese Operationen durchführen, Lynette?" Die ersten Termine würden in wenigen Minuten eintreffen.

„Ich ... schätze, ich habe es vermasselt, was?" Lynettes blaue Augen schimmerten vor Tränen.

Das hatte auf ihn keine Wirkung. Im Kerker weinten Frauen jedes Wochenende. Er hatte mehr als ein paar Subs zum Schluchzen gebracht. Mit Absicht.

Lynette könnte sich die Mühe sparen, das Salzwasser aus ihren Augen zu pressen.

Jetzt verstand er allerdings, warum Saxon das Gefühl gehabt hatte, Lynette einen Job geben zu müssen – und warum ihr einziges Arbeitszeugnis so unverbindlich gewesen war. Weil sie nicht buchstabieren konnte, Anordnungen vergaß und Nachrichten nur zerstückelt weitergab. Selbst grundlegende Aufgaben an der Rezeption waren zu viel für sie. Die schlanke Blondine war ungefähr so nützlich wie Daumenkrallen an einem Chihuahua.

Das war das letzte Mal, dass er Saxon bat, eine freie Stelle zu besetzen.

„Ja. Du hast es vermasselt", sagte Jake gleichmäßig. „Setz dich ans Telefon und verschiebe einige der Termine auf Ende der Woche." Sie arbeiteten mit einem Ersatztierarzt, der hoffentlich bereit war, so kurzfristig einzuspringen. Oder vielleicht könnte er –

Die Eingangstür zur Praxis zischte auf.

Jake hob den Blick und seine Stimmung hellte sich auf. Die Frau auf der Türschwelle war Rainie, eine Sub aus seinem und Saxons BDSM-Club, dem Shadowlands. „Komm rein."

Als er und Saxon vor über zwei Jahren die Praxis eröffnet hatten, waren sie überrascht und erfreut gewesen, dass der Besitzer des Clubs ihnen seine Katze anvertraut hatte. Seither brachten viele der Shadowlands-Mitglieder ihre Haustiere in die Praxis.

Wenn man bedachte, wie die Auszubildende ihm im Club aus dem Weg ging, war ihre Anwesenheit hier auch eine Überraschung.

Und er hatte sie noch nie in Straßenkleidung gesehen, geschweige denn in einem Kostüm. Ihr braunes Haar war in einer komplizierten Spirale in ihrem Nacken festgesteckt. Selbst durchnässt und mit Schlamm beschmutzt sah sie fantastisch aus. Saxon hatte einmal gesagt, sie könnte als Model für Curvy-Mode arbeiten. Sie war kurvenreich und wunderschön. Und das war nur ein kleiner Teil dessen, was ihren Reiz ausmachte.

„Ich weiß nicht, was ich machen soll." Ihre Stimme, die gezwungen vorsichtig klang, konnte die zugrunde liegende Panik nicht verbergen. Die um das Tier gewickelte Decke zeigte einen größer werdenden Blutfleck.

„Sie hat keinen Termin", zischte die Rezeptionistin. Er ignorierte sie und wies Rainie zu einem Untersuchungsraum.

Nachdem Rainie das Tier auf den Edelstahltisch gelegt hatte, packte Jake das Bündel vorsichtig aus.

Dunkelbraune Augen, gewelltes schmutziges Fell. Ein kleiner Hund mit einem ebenso kleinen Knurren.

„Beißt er?", fragte Jake.

„Ähm ..."

„Schon gut." Sie wusste es vielleicht nicht, vor allem, wenn ihr Haustier vorher nicht ernsthaft verletzt worden war. Jake würde einfach vorsichtig sein – so wie immer. Nichts schien gebrochen zu sein. Wachsam, Augen leicht glasig – wahrscheinlich hatte er Schmerzen. Schnelle Atmung. Woher kam das Blut? „Was ist passiert?"

„Ein Auto. In der Nähe von Highway 19." Ihre großen, haselnussbraunen Augen funkelten vor Wut. „Der Fahrer hat nicht einmal angehalten."

„Passiert öfter, als man denkt." Jake bewegte sich langsam und erlaubte dem Hund, sich an seinen Geruch zu gewöhnen. Ein kurzer Blick und er ermittelte das Geschlecht. „Ganz ruhig, Junge. Ich sehe, dass es dir nicht gut geht, also werden wir es vorsichtig angehen. Du bist ein guter Hund. Deine Mama kann sehr stolz sein."

Unter dem kontrollierten Rhythmus seiner Worte entspannte sich Rainie. Dr. Jake Sheffields sanfter Bariton projizierte völliges Selbstvertrauen. Dass er da war, um zu helfen. Dass er helfen *konnte*.

Sie beobachtete ihn einen Moment lang. Einige der Shadowlands-Master hatten die sperrige Muskulatur von Powerliftern. Nicht Master Jake. Er war über einen Meter achtzig groß, mit einem schlanken, muskulösen Körperbau. Aber nicht zu schlank. Die Schultern unter seinem weißen Poloshirt waren breit und die Ärmel legten sich eng um seinen steinharten Bizeps. Der Mann war umwerfend schön, mit den gemeißelten Gesichtszügen eines Models. Stoppel bedeckten seinen Kiefer, was ihn gefährlich aussehen ließ.

Jeder Instinkt sagte ihr, die Flucht zu ergreifen.

Mit einem heißen Kerl konnte sie umgehen. Nur nicht mit diesem. Das erste Mal, als sie Jake gesehen hatte, war vor über einem Jahrzehnt gewesen, und sie hatte ihn so lange angestarrt, dass sich ihre Schulkameraden über sie lustig gemacht hatten. Und ... ihr ganzes Leben war an diesem Tag wegen ihm den Bach runtergegangen.

Na ja, nicht seine Schuld, nicht wirklich; schließlich hatte er damals keine Ahnung gehabt, dass sie überhaupt existierte.

Ehrlich gesagt, war er auch nicht ihre erste Wahl für einen Tierarzt gewesen. Aber am Telefon hatte Linda darauf bestanden, dass Jake der beste Tierarzt in der Gegend sei. Master Sam, Master Marcus und auch Master Z brachten ihre Haustiere in seine Praxis.

Vielleicht hatte Linda Recht. Dr. Sheffield schien sehr kompetent zu sein und überprüfte sorgfältig jeden Zentimeter des kleinen Hundes, während er beruhigend auf ihn einredete. Das Fellknäuel zitterte mittlerweile auch nicht mehr so stark.

Dann berührte Jake eine schmerzhafte Stelle und der Hund winselte.

„Verdammt." Rainie funkelte ihn wütend an. „Wenn du ihm noch einmal weh tust, werde ich dich treten."

Die Lachfalten neben seinen Augen vertieften sich. Seine warme Hand schloss sich um ihre. „Lass mich dort nachsehen. Nur für eine Minute."

Rainie erkannte, dass ihre Finger auf dem Nacken des Hundes lagen. Sie hatte versucht, das arme Ding zu trösten, auch wenn sie keine Ahnung hatte, was sie tat. „Richtig, okay, tut mir leid." Sie trat zurück.

Der Hund kratzte mit den Pfoten über den Metalltisch und versuchte, auf die Beine zu kommen.

„Komm wieder her." Jakes Stimme hatte den Tonfall eines Befehls angenommen. Zu dem Hund sagte er sanft: „Ganz ruhig, Junge. Sie geht nirgendwo hin. Siehst du? Alles gut."

Überrascht nahm Rainie wieder ihren Platz ein. Als Jake ihre Hand auf die Schulter des Hundes legte, entspannte sich der kleine Körper. Augen in der Farbe dunkler Schokolade beobachteten sie ängstlich. Hatte der winzige Hund Angst, dass sie verschwinden könnte?

Sie konnte den Ruck spüren, als ob sich zwischen ihren Herzen eine Schnur strammzog.

„Na siehst du, kleiner Kerl. Sie liebt dich." Als Jake den Bauch des Hundes abtastete, zogen sich seine Augenbrauen zusammen. „Hat er in letzter Zeit genug gegessen? Er ist besorgniserregend untergewichtig. Und voller Läuse. Lebst du auf dem Land?"

„Was?" Sie massierte das nasse Fell und spürte, wie verkrustet es von dem Schlamm und dem Blut war. „Er gehört nicht mir –

ich meine, ich habe ihn aufgehoben, nachdem er von dem Boston-Arschloch angefahren wurde."

„Ist Boston dein fester Freund?"

„Gott, nein. Nur ein Auto vor mir mit Bostoner Kennzeichen. Ich bin nur die Person, die danach entschieden hat, Schadensbegrenzung zu betreiben." Apropos, Schadensbegrenzung, sie war total am Arsch. „Oh Gott, ich muss zur Arbeit."

Als sie auf ihre Uhr schaute, sank ihr Herz. Sie war verdammt spät dran. Und ihr schickes Kostüm war nass und schmutzig und mit Hundefell bedeckt. „Ich muss los. Sonst werde ich gefeuert."

„Ich verstehe." Jakes dunkelbraunes Haar fiel ihm in die Stirn, als er sie mit grünen Augen in der Farbe von Blättern im Hochsommer beobachtete. „Ich glaube nicht, dass irgendwelche Knochen gebrochen sind, aber ich würde gerne ein paar Röntgenaufnahmen machen und nach inneren Verletzungen suchen. Du kannst ihn heute Abend auf dem Weg nachhause abholen."

„Ihn abholen? Aber er ist nicht mein Hund."

„Das ist gut möglich. Einer unserer Angestellten wird prüfen, ob jemand nach ihm sucht." Er streichelte mit der Hand über die Seite des Hundes und glättete das lockige Fell. Rainie konnte die Aushöhlung unter den Rippen sehen. „Ich würde sagen, er lebt auf der Straße. Möglich, dass er irgendwann ausgesetzt wurde."

„Ein kleiner Hund? Ausgesetzt?" Das war furchtbar. Wieder fühlte sie zu dem Tier eine Verbindung. Sie wusste, wie es sich anfühlte, verlassen zu werden. Allein und ungewollt. Auf der Straße. „Armes Baby." Sanft kraulte sie ihm hinter den Ohren und hörte sein leises ... dankbares Wimmern. Und sie dächte, auch Sehnsucht herauszuhören.

Oh Gott, was dachte sie sich nur dabei? Sie zog die Augenbrauen zusammen und sah Jake finster an. „Du wirst mich nicht dazu bringen, diesen Hund zu behalten. Haustiere sind nicht mein Ding."

„Dinge ändern sich, Sub", sagte er so leise, dass nur sie ihn hören konnte. Einen selbstbewussten Dom belustigt zu sehen, ließ sie erschauern. Seine Stimme kehrte auf ein normales Niveau zurück. „Du holst den Hund heute Abend ab, und ich werde dir nichts für seine Behandlung in Rechnung stellen."

Ihre Kinnlade klappte herunter. *In Rechnung stellen?* Aber ... aber... Dieser Tag wurde immer schlimmer. Sie hatte nicht einmal über eine Tierarztrechnung nachgedacht, und vom professionellen Erscheinungsbild der Praxis wäre es sicherlich kein billiger Besuch.

Aber um fair zu bleiben: So verdiente Jake seinen Lebensunterhalt.

Leider hatte sie nicht das Geld für einen Tierarztbesuch. Wenn er sich allerdings kostenlos um den kleinen Hund kümmern würde ...

Im Gegenzug müsste sie sich darum kümmern, dem kleinen Kerl ein gutes Zuhause zu finden. Sie drückte die Schultern durch und warf ihm den eisigsten Blick zu, den sie meistern konnte. „Okay. Ich werde gegen halb fünf zurückkommen."

„Mmmhmm." Seine ernsten Lippen formten sich zu einem schiefen Grinsen. „Dann bis später."

Eine halbe Stunde später brüllte Rainies neuer Chef sie an: „Glaubst du wirklich, dass du hier arbeiten kannst, wenn du so aussiehst, als hättest du dich von jedem Truckfahrer an der Sammelstelle durchnehmen lassen? Du hast dich nicht verändert, oder?"

Ihr Kiefer spannte sich bei der hässlichen Anspielung auf ihre Teenagerzeit an, aber sie würdigte seine Beleidigung nicht mit einer Antwort und prüfte stattdessen ihr ruiniertes Kostüm. „Ein Hund wurde von einem Auto angefahren. Ich habe ihn zum Tierarzt gebracht."

„Schön, zu wissen, dass du Prioritäten hast", sagte er. „Es ist eine Schande, dass dein Job nicht auf dieser Liste zu stehen scheint."

„Hör zu, ich –"

„Nein, du hörst zu." Er kam zu ihr, stellte sich nah genug vor sie, dass nicht mehr viel fehlte, bevor ihre Brüste mit seinem Oberkörper in Kontakt kämen. „Wenn du weiter hier arbeiten willst, verlange ich mehr von dir. Alles."

Sie wusste, was er damit andeutete – dass er mehr von ihr wollte als Büroarbeit. Ekel hatte seinen eigenen Geschmack – einen faulen. „Ich arbeite härter als jeder andere, den du für diesen Job finden würdest. Deshalb hat mich dein Vater zum General Manager gemacht."

Und Cory hatte noch nie in seinem Leben hart gearbeitet.

„Und jetzt entschuldige mich. Ich muss mit der Gehaltsabrechnung beginnen." Sie lief an ihm vorbei und ging zu ihrem Schreibtisch.

Das Telefon klingelte. Rainie sah in die Richtung, aber wie erwartet, hatte Mrs. Fitzhugh die Dinge unter Kontrolle. Nachdem sie ein Abschleppfahrzeug losgeschickt hatte, schenkte die grauhaarige Frau Rainie ihr gewohntes Guten-Morgen-Lächeln und wandte sich dann wieder ihren Aufgaben zu. Sie war kein Plappermaul.

Und Gott sei Dank war sie hier.

Seit Cory übernommen hatte, gab Rainie alles, um niemals mit ihm allein im Büro zu sein. Er wäre wahrscheinlich nicht dumm genug, sich ihr auf diese Weise zu nähern. Leider hatte sie früh in ihrem Leben erkennen müssen, wie ein Ständer jede Zelle im Gehirn eines Mannes abschalten konnte.

Und obwohl der Besitzer des Unternehmens, Bart, sie mochte, war er nicht hier, und sie wusste nicht, ob er sich bei seinem eigenen Sohn auf ihre Seite stellen würde. Er dachte, sein Junge sei unbefleckt und wundervoll.

Ein Donnerschlag erschütterte das Gebäude, als der Regen gegen die Betonwände schlug. Ein Abschleppkran fuhr an den

Fenstern vorbei. Der Totalschaden eines brandneuen Pick-ups auf dem Anhänger war eine Erinnerung daran, dass das Leben flüchtig sein konnte.

Seit dem Grundstudium arbeitete sie schon für *Thompson Towing and Recovery*. Offenbar hatte sie in den letzten Jahren verdrängt, dass nichts ewig andauerte.

Nicht, dass sie jetzt, wo sie ihren MBA hatte, vorhatte zu bleiben. Nein, sie wollte die Tampa/St. Pete-Gegend verlassen. Sie wollte St. Pete – und ihren White-Trash-Hintergrund – weit hinter sich lassen. Sie würde sich in einem anderen Staat niederlassen, sich ein etabliertes, angesehenes Unternehmen suchen und eine Position einnehmen, die Bewunderung und Respekt mit sich brachte.

Aber Miss Lilys Krankheit hatte Rainies Ersparnisse ausgelöscht, und ein Umzug erforderte Geld. Bis ihr Mietvertrag Mitte Februar auslief, sollte sie genug Geld für einen Umzug zusammen haben.

Bei dem Chaos auf ihrem Schreibtisch stoppte Rainie. Sie wandte sich an Cory. „Was hast du an meinem Schreibtisch gemacht?"

Er grinste. „Nach einem Ordner gesucht."

Rainie entließ ein leises Knurren. Ihre persönliche Schublade stand offen, und er hatte ihre Sachen durchforstet – Make-up, Pfefferminzbonbons und sogar Tampons. Das Gefühl des Verrats war allgegenwärtig. Leider war dies nach ihren Jahren in Pflegefamilien kein unbekanntes Gefühl.

Cory war so ein Bastard. Ihr Kiefer spannte sich an, sodass sie ihm ihre Wut nicht an den Kopf schleuderte.

Bart war ein ehrlicher, guter Mann, so wie auch die Fahrer, die er anstellte. Sein Sohn jedoch gehörte eher in die Kategorie *Außen hui, innen pfui*. Noch nie in seinem Leben hatte er es in einem Job länger als ein paar Monate ausgehalten. Dennoch war Bart überzeugt, dass Cory das Unternehmen leiten konnte. *Eltern können so blind sein.*

Als gutaussehender Dreißigjähriger mit sorgfältig gestyltem, goldenem Haar, einem sonnengebräunten Teint und blauen Augen dachte Cory, dass er, wenn er etwas wollte, es auch haben sollte.

Und dann deutete er an, sie hätte sich nicht verändert. Sie schnaubte. Er war es, der sich nicht verändert hatte. Mit sechzehn war sie von ihrer Pflegefamilie weggelaufen und von einem Drogendealer aufgenommen wurden. Cory war aufgetaucht, um Koks für eine Studentenparty zu kaufen ... und hatte dann versucht, auch sie zu kaufen. Für einen Quickie. Als Shiz sich weigerte, hatte Cory den großen Macker markiert und ... es bereut. Sie hatten die Scheiße aus ihm rausgeprügelt. Und ihn anschließend in eine Mülltonne geworfen.

Eine furchtbare Nacht. Eine furchtbare Erinnerung. Rainie schüttelte den Kopf und räumte ihre persönliche Schublade auf. Kurz nachdem Bart sie eingestellt hatte, war sie Cory nach langer Zeit wieder begegnet – aber er hatte klugerweise so getan, als würde er sie nicht kennen. Sie hatte den Gefallen erwidert. Es bewies jedoch, dass St. Petersburg in Florida einfach zu klein war.

Jetzt war Cory ihr Chef, und sein Vater war in Europa. Was für ein Albtraum.

Gestern, als Mrs. Fitzhugh ihre Mittagspause hatte, war Cory zu Rainie ins Büro geschlichen und hatte sie begrapscht. Sie hatte ihn empört von sich gestoßen. Das hatte ihn so sehr überrascht, dass er über einen Stuhl gestolpert war.

Rainie lächelte. Sicher, sie gab sich einem Dom hin, wenn sie ihn mochte, aber wenn es darum ging, sich vor Schleimbeuteln zu schützen? In dem Fall hatte sie keine einzige unterwürfige Zelle in ihrem Körper. Als sie mit dem Aufräumen fertig wurde und den Kopf hob, entdeckte sie, wie Cory sie anstarrte.

„Hast du nach einem bestimmten Ordner gesucht?", fragte sie. Ihr Schreibtisch enthielt alle ihre aktuellen Projekte. Und davon gab es viele. Sie brachte das Gelernte aus dem Studium zum Einsatz, indem sie die Gehaltsabrechnung, die Terminplanung und die Werbung für das Unternehmen übernahm. Im letzten

Monat hatte sie sich sogar an das undurchsichtige Thema der Versicherungen gewagt. *Gott*, sie liebte es, mit der Vielzahl von Aufgaben zu jonglieren, und so hatte Bart nicht lange gezögert, sie zur Managerin ernannt und ihr die Zügel in die Hand gedrückt.

Leider leitete Cory jetzt die Firma.

Mit roten Wangen stellte sich Cory neben ihren Schreibtisch und rückte ihr auf die Pelle. Dann knallte eine Aktenschublade so laut zu, dass es an einen Donnerschlag erinnerte, und er erkannte, dass Mrs. Fitzhugh ihn beobachtete. Er trat einen Schritt zurück. „Ich werde mich in diesem Monat um die Fahrpläne der Angestellten kümmern."

Hoffentlich würde er es nicht zu sehr vermasseln. Rainie schenkte ihm ein höfliches Lächeln. „Wie nett." Ausgehend von seinen Referenzen hätte er genug von dem Unternehmen, noch bevor sie kündigte. *Hab Geduld.*

„Hier sind die Anfragen für freie Tage." Sie gab ihm den richtigen Ordner und konnte nicht widerstehen hinzuzufügen: „Der Plan ist am Montag fällig."

Cory machte ein Geräusch wie eine Maus, die von einem Golfwagen überfahren wurde. Einfach herrlich. Er erholte sich jedoch schnell, lehnte sich vor und flüsterte: „Vielleicht solltest du dir überlegen, freundlicher zu sein. Natürlich nur, wenn du diesen Job behalten willst."

„Ich muss nicht freundlicher sein, um die Steuern, die Werbung, die Software oder die Gehaltsabrechnung zu verwalten", versicherte sie ihm in einem professionellen Ton. „Und da sich die Fahrer gereizt zeigen, wenn sie nicht pünktlich bezahlt werden, sollte ich damit besser anfangen."

Sein Blick fegte über sie und verweilte auf ihren Brüsten.

Nach dem Regen war ihre Bluse nahezu durchsichtig. Der perverse Sack. Sie wandte sich ab, knöpfte ihren Blazer zu und öffnete dann die Gehaltsliste auf ihrem Monitor. Endlich ... ging er auf Abstand.

Erleichtert atmete sie aus. *Gott*, wie lange könnte sie ihn noch ertragen? Aber er würde nichts tun. Schließlich konnte er den Laden nicht ohne sie führen.

Und sie konnte nicht gehen. Die Miete war fällig. Ihre Ersparnisse waren weg. Sie brauchte diesen Job.

KAPITEL ZWEI

Von Sorgen geplagt betrat Jake den Hauptraum des noch ruhigen BDSM-Clubs, dem Shadowlands. Die Klimaanlage des Anwesens kämpfte gegen die Abendhitze und die Luftfeuchtigkeit trug zu seiner Müdigkeit bei.

Ziemlich traurig, Jahrzehnte älter als ein Zweijähriger zu sein und sich nach einem Nickerchen zu sehnen. Durch den verkorksten Dienstplan der Praxis hatte er die ganze Woche Zwölf-Stunden-Schichten geschoben. Und sein letzter flauschiger Patient heute war ... deprimierend gewesen.

An der langen, ovalen Bar in der Mitte des Raumes mischten Cullen und seine Sub Andrea Krüge mit Getränken.

Jake beobachtete den Verlauf der Wassertropfen, die von der Kondensation auf der Außenseite des Glases herrührten. So wie er sich fühlte, wäre ein Drink befriedigender als eine Session. Er rutschte auf einen Barhocker und fragte: „Du fügst Wodka zu einem Energydrink hinzu?"

„Der Drink des Abends für die Glow-Party." Cullen grinste. „Die Flüssigkeit leuchtet unter dem Schwarzlicht." Er tippte auf das weiße T-Shirt, das seine massive Brust bedeckte. „Und so wird auch das T-Shirt. Die Leute müssen in der Lage sein, den Barkeeper zu finden."

„Tut mir leid, dass ich dir das sagen muss, aber bei deiner hübschen Sub wird niemand nach dir suchen", bemerkte Jake.

Andrea trug Shorts und ein weißes Top, das ihre vollen Brüste kaum zu bedecken vermochte. Die Shorts spannten sich erregend über ihren runden Arsch.

„Das ist wahr", sagte Cullen zustimmend. „Sie ist wunderschön, oder?"

Bei dem bereitwilligen Kompliment ihres Masters erhellte sich Andreas Gesicht, als hätte es die Sonne in den Club geschafft.

„Z hat sich bereits gewundert, wo du bleibst." Cullen gab ein paar Tropfen blaue Lebensmittelfarbe in einen Krug. „Du hast das Briefing für die Master verpasst."

„Ich hatte eine Notoperation." Jakes Magen zog sich zusammen. „Ein Welpe jagte einer Katze auf den Highway hinterher. Der Fahrer des Autos versuchte anzuhalten. Die Katze kam auf der anderen Seite an. Der Hund nicht."

Andrea drehte sich mit einem betroffenen Blick zu ihm. „Geht es dem Welpen gut?"

„Sein Hinterbein ist gebrochen und er hat innere Verletzungen." Jake seufzte und fuhr mit den Fingern durch seine Haare. „Er kommt vielleicht durch." *Vielleicht auch nicht.* Das Frauchen war in Tränen aufgelöst gewesen, und auch bei dem Mann hatte nicht viel gefehlt.

„Zumindest warst du es, der sich dem Hund angenommen hat." Andrea tätschelte seine Hand.

Jake drückte die Schultern durch. Er konnte mit Mitgefühl nicht gut umgehen. Ein Dom sollte Subs trösten, nicht umgekehrt.

Offensichtlich hatte ihn seine Erschöpfung – nach den Worten seines BDSM-Mentors – zu einem Schwächling gemacht. Selbst in seinen Sechzigern hatte der Gunnery Sergeant nie

Müdigkeit zugegeben. Schon gar nicht hätte er seine Trauer über ein verletztes Haustier in der Öffentlichkeit zum Ausdruck gebracht.

Andrea stellte eine Flasche Wasser vor ihn. „Wenn du operiert hast, hattest du wahrscheinlich bisher kein Abendessen, oder?" Als erfahrene Sub konnte sie die Antwort von seinem Gesicht ablesen. „Das dachte ich mir."

Sie sah zu ihrem Master und er nickte, sodass sie zur Snack-Ecke aufbrach.

Mit großer Anstrengung unterdrückte Jake eine Welle der Einsamkeit. Mit Heather im letzten Jahr hatte er ein Level an Intimität erreicht, sodass sie kommunizieren konnten, ohne auch nur ein Wort zu äußern. Als sie ihn wegen ihrer Karriere verlassen hatte, musste er sich fragen, wie gut die Kommunikation tatsächlich gewesen war. Sie war so schnell aus seinem Leben verschwunden, dass er manchmal das Gefühl hatte, er könnte immer noch die Tür hören, mit der sie das Ende eingeleitet hatte.

Na ja, Lektion gelernt. Er würde beim nächsten Mal vorsichtiger sein.

„Um was ging es in dem Briefing?", fragte er Cullen.

„Die Schwarzlichter bleiben die ganze Nacht an, und Z schlägt Lichtsessions vor. Die Themenräume haben eine normale Beleuchtung für die Mitglieder, die härtere Sessions geplant haben. Er hat auch einige spezielle Flogger und Paddels."

„Was ist das Besondere an ihnen?"

Cullen schnaubte, als er Tonic Water mit Saft mischte. „Sie wurden mit Neonfarbe besprüht. Sollte für interessante Sessions sorgen." Er zeigte auf die Tische mit den weißen Decken. „Es wird auch Leuchtfarbe bereitgestellt. Subs sollen von Doms bemalt werden – selbst dürfen sie es nicht tun. Die Auszubildenden wurden angewiesen, schwarze Unterwäsche zu tragen."

Sub-Malerei. Leuchtende Flogger. „Klingt nach viel Spaß."

„Tut es. Das Problem ist nur, dass es uns heute Abend an Mastern mangelt. Dan macht Urlaub mit Kari und dem Baby.

Marcus sitzt im Gericht fest und wartet auf ein Urteil der Geschworenen. Raoul ist in Panama auf einer Baustelle." Cullen wischte die wenigen Tropfen weg, die daneben gegangen waren.

„Brauchst du einen weiteren Kerkeraufseher?" Er war nicht eingeplant, aber eine zusätzliche Schicht störte ihn nicht. Er würde einfach von einem faulen Abend zu einem aktiven umschalten.

„Ja." Cullen legte eine goldbesetzte, schwarze Weste aus Leder auf die Bar. „Wenn du den Hauptraum jetzt und dann erneut um Mitternacht für eine Stunde im Blick halten könntest, wäre ich dir dankbar. Heute Abend gibt es keinen Ausbilder, also passen wir alle auf die Azubis auf."

„Verstanden." Mit nur noch drei Auszubildenden war es kein Problem, hin und wieder nach ihnen zu sehen.

Als Z das Programm für die Subs ins Leben gerufen hatte, die das Bedürfnis hatten, sich tiefer in den Lifestyle vorzuwagen, waren die meisten Master und Mistresses im Shadowlands noch Single gewesen. Da im Moment nur Mistress Anne, Holt und er selbst ledig waren, kam das Programm zu einem Ende, sobald die letzte Auszubildende einen Dom gefunden hatte. „Hat Z etwas dazu gesagt, woran die Azubis heute arbeiten sollen?"

„Nein. Der heutige Abend ist für Spaß und leichtes Play gedacht. Sie sollen sogar ihre eigenen Sessions verhandeln. Ein bisschen Übung schadet nicht."

Jake zog sich die Weste an und sagte belustigt: „Da Z eine Glucke ist, bittet er uns trotzdem, nach ihnen zu sehen, oder?"

„Bingo."

„Bitte sehr, Master Jake." Andrea stellte einen kleinen Teller mit Fingerfood vor ihm hin. „Das sollte deinen Ofen für eine Weile befeuern."

Cullen kann sich verdammt glücklich schätzen. „Danke, Sub."

Die aufrichtige Dankbarkeit in seiner Stimme brachte sie zum Lächeln.

Er steckte sich eine Mini-Quiche in den Mund und überlegte, nach was er als nächstes greifen sollte.

„Master Cullen, ich bin hier." Die sanfte, melodische Stimme klang nicht weit entfernt.

Jake drehte den Kopf und entdeckte Rainie direkt neben sich – eine wunderschöne, kurvenreiche Frau um die einen Meter siebzig. Nicht zu klein, nicht zu groß.

Ganz im Gegensatz zu Beginn der Woche, als sie den verletzten Hund zu ihm gebracht hatte, war sie heute nicht konservativ gekleidet. Lederfesseln um die Handgelenke, ein schwarzer Neckholder-BH und ein kaum vorhandener schwarzer Rock. Wie eine Explosion aus Licht, Farbe und Weichheit! Dazu schulterlanges, braunes Haar, das mit leuchtendem Gold und Rot durchzogen war. Nicht zu vergessen die Wasser- und Blütentattoos, die neben ihrer Wirbelsäule über eine Schulter nach oben und zwischen ihren prächtigen Brüsten nach unten flossen.

Cullen schenkte ihr ein Glas Saft ein und reichte es ihr. „Schön, dich hier zu haben, Sub. Hast du Cookies für die Snack-Ecke mitgebracht?"

„Sie liegen schon dort, Sir. Um genau zu sein, habe ich Karis Rezept benutzt."

„Perfekt. Die Caterer sind gut, aber ihre Süßigkeiten schmecken nie wie selbstgemacht."

„Hallo, Rainie", sagte Jake und beobachtete sie genau. Würde sie ihn in Anbetracht dessen, dass sie den Hund zu ihm gebracht hatte, immer noch meiden?

„Master Jake." Sie ging einen Schritt von ihm auf Abstand. Dann fiel ihr Blick auf den Teller vor ihm. Sie runzelte die Stirn. „Ich dachte, du magst keine Krabbenküchlein."

„Das tue ich nicht, aber –"

Sie nahm den Mini-Krabbenkuchen von seinem Teller und ersetzte ihn mit dem Chocolate-Chip-Cookie, mit dem sie zur Bar gekommen war. Als sie zu ihm aufblickte, waren ihre grünbraunen Augen im schwachen Licht des Raumes mehr braun als grün. „Ich wette, den wirst du mehr genießen."

Ein Cookie. Sein Tag hellte sich doch noch auf. „Ich habe noch nie einen Cookie getroffen, den ich nicht mochte. Woher hast du das gewusst?"

„Master Z sagt immer, wir sollen auf die Vorlieben und Abneigungen achten." Rainie schob sich das Krabbenküchlein in ihren Mund.

Ihre Lippen waren so üppig wie der Rest von ihr, und er versuchte, sich keine anderen Dinge vorzustellen, die er ihr gerne zwischen die Lippen schieben würde ... wie seinen Schwanz. Vor dieser Woche hatte er es geschafft, das Verlangen nach ihr zu ignorieren. Nachdem er sie jedoch mit dem Hund gesehen hatte ... Na ja, Frauen mit einem weichen Herzen waren unwiderstehlich.

Dennoch durfte er nicht vergessen: Ein Master war nicht viel wert, wenn er sich nicht beherrschen konnte. „Deine Detailgenauigkeit ist bewundernswert."

Er musterte sie und beschloss, nicht nach dem Hund zu fragen, den er behandelt hatte. Es machte ihm nichts aus, seine beiden Personas zu vermischen. Es gab jedoch ein paar Menschen im Lifestyle, die es bevorzugten, vorsichtiger zu sein − insbesondere die Subs. Und von dem klassisch geschnittenen Kostüm, das sie in seiner Praxis getragen hatte, musste er vermuten, dass Rainie einen konventionellen Job hatte.

Im Gegensatz dazu umgab sie, wenn sie sich im Shadowlands aufhielt, eine warme, erdige Aura.

„Hallo, allerseits." Jessica, die schwangere Frau des Clubbesitzers, erschien auf Rainies anderer Seite und strahlte Andrea an. „Andrea, ich liebe dein Outfit."

„*Gracias*, Jessica."

Die kleine Blondine lenkte ihre Aufmerksamkeit auf Rainie und rümpfte die Nase. „Junge, Junge, Z hat den Azubis damit wirklich keinen Gefallen getan."

„Langweilig, ich weiß." Rainie zupfte an dem schwarzen Neck-holder-BH und runzelte die Stirn. „Du siehst müde aus, Freundin."

„Das ist nichts Neues." Jessica legte ihre Hände auf ihren großen Bauch. „Ich trage den ganzen Tag einen Basketball aus Blei mit mir herum."

„Dann hör für eine Weile auf herumzurennen." Mit einem Schnauben verließ Rainie die Bar. Sie kehrte mit einem Klapp-stuhl zurück, stellte ihn hinter die Bar und klopfte auf den Sitz. „Parke deinen Hintern genau hier."

Jessica zog die Augenbrauen zusammen und zögerte.

Jake musste der Auszubildenden zustimmen. „Jessica, setz dich", sagte er leise und wusste, welche Wirkung der Befehl auf eine ausgebildete Sub haben würde.

Schmollend nahm die Blondine Platz. „Du bist so diktatorisch wie Z." Dann funkelte sie Rainie an. „Und bist du nicht eine Sub?"

„Ich unterwerfe mich eben nur Doms. Ansonsten bin ich die Alpha-Frau an diesem Ort. Vergiss das nicht." Rainie schlug mit Andrea ein, bevor sie sich wieder neben Jake auf einen Hocker setzte. Von ihm abgewandt, nahm sie ihr Getränk und fragte Andrea, wie die Arbeit lief.

Dickköpfig und fürsorglich. Wie war es möglich, dass er diese Facette ihrer Persönlichkeit bisher übersehen hatte?

Als Jake aß und ankommende Mitglieder begrüßte, lauschte er Andreas Gespräch mit Rainie und Jessica über die unterprivile-gierten Jugendlichen, die sie für ihren Reinigungsservice einge-stellt hatte. Es hatte den Anschein, dass die Kinder eine Handvoll waren und nicht nur in Hausarbeit, sondern auch in Manieren und passender Kleidung eine Lektion brauchten.

„Pass mit Diebstahl auf", kommentierte Rainie. „Ich weiß, dass du sie von deinen Privatkunden fernhältst, aber selbst in Büros lassen die Leute leicht einsteckbare Wertsachen auf ihren Schreibtischen liegen."

Okay, merkwürdig. Er hatte nicht gedacht, dass Rainie gegenüber Bedürftigen voreingenommen sein würde. Andererseits fehlte es ihrem sachlichen Tonfall an Verachtung.

„Das ist wahr." Andrea runzelte die Stirn. „Ich werde aufmerksam sein." Die beiden Frauen tauschten Blicke aus, die darauf hinwiesen, dass sie ... ähnliche Erfahrungen gemacht hatten?

Jake musterte die beiden. Nach einer Weile glitt sein Blick zu Rainies gelb-rot gestreiftem Haar. Ein paar steifere Stränge waren grün. „Hast du etwas in deine Haare bekommen?"

„Oh, habe ich das? Master Galen brachte Neon-Haarspray mit und wollte wohl seine künstlerische Ader ausleben." Sie rollte mit den Augen. „Verrückter Agent."

Jake drehte sich ihr zu. Leider konnte er ihre Unverschämtheit nicht durchgehen lassen. „Rainie." Er packte ein Bündel ihrer farbenfrohen Haare und zog sie sanft auf die Füße.

„Hey!" Sie legte die Finger um sein Handgelenk.

„Ob du ein Problem mit den FBI-Agents hast oder nicht, wir bleiben respektvoll." Er machte eine kleine Pause, sodass die Worte auf sie wirkten, und fügte hinzu: „Auszubildende."

Ihr Arm senkte sich. „E-es tut mir leid, Sir."

Die instinktive Hingabe ihres Körpers erregte ihn ungemein. Es wäre eine Freude, sie noch weiter zu treiben. „Es gibt Grenzen, die eine Sub nicht überschreiten sollte. Die *du* nicht überschreiten solltest. Nicht nur zum Wohle des Doms, sondern auch zu deinem. Ich werde diese Grenzen erzwingen, Rainie." Er machte sich nicht die Mühe, hinzuzufügen, dass sie gegen seine Entschlusskraft keine Chance hätte. Entweder war sie klug genug, dies zu wissen, oder sie würde es lernen.

„Das werde ich im Hinterkopf behalten", sagte sie. Als er ihre Haare fester packte und den Druck verstärkte, fügte sie hastig hinzu: „Sir. Ich werde es nicht vergessen, Sir."

Er betrachtete sie. Würde sie heute Abend Ärger machen? Sie und Uzuri waren dafür bekannt, Streiche zu spielen. Nur zwei andere Subs im Shadowlands waren noch ... frecher. Er unterdrückte ein Lächeln. Gabis Mundwerk hielt Marcus auf Zack, wenn es um die D/s-Dynamik ging, und die kleine Sally war so eine Handvoll, dass es sowohl Galen als auch Vance brauchte, um ihr neckisches Wesen in Grenzen zu halten.

Er musste zugeben, dass er die anderen Master um ihre temperamentvollen Subs beneidete.

Er fixierte Rainie mit der Hand in den Haaren und betrachtete ihre Kleidung. Ganz in schwarz … Sein Blick ging zu Cullen. „Lass mich raten – Z benutzt die Auszubildenden als Leinwand?"

„Korrekt, Kumpel. Und alle Subs – Auszubildende oder nicht – lassen sich ihre Lippen bemalen, damit wir sie leuchten sehen." Cullen tippte gegen Rainies Mund und lachte, als sie mit den Zähnen nach ihm schnappte.

Jake musterte das üppige, weibliche Festmahl, das er hielt, und konzentrierte sich auf ihren extrem fickbaren Mund mit den hellrosa Lippen. „Wurden deine Lippen bereits bemalt?"

Rainie schaute durch eine entkommene Haarsträhne zu ihm auf. „Ähm. Nein." Als er nichts darauf sagte, fügte sie schnell hinzu: „Sir."

„Das sollten wir gleich berichtigen." Er legte eine Hand auf ihren Nacken, und ihr dickes, seidiges Haar kitzelte seine Finger, als er sie zu einem Tisch mit den Farben führte. Mit aller Kraft ignorierte er die Wirkung, die sie auf ihn hatte. Die Frau war zu anziehend, *verdammt nochmal*.

An ihm schien sie jedoch keinerlei Interesse zu haben. Aus welchem Grund auch immer wollte sie nichts mit ihm zu tun haben. Das war ihr gutes Recht. Obgleich ihn die Rückweisung doch ein wenig verstimmte.

Master Jake hatte große Hände. Rainie spürte, wie sich seine starken Finger um ihren Nacken legten. Sie schaffte es kaum, einen Schauer zu unterdrücken, und wollte ihren Körper dafür tadeln, dass er erregt war. *Einmal und nie wieder.*

Aber dieser Gedanke entglitt ihr immer wieder, wenn sie ihm nahe genug war, um die Lachfalten neben seinen Augen zu sehen.

Er war als angenehmer Master bekannt. Freundlich. Unkompliziert ... bis zu einem gewissen Grad. Sie mochte diese Art Dom.

Aber selbst ohne die Vergangenheit, die zwischen ihnen stand – obwohl er nichts über diesen Tag wusste –, hatte sie kein Interesse daran, etwas mit ihm anzufangen. Im letzten Winter, als ein Date sie in das superteure Restaurant *Caretta on the Gulf* ausgeführt hatte, war Jake mit einer wunderschönen, schlanken, in Designerklamotten gekleideten Frau ebenfalls dort gewesen. Sein Anzug hatte nach Geld gestunken. Seine Manieren hatten von Klasse gesprochen. Geschliffen und poliert. Alles an ihm bestätigte, dass er außerhalb ihrer Liga lag.

Und doch schaffte es sein Griff, interessante Reaktionen aus ihr zu locken.

Als sie den Tisch erreichten, ließ er von ihr ab.

Schweigend sah sie zu ihm auf. Er war mindestens fünfzehn Zentimeter größer als ihre einen Meter siebzig, zudem schlank und muskulös. Seine Wangenknochen waren definiert. Sein Kiefer markant. Seine Nase? Ein Kunstwerk.

Und sie? Eine übergewichtige Frau aus dem Elendsviertel. Sie hatten nichts gemeinsam.

„Z wollte, dass die Sessions heute leicht ausfallen. Wird seine Anweisung, deine Pläne für heute Abend stören?" Jakes Stimme klang so fließend und makellos wie das schwarze Seidenhemd, das er trug.

„Nicht wirklich. Auf meiner Agenda steht ganz oben, auf die Tanzfläche zu gehen." Tanzen machte viel mehr Spaß als Sex – und heute Abend würde es sich unter dem Schwarzlicht wie in einer anderen Welt anfühlen.

Eine maskuline Augenbraue hob sich bei ihm. In all seiner Vollkommenheit erinnerte er sie an einen etwas jüngeren Master Marcus. Jake musste ... dreißig oder einunddreißig sein, oder?

„Bist du nicht daran interessiert, Sessions zu spielen? Den idealen Dom zu finden?", fragte er.

Als sie noch neu im Club gewesen war, hatte sie sich den perfekten Dom angeln wollen. Jetzt? Nicht wirklich. „Natürlich", log sie.

Sie verschränkte die Arme vor der Brust, als das schwere Gewicht der Musterung eines Doms sie niederdrückte. Jakes Musterung. Sofort löste sich ihr Rückgrat in Wasser auf. Wie stellte er das an?

„Hey, Jake." Kendall, der im Club nur Barge genannt wurde, spazierte zu ihnen. Der Dom trug ein hautenges, schwarzes Vinyl-hemd und eine ebenso farbene Hose. Manchmal fragte sie sich, ob er dem Shadowlands nur beigetreten war, um seinen Kleidungsstil zu erkunden und sich zu verkleiden.

„Barge. Schön, dich zu sehen." Als die Wandleuchter abgedunkelt wurden und das Schwarzlicht zum Vorschein kam, tauchte Jake seinen Finger in den leuchtend roten Topf und zeichnete damit ihre Lippen nach.

Warum fühlte sich die simple Berührung wie eine sexuelle Ouvertüre an? Warum musste sich seine Berührung so verdammt richtig anfühlen? Sie sollte es besser wissen. *Nicht den gebildeten, eleganten Dom anziehend finden.*

Als Master Jake zurücktrat, erstickte sie den Drang, ihm zu folgen. Stattdessen wandte sie sich Barge zu.

„Hast du Interesse an einer leichten Auspeitschsession?", fragte Barge sie. „Z hat mir einen Flogger geliehen, und ich würde gerne den Aufprall im Schwarzlicht sehen."

Rainie überlegte. Im letzten Monat hatte Barge sie überredet, ihn außerhalb des Clubs zu treffen. Obwohl die beiden Dates mit ihm angenehm gewesen waren, erinnerte er sie an andere *nette* Männer, die sie in ihrem Leben kennengelernt hatte, mit einer Persönlichkeit, die mehr Weidenbaum als Eiche war. Sobald Druck auf ihn ausgeübt wurde, beugte sich Barge − so wie es ihre früheren Freunde getan hatten, als es die Männer mit ihren

Familien zu tun bekamen, die gegen die Beziehung mit Rainie waren.

Obwohl sie mit Barge nicht erneut ausgehen wollte, klang eine Session mit ihm nach einer guten Zeit. Sie suchte nicht nach etwas Bewusstseinserweiterndem – vor allem nicht nach dieser furchtbaren Woche.

„Gern." Nach einem warnenden Blick von Jake änderte sie ihre Antwort zu: „Das würde mir gefallen, Sir."

„Also gut. Dann los, Sub."

„Ja, Sir." Sie folgte Barge durch den Raum und schaffte es, nur einmal über ihre Schulter zu schauen. Und so entdeckte sie, dass Jakes nachdenklicher Blick auf sie gerichtet war.

Jakes Einsatz als Kerkeraufseher war vorbei. Nachdem er die goldbesetzte Weste abgegeben und sich eine Flasche Wasser geholt hatte, ließ er sich in einem Ledersessel zwischen zwei Sessions nieder, um die Lichtshow zu bestaunen. Im düsteren Raum hatten die mit Leuchtfarbe bemalten Peitschen, Rohrstöcke und Paddel eine hypnotisierende Wirkung.

Es gab auch einige beeindruckende Bodypaint-Arbeiten zu bewundern – vor allem an den Brüsten und den Pussys der Subs. Linien, Kreise, Punkte. In einem schattigen Bereich schien ein Paar leuchtend grüner Brüste in der Luft zu schweben.

Z hatte wie gewohnt ein tolles Thema entwickelt. Während Jakes Zeit in der Army Veterinary Corps hatte er mehrere BDSM-Clubs besucht, und keiner passte so gut zu ihm wie das Shadowlands.

Als Shadowlands-Master gewählt zu werden, war eine Ehre, mit der er nicht gerechnet hatte. Es machte ihm nichts aus, die zusätzliche Zeit einzuplanen, die Z von den Mastern erwartete. Er war ohnehin der Meinung, dass neue Doms zu betreuen, Sessions zu überwachen und Subs zu schützen, alles Aktivitäten waren, die jeder erfahrene Dom unaufgefordert tun sollte.

Natürlich hatte Z sein Lieblingsprojekt. Und in der letzten Stunde hatte Jake darauf geachtet, Zs Auszubildende im Blick zu behalten. Uzuri war mit Holt, einem ihrer bevorzugten Doms, nach oben verschwunden. In der anderen Ecke wartete Tanner in einem Hundezwinger, während sich ein Ehepaar – eine Mistress und ein Switch – auf die geplante Session vorbereitete.

Und hier war die dritte Auszubildende.

Im Sessionbereich links von Jake beendeten Barge und Rainie die Reinigung der Ausrüstung und nahmen Platz, um zu reden. Sie drehte Jake den Rücken zu, und er entdeckte ein paar hellrosa Streifen auf den untätowierten Stellen ihrer Schultern, aber keine Striemen. Sie hatte nicht geweint, hatte das Subspace nicht erreicht, wirkte nicht gestresst. Ihm war jedoch bereits aufgefallen, dass es schwer war, Rainie aus der Fassung zu bringen.

Sie hatte definitiv eine interessante Persönlichkeit – und eine verwirrende. *Verdammt*, wenn er doch nur herausfinden könnte, warum sie so eine Abneigung gegen ihn hegte.

Er wandte sich ab, um die andere Session zu beobachten, bei der Mistress Anne einen männlichen Sub mit dem Rohrstock bearbeitete. Der Sub stöhnte bei jedem Schlag und schrie bei der leichtesten Berührung seiner Genitalien. Der ausdruckslose Blick auf Annes Gesicht vermittelte ihren Unmut. Die Mistress liebte es, Schmerzen auszuteilen, und so mied sie Leichtgewichte. Wie so oft hatte der Sub wahrscheinlich versucht, sie zu beeindrucken, indem er behauptete, eine hohe Schmerztoleranz zu haben.

Jetzt kannten sie beide die Wahrheit.

Barges laute Stimme schaffte es, Jakes Aufmerksamkeit auf sich zu ziehen.

„Komm schon, Rainie. Ich bin bereit, mich deinem Zeitplan anzupassen", sagte Barge. „Bestimmt hast du nächste Woche einen freien Abend zur Verfügung."

„Habe ich nicht. Im Moment gibt es auf meiner Arbeit viel zu tun, und es tut mir leid, aber meine Karriere steht an erster Stelle."

Ihre Stimmfarbe gab nicht den Eindruck, dass es ihr leidtat, dachte Jake. Sie klang eher wie eine Frau, die sich einen aufdringlichen Käfer vom Arm schnippte. Sein Kiefer spannte sich an, als Erinnerungen auf ihn niedergingen. *„Es tut mir leid, Jake. Ich muss an meine Zukunft denken. Ich kann eine solche Gelegenheit nicht ignorieren."* Zumindest hatte Heather ihn nicht in diesem kalten Ton abgewiesen. Nein, sie hatte geweint. Sie hatte ihm gesagt, dass sie ihn liebte.

Und dann war sie am nächsten Tag an die Westküste gezogen.

Aber okay. Er hatte sich aus dem Loch herausgezogen und der Niederlage direkt ins Auge geblickt. *Man lernt nie aus.* Er wollte immer noch eine Frau. Kinder. So sehr. Er musste sich nur in eine Frau verlieben, deren Prioritäten seinen eigenen entsprachen – und in jemanden, der zumindest bereit war, Kompromisse in Erwägung zu ziehen.

Mit dem Gefühl, dass er einem persönlichen Gespräch lauschte, das ihn nichts anging, erhob er sich. Die Unterhaltung blieb höflich. Es gab keinen Grund, sich einzumischen. Er würde das Paar jedoch aus der Ferne weiterhin im Blick behalten.

Als er sich von dem Bereich entfernte, bemerkte er, dass sich auch Z und Sam in Hörweite befanden. Sam hatte die Aufseherweste an; er war also im Dienst.

Z trug seine übliche maßgeschneiderte schwarze Kleidung, bis hin zur schwarzen Lederuhr mit einem ebenso farbenen Zifferblatt. Einladend neigte er den Kopf und bot ihm wortlos an, sich zu ihnen zu gesellen. „Hast du von heute Abend etwas zu berichten, Jacob?"

„Keine Katastrophen." Jake lächelte. „Ich denke, du wirst Tanner in Kürze als Auszubildenden verlieren. Die Coltons wollen ihn bitten, mit ihnen eine Dreiecksbeziehung einzugehen."

„Eine gute Ergänzung für die beiden", sagte Z.

„Ich stimme zu." Sam blickte verärgert an ihnen vorbei. „Barge und Rainie allerdings ... Keine gute Paarung."

„Oh ja, weiter könnte sie nicht davon entfernt sein." Jakes Augenbrauen zogen sich zusammen. In jeder anderen Nacht hätte er die Session zwischen ihr und Barge nicht zugelassen. Sie brauchte kein leichtes Spiel. „Sie steckt in einer Routine fest, die ihr nichts gibt. Sie will nicht an ihre Grenzen getrieben werden, will keine intensiven Sessions."

„In der Tat." Die Falten neben Zs Mund vertieften sich. „Ich muss mehr Zeit für die Auszubildenden einplanen."

Jake schüttelte den Kopf. Er sah, dass sich der Dom die Schuld gab. Der Besitzer betrachtete die Auszubildenden – *zur Hölle*, alle seine Mitglieder – als seine Verantwortung. „Ich glaube nicht, dass dir mehr Zeit zur Verfügung steht, Zachary." Mit voller Absicht benutzte er Zs ganzen Namen. „Und du hast neue Verpflichtungen. Eine schwangere Frau zum Beispiel. Es wird Zeit, die Last zu verringern und besser zu delegieren."

Sams raues Lachen sprach von Anerkennung.

Zu Jakes Erleichterung schenkte Z ihm ein schiefes Lächeln. Die besten Doms sahen sich selbst klar und deutlich – und hatten einen Sinn für Humor. „Ja, vielleicht. Ich denke sogar, dass du die Auszubildenden übernehmen solltest."

„Ich? Ich bin nic –"

Graue Augen leuchteten amüsiert auf und Z drückte Jakes Schulter ermutigend. „Du bist nicht nur der Herausforderung gewachsen, sondern würdest sie sogar genießen."

„Vielleicht." *Wahrscheinlich.* Jake hob seine Hand, um sich einen Moment zum Nachdenken zu geben. Nach einer Minute sagte er: „Ich würde es wohl genießen, der Ausbilder zu sein, aber ich muss die Position ablehnen."

„Was zum ...?", knurrte Sam.

„Die Verantwortung ist nicht das Problem." Jakes Blick wanderte zu Rainie. Seit sie in seine Praxis gekommen war, baute sich ein ... Drang auf, der jeden Tag schwerer zu ignorieren war.

Zeit, den Einsatz zu erhöhen. „Ich glaube, ein Ausbilder sollte sich nicht mit Auszubildenden außerhalb des Shadowlands treffen. Deshalb würde ich es vorziehen, den Job zu meiden."

Z folgte seinem Blick und ein Schmunzeln formte sich auf seinen Lippen. „Ich verstehe. Und respektiere deine Ehrlichkeit. Hast du ein Problem damit, mit ihr als Master zu arbeiten?"

„Nicht im Geringsten", sagte Jake.

„Ausgezeichnet", entgegnete Z.

Sam verlagerte sein Gewicht. „Dann habe ich eine lästige Aufgabe für dich. Das Mädchen hat Schwierigkeiten damit, Doms abzuweisen. Vielleicht ist sie eingeschüchtert, vielleicht will sie einfach nur gefallen, vielleicht beides. Ich dachte eigentlich, dass sie darüber hinweg ist, aber" − er nickte zur Couch − „sie lügt, anstatt einfach *Nein* zu sagen."

Mit Rainie arbeiten? *Verdammt*, ja! „Gerne übernehme ich dieses Projekt."

„Sehr gut", sagte Z. „Danke, Jacob."

Während die beiden Männer ihre Runde fortsetzten, blieb Jake an Ort und Stelle und machte sich so seine Gedanken. „... *Schwierigkeiten, Doms abzuweisen.*" Nicht gut.

Als Tierarzt war Jake in der Lage, Körpersprache zu deuten − obwohl Menschen natürlich komplexer waren. Er hatte nie die Grenzen einer Sub überschritten. Aber nicht jeder Dom hatte gelernt, eine Sub zu deuten.

Und selbst bei einer Pick-up-Session führten eine Sub und der dominante Partner einen komplizierten Tanz auf. Um Befriedigung zu finden, musste die Sub die Kontrolle aufgeben. Indessen musste der Dom darauf vertrauen, dass eine Sub ihm sagte, wenn er zu weit ging.

Sam − ein Sadist − kannte sicherlich die Gefahr, eines lügenden Bottoms. Stimmte es, was er sagte? Hatte Rainie ein Problem?

Er trank sein Wasser und überlegte. Als sie der Session mit Barge zugestimmt hatte, war ihr Körper entspannt gewesen. Kein

Konflikt zwischen ihrer Körpersprache und ihren Worten. Später hatte sie allerdings ein Date abgelehnt und darauf bestanden, dass sie arbeiten musste. Zu dem Zeitpunkt hatte ihr Kopf widersprüchlich zur Seite gezuckt. Ihre Augen hatten sich geweitet und sie hatte Barge ohne zu blinzeln angestarrt – eine Technik, die oft von Lügnern verwendet wurde, um Aufrichtigkeit vorzutäuschen.

Ja, sie hatte Barge angelogen. Wenn Sam Recht behielt, dann war es ihr unangenehm, zu einem Dom *Nein* zu sagen.

Der Gedanke, dass Rainie nachgab und etwas tat, was sie nicht mochte, sandte Wut durch seine Adern. Zu wissen, dass sie gelogen hatte, machte ihn auch nicht gerade glücklich. Seine Aufgabe – heute Abend – bestand darin, dieses Verhalten zu ändern.

Jake legte den Kopf in den Nacken und blickte zur Decke. Wie ließ sich dieses Ziel am besten erreichen?

Sie müsste üben, *Nein* zu sagen … aber in einer realistischen und einschüchternden Umgebung. In einer Umgebung, bei der es ihr schwerfallen würde, die Doms abzulehnen.

Er müsste mehr als einen Dom finden, um diesen Plan umzusetzen. Möglich, dass es ihr leichter fiel, die Befehle eines Fremden abzulehnen, also würde er eine schwache Bindung zwischen ihr und dem Dom schaffen – und sie für alles andere als ein entschlossenes *Nein* bestrafen.

Jake sah sich um und wählte vertrauenswürdige Doms, die in der Lage waren, Anweisungen zu befolgen.

***Das ist doch** bescheuert*. Wie lange wäre Rainie noch in der Lage, Barges Verhalten zu ertragen? Mit einiger Anstrengung kämpfte sie sich von dieser dummen, tiefliegenden Couch auf die Füße. „Ich werde sauber machen."

Zu ihrer Erleichterung blieb Barge sitzen.

Sie gab ihm eine symbolische Verbeugung. „Danke für die Session, Sir."

Mit vor Wut zusammengezogenen Augenbrauen betrachtete er sie, und schwieg.

Sie wandte sich ab und ärgerte sich mehr über sich selbst als über ihn. Sie war eine wehleidige, rückgratlose Schnecke. Warum hatte sie nicht einfach gesagt, dass sie an einem Date mit ihm kein Interesse hatte? Dass sie die Sessions mit ihm genoss, aber sie sonst nichts von ihm wollte? Aber nein. Warum auch? Stattdessen erfand sie Ausreden. Mit einem angewiderten Grunzen schob sie ihre Haare zurück.

Gott sei Dank war Master Sam gerade nicht hier. Als er sie einmal dabei erwischt hatte, wie sie mit Ausreden um sich warf, anstatt dem Top einfach eine Abfuhr zu erteilen, hatte der Sadist ihr im Gegenzug eine Lektion erteilt, indem er ihr ein Spanking verpasst hatte, bis sie ein beherztes *Nein* herausgequetscht hatte.

Sie hatte gehofft, dass die Lektion dieses Tages haften bleiben würde. Offenbar nicht.

Auf keinen Fall erwähnen wir den Rückschritt vor Master Sam, okay?

Nach einem Ausflug auf die Toilette − um Barge die Chance zu geben, zu verschwinden − ging Rainie zur Bar. Seit Master Z angefangen hatte, Kellnerinnen einzustellen, hatte sie keine offiziellen Pflichten mehr. Im Moment wollte sie einfach nachhause gehen. Sie müsste nur Master Cullen Bescheid geben, und dann wäre es ihr erlaubt, sich in Luft aufzulösen.

Zu dieser Uhrzeit hatten mehrere Clubmitglieder ihre Sessions beendet und saßen gesellig an der Bar. Auf einem der Barhocker entdeckte sie Jessica. Neben ihr sprach Master Z mit Mistress Olivia.

„Rainie. Komm zu mir." Jessica war schon immer kurvig gewesen und ihre Schwangerschaft füllte sie noch mehr aus. Vor einer Weile hatte sie ihre hübschen Korsetts jedoch aufgeben müssen. Heute Abend trug sie ein tief ausgeschnittenes grünes

Tanktop mit einem locker sitzenden, taillierten Vinylrock, der von Hosenträgern gehalten wurde. Natürlich schaffte es Master Z, seine Sub in ein Outfit zu stecken, das einer Schwangerschaft schmeichelte. „Hattest du eine schlechte Session? Du wirkst verstimmt."

„Nein, die Session hat Spaß gemacht. Die leuchtenden Stränge an dem neunschwänzigen Flogger waren spektakulär." Wie erhofft, war das Auspeitschen eher einer Massage gleichgekommen. Wenn sich Barge danach nur nicht wie ein Vollpfosten verhalten hätte.

„Auch die Paddel leuchten auf eine sehr befriedigende Weise." Jessica verlagerte ihr Gewicht auf dem Hocker, als ob ihr Hintern schmerzte. „Das kann ich bezeugen."

„Ach, wirklich?" Rainie funkelte Master Z wütend an. Er hatte eine schwangere Frau geschlagen?

„Für diesen Blick gibt es keinen Grund." Jessica rümpfte die Nase. „Er hat mir befohlen, mich nicht vom Fleck zu bewegen. Natürlich habe ich nicht gehört, also bekam ich ein paar gute Schläge."

Ein paar Schläge mit einem Paddel würden ihr nicht schaden. „Nun, du siehst tatsächlich besser aus. Nicht mehr so müde."

„Ja. Es geht mir gut. Andrea hat mich nicht aufstehen lassen, nachdem du gegangen warst. Und als ich versuchte, die Snack-Tische wieder aufzufüllen, wurde ich von Z bestraft. Anschließend hat er mich hierhin gepflanzt." Mit einem Schmollmund rieb Jessica eine Hand über ihren runden Bauch. „Und ich meine gepflanzt. Ich sag dir, ich fühle mich eher wie eine Kartoffel als wie eine Frau."

Offensichtlich hatte Master Z sie gehört, denn er schlang seinen Arm um ihre Taille und legte seine Handfläche auf ihren Babybauch. „Wenn du dich schon mit Nahrungsmitteln vergleichen willst, würde ich sagen, dass du ein Pfirsich bist. Reif und saftig." Er küsste sie auf den Hals und rieb mit der Nase über die empfindliche Haut an dieser Stelle. „Du bist wunderschön, Kätzchen." Seine volltönende Stimme vertiefte sich. „Ich liebe dich jeden Tag mehr."

Als sich Jessicas Augen mit Tränen füllten, legte sie die Hand auf die ihres Mannes. *Ihres* Doms.

Eine beunruhigende Sehnsucht erschütterte Rainie.

Das will ich auch. All das.

Nein. Nein, nein. Sie wollte keinen Ehemann oder Babys, zumindest nicht hier in der Tampa/St. Pete-Gegend, in der ihre Vergangenheit hinter jeder Ecke lauerte und sie in den Hintern beißen könnte.

Sie zog sich einen Schritt zurück und stieß gegen einen Körper, der nur aus Knochen und Muskeln bestand. Hatten die Männer hier noch nie etwas von ein bisschen Polster gehört?

Lange Finger legten sich um ihre Schultern und halfen ihr mit dem Gleichgewicht. „Genau die Person, nach der ich gesucht habe", sagte Master Jake.

Einfach wundervoll. Grüne Augen. Gemeißelte Gesichtszüge. Und einen abendlichen Anflug von Bartstoppeln auf seinem markanten Kiefer. Sie entließ den angehaltenen Atem und fragte: „Kann ich dir irgendwie helfen, Sir?"

„Mmmhmm. Ich habe etwas Zeit, also werden wir heute Abend miteinander arbeiten" – er fügte das letzte Wort hinzu, als wollte er sie wissen lassen, dass sie am Arsch war – „Auszubildende."

„Aber ich dachte, die Auszubildenden wären nicht ... Nein, wir können heute Abend unsere eigenen Entscheidungen treffen."

Zu ihrer Bestürzung wandte sich Master Z ihr zu und betrachtete sie für einen langen Moment. „Du siehst nicht wie eine befriedigte Sub aus. Geh mit Master Jacob."

Oh, Höllenfeuer und genervte Hyänen in High Heels. „Natürlich, Sir", sagte sie gehorsam und sah zu Master Jake. „Sir, hast du einen Auftrag für mich?"

„Lass uns ein bisschen reden." Er legte die Finger um ihren Arm, fest genug, dass sie sich kontrolliert fühlte, behutsam genug, damit sie verstand, dass er sie nicht versehentlich verletzen würde. Natürlich konnte er auch anders.

Obwohl sie ihn stets mied, war ihr nicht entgangen, wie er spielte – was er häufig und gut und mit einer Vielzahl von Subs tat. Seine Fertigkeiten im Lifestyle schienen vielfältig. Er verdiente den Titel Master, den er im letzten Sommer durch eine Wahl bekommen hatte.

Und von der Art und Weise, wie nur seine Berührung ihr Inneres verflüssigte, musste sie zugeben, dass sie seine Talente immer wieder unterschätzte. Im Gegensatz zu der Autorität anderer Doms, die einem regelrecht ins Gesicht schlug, zeigte sich Master Jakes eher wie eine sanfte Strömung, mit der er eine Sub unter seine Kontrolle brachte, bevor sie überhaupt merkte, dass sie sich ergeben hatte.

Er lenkte sie zu einem abgelegenen Bereich und zeigte auf einen Sessel. Als sie sich auf das Lederpolster setzte, positionierte er einen zweiten Sessel direkt vor ihr und setzte sich, sodass er ihr in die Augen sehen konnte.

Seine langen Beine stießen an ihre und so zog sie ihre Füße auf den Sessel.

Ein Mundwinkel zuckte. Anschließend lehnte er sich vor, stützte sich mit den Unterarmen auf seinen Oberschenkeln ab und bewegte sich so direkt in ihren persönlichen Bereich.

„Was wolltest du besprechen, Master Jake?" Angesichts ihres Mangels an Kleidung erwies sich ihre berufliche Stimme als ineffektiv. Eigentlich bezweifelte sie sogar, dass dieser Tonfall jemals in der Lage wäre, Jake abzuschrecken – unabhängig von ihrer Kleiderwahl.

„Mehrere Sachen. Ich bin neugierig – deine Dokumente zeigen als Namen nur *Rainie*. Ist das dein richtiger Vorname?"

„Ich fürchte ja." Er hatte sich ihre Auszubildendenformulare angesehen. Warum? „Meine Mutter mochte Namen, die etwas vermittelten. Ihr Name war Carol, aber sie nannte sich Sunny."

„Okay?" Er war ihr zu nah, sein Blick zu durchdringend.

Sie wandte den Kopf ab. Bei einer Session in der Nähe blitzte jemandes Peitsche unter den UV-Lichtern auf. Der pochende Bass aus den Lautsprechern der Tanzfläche traf ihre Haut wie eine Session mit Impact-Spielzeugen. „Sunny wollte kein Baby und weinte den ganzen Weg durch ihre Schwangerschaft. Also taufte sie mich Rainie für regnerisch."

Sein Schnauben hielt Abscheu bereit.

„Ja, genau mein Gedanke." Ihre Mutter hatte oft über ihre ungewollte Schwangerschaft, die grässlichen Wehen und die viele Arbeit geschimpft, die ein Kind mit sich brachte.

Als Kind war Rainie unter Tränen vor den grausamen Worten geflohen. Jetzt war sie taffer gestrickt. Oh ja, das war sie.

„Und ich dachte, Rainie könnte eine Abkürzung für Lorraine oder so sein", sinnierte Jake.

„Nein. Es muss Master Z frustrieren, für mich keinen ... echten Namen zu haben." Master Z verachtete Spitznamen. Sam war Samuel. Dan war Daniel. Jake ... Jacob.

Belustigung glitzerte in Jakes Augen. „Ja, das glaube ich auch."

Er massierte ihre Waden auf eine geistesabwesende Art, die sie ihm nicht abnahm. Diese freundliche, lässige Haltung war nur die Tarnung für den beherrschten Dom.

Das Gefühl, ohne Erlaubnis von ihm berührt zu werden – und *verdammt*, berührt werden zu wollen –, traf eine klangvolle Note tief in ihr. *Benimm dich, sonst gibt es eine Woche keine Schokolade.*

„Rainie ist ein hübscher Name." Seine Baritonstimme klang rauchig. „Ich habe jedoch noch nie jemanden getroffen, der weniger einem Regenschauer gleicht als du."

Ein Kompliment? Hatte er ihr gerade ein Kompliment gemacht? Ihre Augen schwangen zu seinen.

Sein Blick war direkt ... und seine langen Finger zeichneten ein Muster auf ihrem Bein.

Sie schluckte schwer. „Du hast mich nicht hierher gezerrt, um über meinen Namen zu sprechen."

„Na aber, Rainie. Schließlich habe ich dich nicht gezwungen, mit mir zu kommen." Seine Lippen verzogen sich zu einem Grinsen. „Ich könnte es allerdings arrangieren, dich nach meinem Belieben umherzuzerren – wenn das etwas ist, das du möchtest."

Von einem Ort zum anderen gezerrt werden. Kontrolliert und dominiert.

Von Jake. Die unbändige Lustwelle, die bei diesem Gedanken durch ihren Körper jagte, ließ sie erstarren, während sie innerlich dahinschmolz. *Nein. Nein, nein, nein. Nicht Jake.* Sie schüttelte den Kopf. „Ich glaube nicht, dass mir das gefallen würde."

Er zog eine Augenbraue hoch und machte ein Geräusch, das zeigte, wie glaubhaft er ihre Antwort fand.

Sie versuchte, ihre Atmung zu beruhigen. Jake Sheffield war mit einundzwanzig ein attraktiver College-Student gewesen. Nun war er ein selbstbewusster Dom, den sie nur als gefährlich bezeichnen konnte. Gefährlich für ihr ... Sie schüttelte den Gedanken ab. Es war eine gute Entscheidung gewesen, ihm aus dem Weg zu gehen.

„Ich habe etwas Seltsames in deiner Akte bemerkt", sagte er. „Sag mir, wann du das letzte Mal eine ernste Session hattest?"

„Ich –" Selbst mit ihrem Blick auf den Lederfesseln an ihren Handgelenken spürte sie stets seine Augen auf sich. „Vor ein paar Monaten denke ich."

„Ich verstehe. Süße, was erhoffst du dir vom Auszubildendenprogramm?"

Das Kosewort ließ ihr Herz flattern, bis sie sich daran erinnerte, mit wem sie sprach. *Jake.*

Warum wurden manche Erinnerungen in Schatten gelegt ... und andere zersetzten sich mit Rohheit? Auch nach einem Jahrzehnt konnte sie ihre Klassenkameraden noch hören.

„Hast du gesehen, wie sie Jennifers Bruder angestarrt hat?"

„Die Fette will Jake Sheffield."

„Abartig, ich glaub, ich muss kotzen."

Rainie schüttelte den Kopf und hoffte, die Gedanken abzuwerfen.

Konzentriere dich auf die Gegenwart, Mädchen. Er hatte ihr eine Frage gestellt. *„Was erhoffst du dir?"* Sie hatte keine fertige Antwort. Ihre Ziele hatten sich verändert. Als die Verwirrung in ihr hoch sprudelte, starrte sie ihn an und versuchte, ihr Bein aus seinem Griff zu ziehen. „Tut mir leid, aber wann wurde aus unserer Unterhaltung ein Vorstellungsgespräch?"

Seine tiefe, maskuline Stimme gewann an Härte. „Als ich die Entscheidung dazu getroffen habe."

Er zog ihre Beine vom Stuhl und presste sie gegen die Außenseite seiner Knie. Sein Blick nach unten erinnerte sie daran, dass sie nichts unter dem kurzen Rock trug. Zumindest verbargen ihr kräftigen Oberschenkel ihre Pussy. Zum Großteil.

Mit den Handflächen nach oben öffneten sich seine Hände. „Gib mir deine Brüste."

„Was?"

„Sofort."

Von der tobenden Hitze in ihrem Gesicht wusste sie, dass ihre Wangen röter waren als die Lotusblumen in ihren Tattoos. Sie legte jeweils eine Hand unter ihre schweren Brüste und ... zögerte. Er bewegte sich nicht. Zumindest hatte er ihr nicht befohlen, sich das Oberteil auszuziehen. Sie rutschte auf dem Stuhl auf ihn zu. Ihre Beine glitten an seinen entlang, bis seine Jeans über ihre empfindliche Haut nah an ihrem Geschlecht kratzte.

Kühle Luft berührte das Fleisch ihrer Schamlippen. Jetzt war sie vor ihm völlig entblößt. Und irgendwie, mit der körperlichen Nacktheit, zersplitterten die Barrikaden, die ihre Emotionen schützten.

Sie lehnte sich leicht vor und legte ihre Brüste auf seine Handflächen. Sie übergab ihren Körper an ihn. Sie gab ihm ihre Seele.

„Sehr gut." Seine Finger packten ihre Brüste über dem Material ihres Oberteils.

Er spreizte seine Knie, sodass sich auch ihre Beine weiter teilten, und öffnete sie für sich. Ihre instinktive Reaktion, die Beine zusammenzudrücken, wurde unterbrochen, indem er den Halt an ihren Brüsten festigte. Eine Warnung. Er würde ihr nicht erlauben, sich zurückzuziehen.

Bei dem amüsierten Blick in seinen waldgrünen Augen entließ sie ein leises, frustriertes Knurren. Die Flammen, die an ihrem Rücken immer höher stiegen, trieben sie dazu, sich vor ihm hinknien zu wollen. Sie wollte ihn anflehen. Sie wollte sich unterwerfen.

„Du magst es, kontrolliert zu werden. Weißt du, wie sehr deine Kapitulation einen Dom befriedigt?", fragte er sanft, sein Blick auf ihrem Gesicht, bevor sich die Augen auf ihre Brüste senkten. „Bringe deine Finger hinter deinem Hals zusammen."

Woher wusste er, dass die übliche Position der Hände hinter dem Rücken eine war, die sie nicht leicht halten konnte? Ihr Haar ergoss sich über ihre Handgelenke, als sie seinem Befehl Folge leistete. Und ihre Brüste ... hoben sich mit der Bewegung.

„Sehr nett." Seine volltönende Stimme war so fest wie die Hände, die ihre Brüste hielten. „Es gefällt mir, dich in dieser Position zu sehen, Süße. Dass du mir deine Brüste anbietest. Dass du mir deine Pussy anbietest."

Und, *oh Gott*, genau das tat sie. Sie wollte von ihm auf jede erdenkliche Art und Weise genommen und kontrolliert werden. Als würde sie in einer schweren Brandung am Strand knien, wurde der Boden unter ihr weggefegt und sie verlor ihr Gleichgewicht. Jetzt war sie ihm näher. Sie schluckte schwer, und ihre Stimme klang heiser, als sie sagte: „Ich habe mich nie angeboten. Sir."

Über dem Stoff umkreisten seine Daumen ihre harten Knospen, die bereits schmerzten. „Wenn die Nippel einer Frau so hart sind, Rainie, interpretiere ich das als Opfergabe, die genommen werden will."

Ihr Körper schien mit ihm übereinzustimmen, denn ihre untere Hälfte verwandelte sich in einen beheizten Pool. Sie starrte auf sein Seidenhemd. Sie wusste genau, wie feucht sie war. *Bitte, bitte, bitte lass ihn nicht merken, wie heiß er mich macht.*

„Als Auszubildende sollst du dich regelmäßig mit neuen Kinks bekanntmachen. Du sollst Doms kennenlernen und mit verschiedenen von ihnen arbeiten, sodass du den Mann findest, der perfekt zu dir passt. Warum tust du das nicht?" Während er sprach, benutzte er eine Hand an ihrer linken Brust als Fessel, und die andere schob sich in ihren Neckholder-BH, um ihre rechte Brustwarze ausfindig zu machen und zu necken. Das Haut-an-Haut-Gefühl wurde mit jeder Sekunde intensiver. Ihre Zehen spannten sich an.

Was hatte er gefragt?

„Ich −" Sie hätte nicht aufschauen sollen. Gebräunte Haut. Grüne Augen. Die Sonne hatte seine schönen, schokoladenbraunen Haare mit Highlights durchzogen und es fiel ihm eine Locke in die Stirn, die sie nur allzu gern als Ausrede benutzen würde, um ihn zu berühren. Sie schloss die Augen.

Ein sanftes Zwicken in ihre Brust ließ sie nach Luft schnappen.

„Augen zu mir, Auszubildende."

Sein unnachgiebiger Griff und sein aufmerksamer Blick machten es ihr unmöglich, sich zu konzentrieren. „Ich habe neue Dinge ausprobiert. Es ist nur ... ich weiß auch nicht." *Ich habe aufgegeben. Es gibt da draußen niemanden für mich.*

„Ich denke, du erzählst mir nicht die ganze Wahrheit, Süße." Sein Fokus lag einzig und allein auf ihr, sodass sogar ihre Knochen bebten. „Es ist Zeit, dass wir deine Gründe genauer beleuchten."

Sein Griff verlor an Härte. „Ich möchte, dass du dir hier und jetzt eine mentale Liste darüber machst, gegen welche Doms du dich entschieden hast und mit welchen du gerne spielen würdest."

Mit offenem Mund starrte sie ihn an, nicht fähig, ihm eine Antwort zu geben.

Er grinste. „Du bleibst hier sitzen und denkst nach. Ich bin gleich zurück."

KAPITEL DREI

Als Jake sich von Rainie entfernte, sah er, wie ihr hübsches Gesicht einen finsteren Ausdruck annahm.

Sie war so süß. Sie war so viel mehr als das. Wie ein wahrgewordener Traum hatte sie auf seine Hände und seinen Willen reagiert. Selbst als er beobachtete, wie ihr Verstand und ihre Emotionen einen Kampf ausfochten, hatte sich ihr Körper bezaubernd unterwürfig gezeigt. *Gott*, sie war wunderschön.

Jedoch konnte er ihr ansehen, dass etwas nicht stimmte, und es handelte sich nicht um die Schwierigkeiten, die sie als Sub gegenüber Doms hatte.

Wenn eine Auszubildende von einer Session verunsichert war – mit oder ohne Master –, wurde das in ihrer Akte notiert, sodass das Problem nicht in Vergessenheit geriet. Jake hatte in den letzten Monaten nicht eine Notiz gesehen.

Allein bat sie um Sessions mit leichtgewichtigen Doms, was nicht unbedingt falsch war. Er bezweifelte jedoch, dass ein Dom, der sie nicht unter Druck setzen konnte, für sie befriedigend war.

Ja, ein Master musste ein langes Gespräch mit ihr führen. Jake plante, dieser Master zu sein.

Er schnappte sich die kurze Kette von der Bar und kehrte zurück zu ihr.

Noch immer auf dem Sessel sitzend nahm Rainies Angst zu, als sie sah, dass Jake sich näherte. Bei dem ernsten Gesichtsausdruck wischte sie sich die verschwitzten Handflächen an dem wenigen Material ihres Rocks ab.

„Fertig mit dem Nachdenken?", fragte er. Er stand über ihr, die Arme vor seiner Brust verschränkt, die Füße ein wenig auseinander. Seine schwarze Jeans schmiegte sich an seine muskulösen Oberschenkel und ihr Blick landete auf seinem Schritt.

Böse Rainie. Konzentriere dich.

Mit Mühe hob sie ihre Augen wieder zu seinem Gesicht. „Angefangen, aber nicht abgeschlossen."

„Kein Problem. Mach dir diese Woche Notizen zu dem Thema. Handschriftlich, nicht getippt. Zusätzlich zu der Dom-Liste möchte ich, dass du eine mit deinen Stärken und Schwächen anfertigst, als Sub und als Person. Nächstes Wochenende besprechen wir gemeinsam deine Hausaufgaben."

Wie ... nervenaufreibend. *Ihre Gedanken und Gefühle zu Papier bringen, damit er sie lesen und mit ihr diskutieren kann?* Eine Wurzelbehandlung klang gerade wirklich besser.

Er streckte seine Hand aus. „Lass uns ein wenig durch den Club laufen, sodass du mir sagen kannst, welche Doms du kennst. Und welche du bereits abgelehnt hast."

Er zog sie so lässig auf die Füße, dass sie das Verlangen in ihr nicht zurückhalten konnte. „Ich habe nicht mit jedem von ihnen gespielt, aber ich denke, dass ich sie mittlerweile alle kenne. Abgelehnt habe ich ... niemanden."

Obwohl sich sein Kiefer sichtbar anspannte, nickte er nur. Als er seinen Arm um sie legte und mit den Fingerknöcheln seiner anderen Hand über ihre Brüste fuhr, vernebelte die ungezwungene Intimität seiner Berührung ihren Verstand.

„Da du zu niemandem *Nein* gesagt hast, muss ich annehmen, dass jeder Mann hier ein perfekter Kandidat als permanenter Dom für dich wäre. Oder?", fragt er.

„Nicht permanent. Ich –"

„Mmmhmm."

Langsam machte es den Eindruck, dass er sie genau durchschaute. Wundervoll.

Nachdem er eine kurze Kette aus seiner Tasche gezogen hatte, sicherte er damit ihre Arme hinter ihrem Rücken. Die Kette zwischen ihren Handgelenksfesseln war etwa dreißig Zentimeter lang, lang genug, um zu verhindern, dass sich ihre Schultern auskugelten.

Auf dem Weg durch den Raum griff er auf einem Tisch nach zwei Tuben mit Körperfarbe und einem Lappen.

Sie blickte mit einem Anflug von Panik auf die Farbe. Warum brauchte er die?

Er führte sie zu einem Sitzbereich mit vier Doms. „Meine Herren, die Auszubildende hier muss dekoriert werden. Ist jemand willig?"

„Sicher."

„Warum nicht?"

„Na klar."

Die drei ledigen Doms zeigten alle Interesse.

Jake drehte Rainie zum ersten, und sofort spannte sie sich an. Sie hatte ihre Session – die eine, die sie mit ihm hatte – gehasst. Einige Tops gingen absichtlich sexuell grob vor – was heiß war. Als Jake ihre Nippel geneckt hatte, war ihm zu jeder Zeit bewusst gewesen, was er tat. Er war nicht selbstbezogen vorgegangen und achtete stets auf ihre Reaktionen.

Obwohl Donald nie die Grenzen des Clubs überschritt, rührte seine Grobheit von Unerbittlichkeit und Egoismus.

Rainie zwang sich, nicht zurückzutreten, und erkannte dann, dass Master Jake sie genau beobachtete. Er zog eine Augenbraue hoch und wies sie an, sich vor die beiden anderen zu stellen. Sie persönlich hatte noch nie mit ihnen gespielt, aber so weit sie wusste, hatten sie bei den Subs nicht den schlechtesten Ruf.

„Brand, Casey", sagte Jake und ignorierte Donalds genervtes Grunzen. „Überzeugt uns mit eurem künstlerischen Talent."

Brand hatte Silber an den Schläfen und in seinem Schnurrbart, aber sein Latex-Bodysuit zeigte einen beeindruckenden Körperbau. Sein Blick schweifte über sie und er lächelte. „Wer kann schon diesen Titten widerstehen?" Er sah zu Casey. „Ich nehme die Außenseite ihrer Brüste und überlasse dir die Nippel."

Nachdem Master Jake ihnen die Farbtuben und den Lappen zugeworfen hatte, schob er seine Finger in ihre Haare und schränkte sie so an Ort und Stelle ein. Ihre Arme waren bereits hinter ihrem Rücken gefesselt. Seine andere Hand packte dennoch ihren Oberarm und sorgte dafür, dass sie sich nicht vom Fleck rühren konnte.

Aus dem Augenwinkel sah sie ihn an. „Du musst mich nicht festhalten", murmelte sie.

„Aber es gefällt mir, dich zu festhalten", erwiderte er.

Sein holziger maskuliner Duft umhüllte sie – was einfach falsch war. Alles, was so verlockend roch, sollte verboten werden. Reguliert. Verteilt in sehr kleinen Mengen.

Eine Berührung an ihrer Brust erschreckte sie. Sie zwang sich jedoch, still zu halten.

Vor ihr fuhr Brand mit dem Finger über ihr Neckholder-Top und erkundete ihre Brust. So empfindlich. Eine Reaktion war unausweichlich. Und dort berührt zu werden, während sie Jakes gnadenloser Kontrolle ausgeliefert war, schickte ihren Körper in einen Zustand nervöser Erregung.

„Wunderschöne Brüste", kommentierte Casey, als er seinem Freund beim Malen zusah. Er fand Jakes Blick. „Sehr helle Haut. Ich wette, ihre Nippel haben ein hübsches Rosa."

„Lasst es uns herausfinden." Ohne von ihren Haaren abzulassen, löste er die Bänder in ihrem Nacken und an ihrem Rücken und riss ihr das Oberteil vom Körper. Ihre Nippel richteten sich bei der kühlen Luft sofort auf … und unter der Hitze der bewundernden Blicke.

Jakes warmer Atem strich über ihre Ohrmuschel, als er flüsterte: „Du hast wunderschöne Brüste, Auszubildende."

Seine Hände. Sie wollte seine Hände so verzweifelt auf sich spüren, dass ihre Knie bebten.

„Atemberaubend", sagte Brand. „Ich schätze, ich muss von vorne anfangen." Nachdem er etwas Rot herausgedrückt hatte, zeichnete er filigrane Muster auf ihre nackte rechte Brust. Die Farbe fühlte sich auf ihrer überhitzten Haut kalt an.

Er reichte Casey die zweite Tube.

Der jüngere Dom umkreiste ihre linke Brustwarze mit einem leuchtenden Gelb und massierte dann mit einem Finger die Farbe ein.

Gott, Jake war ihr so nah, fesselte und beobachtete sie und … irgendwie verwandelte sich alles, was die Männer vor ihr taten, in eine Art Vorspiel. Bis die Doms ihr Werk beendeten, waren ihre Brüste geschwollen und pochten und schickten dringende Signale an ihre Pussy.

Sie versuchte, ihre Oberschenkel nicht aneinander zu reiben, und verlagerte ihr Gewicht.

Brand gluckste. „Deine Auszubildende ist erregt, Jake. Wir hätten nichts dagegen, sie in einer privaten Session im Obergeschoss mit dir zu teilen."

Bestürzung schoss durch Rainie wie eine Peitsche eisigen Regens. *Ich habe kein Interesse an Dreiern. Oder Vierern.*

Jakes stetiger Blick sorgte für die einzige Wärme in dem plötzlich kalten, schattigen Raum. „Rainie, was sagst du?"

Hatte Jake nicht ihre Akte gelesen? „Ich …"

Brand und Casey beobachteten sie mit offener Vorfreude und erwarteten offensichtlich ihre Zustimmung.

Sie stotterte: „I-Ich habe noch andere Dinge zu –"

„Ja, du hast wirklich ein Problem, oder?" Mit ihren Haaren fest um seine Faust gewickelt, trat er vollständig hinter sie. Seine linke Hand teilte einen Schlag aus, der weit von Spaß entfernt lag.

Der Schmerz breitete sich wie Feuer auf ihrem Hintern aus und sie unterdrückte ein Wimmern.

Ein zweiter und dritter brennender Schlag folgte. *Au! Gott, was hatte sie getan?* Tränen trübten ihre Sicht. Sie atmete aus und versuchte, den Schmerz zu vertreiben. „Warum? Warum, Sir?", wimmerte sie.

Jake drückte die Schultern durch und drehte sie zu sich. Seine Hand fand ihr Kinn und so zwang er sie, seinem grimmigen Blick zu begegnen. „Sam meinte, du hättest bereits eine Lektion zu dem Thema erhalten."

„Master Sam?"

„Rainie, wenn du nicht mit einem Dom spielen – oder dich mit ihm verabreden – willst, wie lautet dann die richtige Antwort?"

Ihre Gedanken wirbelten in ihrem Kopf, aber alles, woran sie denken konnte, war, wie ihr Hintern schmerzte. Eine Träne rollte über ihre Wange.

Jakes Augen wurden sanfter, obwohl sein Kiefer angespannt blieb, als er sie so positionierte, dass sie den beiden Doms zugewandt war. „Was sagst du zu ihnen, Rainie?"

Master Sam hatte ihr gesagt, *Nein* zu sagen.

Sie räusperte sich. „I-Ich –" Als Jakes Hand warnend ihre Schulter drückte, wurde sie an den Schmerz erinnert, den er ausüben konnte, und so schaffte sie es, die Worte herauszubekommen: „Es tut mir wirklich leid, Sirs, aber ich – Nein. Nein, vielen Dank. Es tut mir leid."

„Uns auch", stimmte Brand ein. „Aber du hast uns höflich abgewiesen. Gut gemacht, Sub."

„Gentlemen", sagte Jake höflich und lenkte sie weg.

„Ich … ich mag keine Dreier", hauchte sie zu Jake. Und ihn wollte sie auch nicht mehr. „Ich bin mir sicher, dass dies in meiner Akte steht."

„Gut möglich. Jedoch ist das der Grund, warum ich dich gebeten habe, noch einmal über deine Grenzen nachzudenken. Die Vorlieben und Bedürfnisse einer Sub ändern sich im Laufe der Zeit. Eine Neubewertung ist regelmäßig erforderlich."

Ich möchte nicht neu bewertet werden.

Da es keinen engagierten Ausbilder mehr gab, war sie einer Neubewertung für eine ganze Weile entgangen. Aber Jake schien entschlossen, diesbezüglich stur zu sein.

Er drehte sie zu sich um, und sein Blick fiel auf ihre Brust.

Brand hatte ein Knotenband im keltischen Stil um ihre Brüste gemalt. Ihre Vorhöfe leuchteten gelb.

„Kunstwerke wie diese sind eine offene Einladung zum Anfassen." Jakes Finger schlossen sich um einen Nippel, zwickten in die Knospen und verschmierten so die gelbe Farbe. Seine grünen Augen blieben auf ihrem Gesicht, als er fest genug drückte, um die Grenze zum Schmerz zu überschreiten. Alles in ihr bündelte sich und sammelte sich in ihrer Mitte. „Beine weit auseinander und beug dich etwas vor."

„Was?" Sie starrte ihn an und sah die Entschlossenheit in seinem Ausdruck.

Er nahm ein Papiertuch, wischte sich die Farbe von den Fingern und ... wartete.

Okay. Gott! Sie stellte ihre nackten Füße schulterbreit auseinander.

„Weiter."

Nerviger Bastard.

Sie folgte seiner Anweisung und beugte sich dann vor, dankbar, dass ihr seine Hand an ihrem Arm mit dem Gleichgewicht half. Ihre Brüste schwangen. Schlimmer noch: Ihr extrem kurzer Rock bedeckte in dieser Position nicht länger ihren Arsch. Als Mitglieder des Clubs an ihr vorbeiliefen, flammte ihr Gesicht vor Verlegenheit auf.

Und doch fühlte sie, wie sich ihre Mitte mit einer anderen Art Wärme füllte. Kein Master hatte sie in der letzten Zeit so nah an ihre Grenzen getrieben und kontrolliert. Ihr ganzer Körper bebte vor sexueller Vorfreude.

Jake fuhr mit seiner Handfläche über die nackte Haut ihres Gesäßes, massierte und knetete und erweckte erneut die empfindliche Haut, die er bereits mit einem Spanking aufgewärmt hatte. Langsam schob er seine Hand zwischen ihre Beine.

Bei der intimen Berührung zuckte sie und versuchte, sich aufzurichten.

Sein unnachgiebiger Griff um ihren Arm hielt sie still. Seine Finger zeichneten ihre Schamlippen nach, fanden ihren Eingang. „So feucht, Baby. Gut zu wissen."

Nachdem er ihr hoch geholfen hatte, zog er ihren Rock nach unten und bedeckte ihren Hintern.

Ihr Atem ging schnell und das Verlangen war ein hämmernder Pulsschlag zwischen ihren Schenkeln. Mit jedem Befehl, jeder fordernden Berührung seiner Hand wollte sie um mehr betteln.

Aber nicht von Jake. Nein, nicht Jake. Tränen brannten ihr in den Augen. Sie blinzelte und schürte die Wut, um ihre schwächliche Reaktion auf ihn auszulöschen. „Du hättest einfach fragen können."

Seine Augenbrauen hoben sich.

Diese winzige Bewegung reichte aus und ihre Knie bebten. „Du hättest einfach fragen können, *Sir*."

„Habe ich auf deiner Liste mit den Grenzen übersehen, dass du nicht intim berührt werden willst?", fragte er trocken.

Oh, er war die Ausgeburt des Teufels. Warum hatte sie ihn so viele Jahre lang gewollt? „Nein."

„Um genau zu sein: Ausgehend von deiner Liste und den Bändern an deinen Handgelenksfesseln könnte ich meinen Schwanz anstelle meiner Hand benutzen und dich hier und jetzt ficken. Liege ich damit falsch?"

Ihr Mund verzog sich, als sie ihm antwortete: „Nein, du liegst nicht falsch. *Sir*." Und sie hasste die Welle der nervösen Erregung, die in dem Moment durch sie schoss.

Anstatt etwas zu tun und sie zu erleichtern, zog er sie mit sich und sagte: „Ich werde dir mehr Doms vorstellen, Auszubildende."

Jake genoss Rainies zunehmende Frustration, als er sie durch den Raum und zu den Doms führte, die er in seinen Plan eingeweiht hatte. Mit seiner Hand auf ihrem Nacken hatte er kein Problem damit, die Reaktionen von ihrem Körper abzulesen und zu bestimmen, wie weit er gehen konnte.

Jedes Mal, wenn sie versuchte, sich ihm zu widersetzen, und sie es nicht schaffte, nahm ihr Beben zu. *Verdammt*, aber er wollte sie trösten, wollte sie kontrollieren und die Tiefen ihrer Persönlichkeit erkunden.

Dies war nicht der richtige Zeitpunkt.

Bleib bei der Sache, Sheffield. Nächste Lektion.

Nachdem er zugesehen hatte, wie ihr Bauch bemalt wurde, prüfte er, wie erregt sie war. Nein, diese beiden Doms taten es nicht für sie – obwohl sie noch feucht war.

Einer hatte sie sogar gefragt, ihn für einen Fick nach oben zu begleiten.

Zwei weitere Schläge hatte sie bekommen, bevor sie es schließlich schaffte, das Angebot abzulehnen.

In Vorbereitung auf die nächste Gruppe zog er ihren Rock aus. Sie hatte eine wunderschöne Pussy, wobei die inneren Schamlippen zwischen den prallen äußeren herausragten. Verdammt verlockend.

Bleib bei der Sache, Sheffield. Nächste Lektion.

Unter seiner Aufsicht bemalten Adam und Carter ihren Venushügel, ihre Arschbacken und Oberschenkel.

„Ich würde dieses hübsche Arschloch gerne genauer erkunden", sagte Adam. „Wirst du mir ein wenig Zeit mit ihr geben?"

„Rainie, was denkst du?"

Sie schaute von ihm zu Adam und zurück, und ihre Wangen liefen bei der aufkeimenden Wut rot an. Obwohl Jake seine

Erwartungen deutlich gemacht hatte, schien ihr erst jetzt aufzu-fallen, wie gründlich er diese Lektion geplant hatte. „D-Du ...“

Er unterdrückte sein Grinsen und wies mit dem Kinn auf Adam. „Sag mir deine Antwort auf seine Anfrage, Baby.“

Obwohl ihr jetzt klar war, dass das gesamte Szenario im Voraus geplant gewesen war, wusste sie nicht, wie sie damit umgehen sollte. „Es tut mir leid, aber ich ...“ Ihr Blick fiel und sie schluckte schwer.

„Rainie“, sagte Jake leise. „So schwer ist das nicht. Versuche Folgendes: *Nein, ich habe kein Interesse, aber danke für das Angebot, Sir.*“

Bei der Dankbarkeit in ihren Augen wurde er von dem Bedürfnis überwältigt, sie in seine Arme zu ziehen. „Nein, ich habe kein Interesse, aber danke für das Angebot, Sir“, wiederholte sie die Worte zu Adam.

„Gut gemacht.“ Der junge Dom grinste. „Komm und finde mich, wenn du deine Meinung änderst.“

Jake gluckste über Rainies sauren Gesichtsausdruck und führte sie weg. Übung machte die Sub, und schon bald wäre es kein Problem mehr für sie, Doms abzulehnen. Die Erinnerung an den Schmerz von den Schlägen auf ihren Hintern sollte helfen, den Impuls zu setzen.

Da sie eine kluge Frau war, würde sie wahrscheinlich ihre Vergangenheit durchforsten, um herauszufinden, warum sie so viel Mühe hatte, *Nein* zu sagen. Bei Bedarf würden er und die anderen Master ihr beim Durchleuchten helfen.

Er war mit dem Erfolg des heutigen Abends zufrieden. Und er hatte etwas an Wissen gewonnen.

Sie mochte Schmerz nicht besonders: Kontrolle – subtil und auch direkter – törnte sie jedoch an. Sie konnte die Angeber-Doms von den echten unterscheiden. Sexuelle Unterwerfung war ihr Kink, obwohl sie in ihrer Persönlichkeit eine nette Portion serviceorientierte Unterwerfung bereit hielt, genug, um das Bedürfnis zu wecken, anderen gefallen und sie nicht enttäuschen zu wollen. Vor allem Doms. Ihr kluger, unabhängiger Charakter neigte dazu, mit der unterwürfigen Seite zu konkurrieren.

Sie war definitiv eine faszinierende Frau.

„Vielleicht sollte ich auch etwas malen", murmelte er. Bei seinem nächsten Atemzug fing er den subtilen Duft ihres Körpers ein, leicht würzig, vermischt mit dem Moschus ihrer Erregung. „Oder ich könnte einfach mit dir spielen."

Auf ihren Lippen und ihren Wangen zeigte sich, dass ihr die Idee gefiel.

Interessant. Sie ging ihm vielleicht aus dem Weg, aber ... sie *wollte* ihn. Sein Schwanz zuckte bei der Erkenntnis. Natürlich kämpfte er schon den ganzen Abend gegen seine Erregung an. Sie zu berühren, ließ ihn innerlich beben, als hätte er eine Stromleitung gepackt.

Sie war alles, was er an einer Frau genoss – von ihrem Duft über ihren üppigen Körper bis hin zu ihrem frechen Mundwerk. Das Problem war: Da er den Abend als Master eine Lektion gegeben hatte, musste er jetzt einen Schritt zurückmachen. Sie mussten sich beide darüber klar werden, was sie wollten, bevor sie zum nächsten Punkt, dem Sex, übergingen. Dominanz und Unterwerfung waren dazu fähig, die Dinge zu verkomplizieren.

Um sie beide abzulenken, schlug er hart auf ihren hübsch bemalten Arsch und entlockte ihr damit ein Wimmern. „Das war eine Erinnerung daran, in Beziehungen ehrlich zu sein, egal ob du den Dom seit einer Minute oder einem Jahr kennst. Ich möchte, dass du ehrlich in deinen Emotionen, deinen Gedanken und ... deinen Ablehnungen bist."

„Ja, Sir." Sie hielt still, als er die Kette zwischen ihren Handgelenksfesseln löste.

Sobald sie frei war, atmete sie tief ein und rieb sich den Arsch, der wahrscheinlich höllisch wehtat. Ein oder zwei Tage würde sie sich beim Sitzen an seine Lektion erinnern. „Wenn du die Wahrheit willst: Ich würde dir jetzt wirklich gerne ins Gesicht schlagen. *Sir.*"

Er grinste.

Sie schob ein paar Haarsträhnen zurück und sah ihm direkt in die Augen. „Nichtsdestotrotz bin ich dankbar für die Lektion."

Und ihre Ehrlichkeit war noch sexier als ihr hinreißender Körper. „Dann wünsche ich dir eine gute Nacht, Baby."

„Gute Nacht, Sir."

KAPITEL VIER

Am nächsten Abend stand Rainie im Badezimmer, ihr Make-up wie eine Armee auf der Fläche neben dem Waschbecken aufgereiht. „Hach, Master Fellpopo, ich wünschte, ich hätte Lust, heute Abend feiern zu gehen." Deprimiert und müde hatte sie auf das schwere Geschütz zurückgegriffen: dickere Foundation, dunklere Augen und Wimpern, die lang genug waren, um ihre Augenbrauen zu erreichen.

Sie schaute in den Spiegel. Nicht ganz nuttig, aber nah dran. Perfekt für den heutigen Junggesellinnenabschied und das Thema: Exotische Tänzer von der Leine gelassen. *Gott, was für ein Thema.* Es war ihr unangenehm, außerhalb des Shadowlands so wenig Kleidung zu tragen. Sie hatte versucht, die anderen Frauen von der Idee abzubringen, und wurde überstimmt. *Komm drüber weg, Rainie.*

Mit einem Schnauben warf sie einen Blick auf den flauschigen kleinen Hund zu ihren Füßen. „Es ist irgendwie dumm, sich so viel Mühe zu geben. Ich meine, eine Junggesellinnenparty bedeutet, dass nur Frauen kommen."

Rhage stimmte offensichtlich zu, denn sein flauschiger

Schwanz wedelte über den glitzernden blauen Nagellack auf ihren Zehen.

Sie strahlte ihn an. Er war so ein guter Zuhörer. „Ich kann nicht glauben, dass die Praxis niemanden gefunden hat, der nach dir sucht, aber ich bin froh, dass sie das nicht haben." Denn Rhage zu verlieren, würde ihr das Herz brechen.

Auch er wusste, dass er jetzt zu ihr gehörte. Sie grinste. Das sieben Kilo schwere Fellknäuel hatte den Hund ihres Nachbarn angeknurrt und war zu ihr zurückgekehrt, völlig überzeugt davon, dass er sie vor dem riesigen Pitbull gerettet hatte.

Also hatte sie ihn nach ihrem liebsten fiktiven Buch-Boyfriend benannt. „Du bist mein Held, Rhage."

Mit den Ohren gespitzt beobachtete Rhage sie genau. Alles, was sie sagte, war ihm wichtig, und … das fühlte sich gut an.

„Ich war immer überzeugt davon, dass ich als Erwachsene meinen eigenen Helden finden würde." Rainie verzog das Gesicht im Spiegel. Wahrscheinlich hätte sie ihre Jugend nicht mit Lesen und Tagträumen verschwenden sollen. „Aber ich habe aufgegeben; ich warte nicht länger auf einen Helden."

Rhage wimmerte. Bedeutete das, dass er zustimmte?

„Ich glaube ohnehin nicht, dass Helden noch existieren, Kleiner." Ihr Ex-Verlobter Geoffrey Hollingsworth qualifizierte sich sicher nicht als Ritter in glänzender Rüstung. Oder vielleicht hatte er sie nicht als einen Preis angesehen, für den es sich zu kämpfen lohnte. Die Erinnerung war ein nicht verheilter Bluterguss an ihrem Herzen.

Sie war begeistert gewesen, als er mit ihr in den Norden gefahren war, um ihr endlich seine Familie vorzustellen. „Darf ich euch Rainie Kuras vorstellen?", hatte er gesagt.

Als seine Mutter und seine Schwester jedoch die Augen abwertend über Rainies billige College-Kleidung schweifen ließen, schrumpften ihre Hoffnungen. Dann hatte Geoffreys Schwester ihrer Mutter ins Ohr geflüstert: „… Pflegefamilien … Drogen …"

Mrs. Hollingsworths Lippen hatten sich missbilligend zusammengepresst. Ihr Blick, der so oder so nicht besonders viel Wärme ausgestrahlt hatte, kühlte sich weiter ab. „Sehr erfreut."

Offensichtlich sah sie Rainie nicht als würdig, da sie eine Frau war, der es an Geld, Ehrbarkeit und an nennenswerten Vorfahren fehlte. Aber dann kam der Moment, der auch heute noch wehtat. Trotz vergangener Erfahrungen hatte sie törichterweise erwartet, dass Geoffrey seinen Arm um sie legen und seiner Familie zeigen würde, was sie ihm bedeutete.

Aber ... nein.

So hatte sie gelernt, dass Liebesromane nichts als Fiktion waren. Ein Held, der die Heldin wahrhaftig liebte und sich um sie sorgte, wurde als Fantasie bezeichnet.

Und die Realität war die Art und Weise, wie Geoffrey auf Abstand gegangen war. Wie er jedes Gespräch über diesen Abend gemieden hatte. Die Kälte war in den leeren Bereich zwischen ihnen gedrungen, in dem Liebe und Vertrauen gedeihen sollten.

Nach einem schmerzhaften Atemzug richtete Rainie langsam das Chaos neben dem Waschbecken.

Eine Pfote auf ihrem Fuß sagte, dass Rhage den Rest der Geschichte hören wollte.

„Tut mir leid, Kleiner. Das Märchen hat kein gutes Ende. Mein sogenannter Verlobter ist mit einer Menge Ausreden aus meinem Leben getreten. Der Mistkerl. Ich würde ihn mehr respektieren, wenn er einfach ehrlich gewesen wäre."

Ehrlich.

Sie erstarrte und schaute auf ihr stets nach Ausreden suchendes Gesicht im Spiegel. War sie tatsächlich auf Geoffrey wütend, weil er nicht ehrlich zu ihr gewesen war, nachdem sie sich letzte Nacht für das gleiche Vergehen ein Spanking nach dem anderen eingefangen hatte? Sie fand stets Ausreden, um Sex oder Verabredungen oder was auch immer zu meiden.

Master Jake hatte wirklich den Nagel auf den Kopf getroffen – mehr als ihm bewusst war. *Scheiße.*

Okay. Nie mehr lügen. Sie war besser als das. Sicher, sie beabsichtigte, die Karriereleiter Sprosse für Sprosse zu erklimmen, was bedeutete, dass sie es mit Taktgefühl probieren sollte und nicht unbedingt mit ... ungeschminkter Ehrlichkeit. Aber sie hatte auf dem Weg nach oben nicht vor, ihren Charakter zu verraten.

Sie hob den Hund in ihre Arme und kuschelte ihn an sich. „Keine Sorge, Kleiner. Dich werde ich nie anlügen. Versprochen."

Ihr Kinn wurde von Hundeküssen bedeckt und sie rieb die Wange über seinen flauschigen Kopf. Der perfekte Held. Er verurteilte sie nicht wegen ihrer Kleidung oder ihrer Fehler in der Vergangenheit oder ihrer schrecklichen Kindheit. Er liebte sie so, wie sie jetzt war. Wie selten das doch vorkam. „Wie habe ich all die Jahre nur ohne dich überlebt?"

Nachdem sie sich angezogen hatte, öffnete sie den riesigen, schwarzen Koffer mit ihrem Spezialvorrat.

Rhage hüpfte aufgeregt auf seinen Vorderpfoten auf und ab, und schien davon auszugehen, dass der Koffer neues Spielzeug für ihn bereithielt.

„Tut mir leid, Kleiner." Ihre Lippen zierte ein Grinsen, als sie einen Schwanzring musterte. Ja, man könnte diese Gegenstände leicht mit Hundespielzeugen verwechseln. „Das sind Sexspielzeuge, Rhage."

War das ein entsetzter Ausdruck in Rhages schokoladenbraunen Augen? „Sorry, Kumpel." Sie kraulte ihm hinter den Ohren. „Partys dieser Art bringen zusätzliches Geld ein und stellen sicher, dass ich nicht nur mit den Fahrern aus dem Abschleppdienst abhänge, sondern zur Abwechslung mal mit Frauen." Und für eine Junggesellinnenparty waren es die perfekten Preise für die bevorstehenden Spiele.

„Hoffentlich geht es heute Abend nicht zu lange." Sie musste morgen – Sonntag – arbeiten, um die Gehaltsabrechnung abzuschließen. Wegen Cory. Sie runzelte die Stirn. „Dieser Mann! Er besteht nur Passivposten. Keine Aktivposten in Sicht."

Zuerst hatte ihr *Chef* den Dienstplan durcheinandergebracht und die von einem Fahrer geforderten freien Stunden ignoriert. Dann, als der Fahrer laut geworden war, hatte Cory ihn gefeuert und ihr untersagt, den letzten Gehaltsscheck zu schicken. Sie war außer sich gewesen und aus dem Gebäude gestampft – was in High Heels nicht einfach war.

Und jetzt musste sie morgen arbeiten, wenn die Angestellten ihre Bezahlung erhalten sollten. „Und das alles, weil Cory nur eine Abrechnungsperiode vor einer Abschreibung steht. Der Volltrottel. Er ist ein fauler, Urin trinkender Pustel mit einem Stecknadel großen Schwanz."

Rainie zog eine Grimasse. Hatte sie das wirklich laut gesagt?

Miss Lily hatte ständig versucht, sie zu jemandem mit Klasse zu formen. Und Rainie hatte ihre Kraftausdrücke zurückgeschraubt – zumindest die richtig schlimmen Obszönitäten. Fielen Beleidigungen dieser Art in die *Vornehme Frauen tun das nicht*-Kategorie? Leider konnte sie Miss Lily nicht fragen. Nie wieder.

Die Trauer traf sie so brutal, dass sie die Hand auf ihre Brust legen musste. Sie bekam keine Luft und wimmerte: „Warum hast du mich verlassen?" *So wie das alle in meinem Leben tun.*

In einer pfirsichfarbenen Bluse, einer Perlenkette und passenden Ohrringen schaute Miss Lily aus dem Bilderrahmen zu ihr. Ihr Blick war direkt, ihr Kinn stolz nach oben. Selbst auf einem Foto zeigte sie Würde. Aber sie hatte auch gewusst, wie man die Wahrheit darlegte.

Mit siebzehn wurde Rainie nach einem Drogendeal, der schief gegangen war, zum Sterben zurückgelassen. Ihr nächster Wohnort hätte die Jugendstrafanstalt sein sollen, jedoch hatte der Richter etwas in ihr gesehen. *„Würdest du gerne Miss Lily kennenlernen?"*, hatte er sie gefragt und bezog sich dabei auf seine Assistentin von seiner Zeit als Anwalt. Die Person, die ihm geholfen hatte, der Mann zu werden – der Richter –, der er war.

Rainie wusste, dass es bei seiner Frage nicht um die Wahl zwischen Jugendstrafanstalt und einer anderen Pflegefamilie ging – es ging darum, wer sie in ihrem späteren Leben sein wollte.

Im Gerichtsgebäude hatte Miss Lily den Blick über Rainie schweifen lassen und ihr ein kleines Lächeln geschenkt. „Du kannst deine Fahrt in die Hölle fortsetzen, junge Dame, oder du kannst mit mir nachhause kommen und zu einer wahren Lady heranwachsen. Deine Entscheidung."

Mit einem geschwollenen Auge hatte Rainie die Frau angestarrt und versucht, nicht zu wimmern. Zu der Zeit war ihr Leben das reinste Durcheinander gewesen und ... *Gott*, alles hatte weh getan. Shiz hatte im Leichenschauhaus gelegen und sie wollte nicht mehr sie selbst sein.

Jahre später teilte Miss Lily mit ihr, dass sie geplant hatte, dem Richter eine Abfuhr zu erteilen, aber dann hatte sie die Sehnsucht in Rainies Augen gesehen. Eine Sehnsucht auf mehr im Leben.

„Ich versuche es immer noch, Miss Lily", sagte Rainie zu der Frau auf dem Foto. „Ich werde alles geben, um dich stolz zu machen."

Als sie mit den Tränen kämpfte, wusste sie, was Miss Lilys Antwort sein würde: *Dann los. Unternimm den nächsten Schritt. Nichts wird durch Tränen oder Trübsal erreicht.*

„Jawohl, Ma'am." Rainie kehrte ins Badezimmer zurück und wischte sich die Tränen und die heruntergelaufene Wimperntusche unter den Augen weg. Schluss mit der Vergangenheit. Heute Abend ging es nicht um sie, sondern um die beiden Junggesellinnen, und sie würde sich den Arsch aufreißen, um sicherzustellen, dass Sally und Gabi eine gute Zeit hatten.

Sie stellte die Tasche mit den Spielzeugen auf den winzigen Esstisch und blickte finster auf das Notizbuch, in dem sie an Master Jakes Hausaufgaben arbeitete. Sie hatte angefangen ... und aufgehört. Als hätte sie jemals ihre Schwächen mit einem Mann geteilt, ganz zu schweigen von ihrer furchtbaren Vergangenheit. Ganz sicher nicht.

Und die Liste dessen, was sie sich bei einem Dom wünschte,

wies nur auf ihr nichtexistierendes Liebesleben hin. Seit Geoffrey hatte keine *Beziehung* länger als ein paar Dates angedauert.

Er war es gewesen, der ihr von BDSM erzählt hatte, und obwohl er keine Clubs mochte, hatte er sie während einer Nacht der offenen Tür ins Shadowlands mitgenommen. Mit ihm hatte sie gelernt, dass sie Gefallen an Dominanz im Schlafzimmer fand. Aufgrund ihrer Vergangenheit behielt sie eine strenge Kontrolle über ihr Leben bei, aber es fühlte sich erstaunlich an, jemand anderem die Verantwortung für Sessions und Sex zu überlassen.

Ihr Lächeln verblasste. Da sie Geoffrey so sehr vertraut hatte – genug, um loszulassen –, machte es ihr auch heute noch zu schaffen, wie er sie verlassen hatte.

Eine Weile nach der Trennung war sie dem Shadowlands beigetreten – in der Hoffnung, einen wundervollen Dom kennenzulernen. Dieser Traum war schnell in Rauch aufgegangen, da sie wusste, dass es eine Einladung war, verletzt zu werden, wenn sie ihr ganzes Vertrauen und ihre Liebe in einen Mann investierte.

Sie beugte sich vor und zog sanft an Rhages seidenweichem Ohr. „Bist du auch grausam, Kleiner? Schließlich bist du ein Mann, oder?"

Sein Schwanz klopfte auf den Teppich.

„Bei Menschen ist es viel zu oft so, dass ein Mann nach der Eroberung seinen Preis mustert und ihn auseinandernimmt, bis nur noch die Hülle übrig bleibt." Sie schlug sich auf ihren runden Bauch. „An mir gibt es viel zu meckern. Und meine Vergangenheit bietet noch mehr Munition."

Rhage hob seine Pfote in die Luft und schien zu winken.

„Du auch, ja? Wir beide haben eine schäbige Vergangenheit." Rainie lächelte ihn an. „Ich schätze, das werden wir für uns behalten." *Für immer*.

Sie wischte das Notizheft vom Tisch. Verflucht sei Master Jake. Nachdem sie letzte Nacht nachhause gekommen war, hatte sie von ihm geträumt. Schlimmer noch: Sie sehnte sich danach, ihn wiederzusehen – als wäre er dunkle Schokolade und sie hätte gerade eine einjährige Diät hinter sich. Sie *brauchte* ihn.

Mit den Träumen wäre sie klargekommen. Wäre sie. Wenn sie sich nicht langsam in Albträume verwandelt hätten, in denen sie von der Geburtstagsfeier seiner Schwester zurück in das Haus ihrer Pflegefamilie geflohen war – wo sie hätte in Sicherheit sein sollen.

Jake trug nicht die Schuld. Nichtsdestotrotz war diese Erinnerung der erste Schritt in einen Wirbel der Verdammnis gewesen.

Ihr Kopf hob sich, als sie Schritte auf dem Bürgersteig hörte. Wahrscheinlich der Limofahrer.

„Okay, Hundi, ich muss zu einer Party." Sie schnappte sich ein riesiges Tuch und schlang es sich um ihr spärliches Outfit. „Du bewachst das Haus, okay?"

Rhage bellte zustimmend.

Wer brauchte schon Männer? Rainie grinste. Sie hatte ihren eigenen Helden – einen unglaublich klugen, anschmiegsamen, vierfüßigen Helden.

Als es sich die anderen bei der Junggesellenparty bequem machten, zog sich auch Jake seine Anzugjacke aus, krempelte seine Hemdärmel hoch, löste die Krawatte und steckte sie in seine Hosentasche. Dann lehnte er sich zurück und streckte seine Beine aus. Für ein Möbelstück in einer Bar war der gepolsterte, burgunderrote Sessel recht bequem.

Am Tisch folgten alle seinem Beispiel. Marcus zog seine silbergraue Nadelstreifensakko aus. Galen hing seine schwarze Anzugjacke sowie Vances über die Rückenlehne eines nahegelegenen Stuhls. Holt behielt seine auf seiner Lehne. Weder Raoul noch Nolan trugen Sakkos. Nachdem die Türsteher die Größe der beiden Männer beurteilt hatten, ignorierten sie die weniger formelle Kleidung.

Jake hatte mehr Spaß, als er erwartet hatte. Nun, abgesehen von der Tatsache, dass er beim Lasertag zweimal gestorben war. Da die Shadowlands-Master an exotischen Kink gewöhnt waren, hatten sie an einem Stripclub kein Interesse gehabt. Stattdessen hatten sie eine Lasertag-Anlage für sich allein gebucht.

Jake warf zwei der Bräutigame, Vance und Galen, einen respektvollen Blick zu. Die FBI-Agents hatten beim Lasertag das Strafverfolgungsteam angeführt. Jakes Team, bestehend aus Ex-Militärs, hatte mit nur einem Spiel Vorsprung gewonnen.

Nach einer Dusche und einer guten Mahlzeit waren die Bräutigame und ein paar andere Doms hierher gekommen, um nach der Junggesellinnenparty zu sehen. Jake ließ den Blick durch den überfüllten Raum schweifen. Angeblich hatten sich die Frauen diesen Boutique-Nachtclub als letzten Halt ausgesucht.

Eine gute Wahl. Der DJ spielte Musik von Rock bis Metal, um die Gäste zum Tanzen zu motivieren. Da Vance einen Tisch im erhöhten hinteren Teil ausgewählt hatte, war der Blick auf das Erdgeschoss hervorragend – obwohl Jake sein Getränk kaum sehen konnte.

Er sah zu Marcus, dem dritten Bräutigam. „Ich dachte nicht, dass sich die beiden Parteien der Junggesellen- und Junggesellinnenparty am Ende des Abends treffen."

„Wäre doch eine Schande, sich die Gelegenheit entgehen zu lassen." Marcus schenkte ihm ein Grinsen. „Die Damen betrinken sich und kommen auf Touren. Der Sex danach ist kaum zu übertreffen."

„Und die Frauen haben euch ermutigt, ihre Party zu stören?"

„Natürlich nicht. Sie wissen nicht, dass wir hier sind." Galens Grinsen war boshaft. „Meine Firma ist darauf spezialisiert, Leute zu finden – selbst, wenn sie versuchen, sich zu verstecken." Galens Firma hatte den Ruf, immer abzuliefern.

„Ich habe gehört, dass die Auszubildenden letzte Nacht auf sich allein gestellt waren", sagte Vance zu Jake. „Du hattest Glück, dass unsere Sally nicht länger dem Programm angehört."

„In dem Punkt stimme ich dir zu", sagte Jake. Die kleine Brünette war bezaubernd, aber eine personifizierte Göre.

„Es ist eine Schande, dass das Programm endet", sagte Marcus. „So habe ich meine Gabi gefunden. Maxie und Dara haben ihre Doms dadurch kennengelernt."

„Apropos, Auszubildende. Hast du mal von Heather gehört?", fragte Raoul.

Heather. Er wappnete sich für den Schmerz, der Erinnerungen an sie immer mit sich brachte, aber ... er fühlte nur eine entfernte Trauer. „Dann und wann. Es geht ihr gut."

„Gut. Und du, mein Freund? Wie geht's dir?"

Jake schenkte ihm ein kleines Lächeln und dachte an den gestrigen Abend. „Ich schätze, ich habe mich erholt. Frauen wirken wieder einladend."

Nolan King schnaubte. „Wenn das in den letzten Monaten Trauer von dir war, möchte ich wirklich nicht wissen, wie du dich in Höchstform verhältst."

Bei dem zustimmenden Chor schaffte Jake nur ein schiefes Grinsen. Okay, ja, er hatte sich mit ein paar Subs abgelenkt, um die Frau zu vergessen, die er verloren hatte. Aber die Frauen hatten gewusst, dass er nur an einem Abend interessiert war. Er neigte sein Glas zu dem taffen Bauunternehmer. „Von mir kannst auch du noch etwas lernen, alter Mann."

Als Nolan laut lachte, zog Holt die Augenbrauen zusammen. „Wenn er dir den Kopf abreißt, spritzt Blut über meinen guten Anzug."

„Beth wird mich retten", sagte Jake und genoss die Art, wie sich Nolans Augen verengten. „Sie mag mich sowieso lieber."

Lachend entfernte sich Holt von Jakes Sessel. *Und der nennt sich Freund.*

„Bezweifle ich." Nolan schwenkte sein Bier. „Da ich gut ausgestattete Frauen mag, werde ich stattdessen Rainie für eine Testfahrt nehmen."

Verdammt nochmal, auf keinen Fall! „Du bist verheiratet", knurrte

Jake. „Wage es dir nicht, auch nur einen Finger an Rainie zu legen."

Als die Männer in Lachen ausbrachen, hob Vance sein Glas zu Nolan. „Und der King punktet einmal mehr!"

Marcus grinste und sagte zu den anderen: „Als ehemaliger Ausbilder schätze ich es, wie schnell Sheffield zur Verteidigung der kleinen Azubine gesprungen ist."

Und wo zum Teufel war diese Besitzgier plötzlich hergekommen? Jake fühlte sich wie ein Idiot, fand Nolans Blick und hob seinen Kamikaze-Cocktail beeindruckt in seine Richtung. „Ja, ich bin eindeutig gesprungen. Du Bastard."

Das seltene Grinsen des Doms blitzte auf. „Nur damit du es weißt: Würde ich Beth betrügen, würde sie warten, bis ich eingeschlafen wäre, um meine Eier abzuhacken und sie in ihrem Garten zu vergraben. Als Dünger."

Jake erwiderte das Grinsen. Nolans kleine Rothaarige war süß, ruhig und verfügte über ein Rückgrat aus reinem Titan. „Ich frage mich, was Rainie in einer ähnlichen Situation tun würde." Könnte nützlich sein, die Information zu haben.

Die Ideen, die anschließend aus den Doms sprudelten, waren viel zu blutig und beruhigten ihn kein bisschen.

Galen fügte hinzu: „Als rachsüchtiger Typ würde sie danach wahrscheinlich alles in den Küchenabfallzerkleinerer stopfen."

Meine Fresse. Jake spürte, wie sich seine Eier nach oben zogen.

Eine Sekunde später war ein Tumult an der Tür zu vernehmen. Vance wandte sich um und lachte. „Und da sind sie auch schon."

Jake schaffte es nicht, den Blick abzuwenden. Das waren Shadowlands-Subs? Die Frauengruppe, die in den Club stolzierte, würde sich auf der Bühne mit Strippern wie zuhause fühlen. Aber, *verdammt*, sie sahen gut aus. Haare gestylt, Wimpern bis zur Decke, tiefrote Lippen, bei denen der Schwanz eines jeden Mannes zuckte.

Er hatte schon weniger Make-up bei Drag Queens gesehen,

jedoch gab es keinen Zweifel daran, dass es sich um Frauen handelte, wenn man bedachte, wie viel Haut sie zeigten. Miniröcke, Netzstrümpfe und Dekolletees, die so tief waren, dass sie mit dem Grand Canyon mithalten konnten. Und irgendwie war es doch nicht zu viel. Oder zu wenig.

Nach einer Minute entdeckte er Rainie. Sie sah aus wie purer Sex. Ein Minirock in einem glänzenden Schwarz legte sich um verdammt sexy Beine. Ihr dunkelblaues Bustier hatte hinten kaum Stoff, sodass er ihr Tattoo über ihre rechte Schulter erspähte, das seine Augen direkt zu ihren unglaublichen Brüsten führte. *Gott*, er hatte noch nie in seinem Leben jemanden so verzweifelt berühren wollen.

Er lächelte reuevoll. Ein Dom sollte sich selbst kennen ... und er musste zugeben, dass sie der Grund war, warum er bei den Bräutigamen geblieben war, anstatt wie die meisten anderen seinen eigenen Weg zu gehen.

Als die Frauen eine kleine Gruppe bildeten, bemerkte Jake, dass sich Ben, der für die Sicherheit im Shadowlands zuständig war, bei ihnen aufhielt. Mit seinen massiven, grob gemeißelten Gesichtszügen und seinen Klamotten könnte er heute Abend auch als Zuhälter durchgehen, der sich von niemandem verarschen ließ.

Jake beobachtete, wie sich die Frauen aufteilten und in verschiedene Richtungen aufbrachen. Beth machte sich auf den Weg zum DJ, Rainie und eine andere Frau ... „Ist das Mistress Anne?", presste Jake heraus.

„Jap." Raouls Lächeln war wie ein weißer Blitz in der Dunkelheit. „Noch nie hat sie so wunderschön ausgesehen."

Ungelogen. Die Kleidung der sadistischen Domina war in der Regel bedrohlich. Was sie heute Abend trug, konnte nur als verführerisch bezeichnet werden – als wäre sie direkt aus einer Penthouse-Zeitschrift gestiegen.

„Welche tapfere Sub es wohl geschafft hat, die Mistress von diesen Klamotten zu überzeugen?", wunderte sich Marcus.

Jeder einzelne Dom am Tisch antwortete mit: „Rainie.“

Rainie hatte nicht erwartet, heute Abend so viel Spaß zu haben. Ihr Unmut über die Arbeit war jedoch durch die Menge an Alkohol in ihren Adern und ihre rauflustigen Freunde ausgelöscht worden – obwohl sich die Partymitglieder von den ursprünglichen fünfzehn auf die Verbleibenden reduziert hatten.

Im Moment versuchte Kim, Ben zu überreden, dass dieser ein Paar einschüchterte, um an einen der großen Tische zu kommen.

Uzuri und Beth zielten auf den DJ ab, um nach einem bestimmten Lied zu fragen. Bei dem privaten, exotischen Tanzkurs zu Beginn des Abends hatten sie nur die Schritte für ein Lied bereitgestellt bekommen.

Rainie und Anne hatten ihre eigene Aufgabe erhalten. „Gehört der Barkeeper mir oder nimmst du dich ihm an?“, fragte Rainie.

„Lass mich einen Blick auf ihn werfen“, sagte Anne entschlossen.

Rainie grinste. Die Mistress hatte so viel getrunken wie alle anderen, nur fiel es bei ihr nicht auf. Trotz schwarzer Vinylstiefel, die sie auf die Größe von einem Meter achtzig brachten, erlaubte sich Anne nie einen Fehltritt.

Im Gegensatz dazu musste Rainie alle ihre übrigen Gehirnzellen benutzen, um in einer geraden Linie zu gehen. Ihre Hüften zu schwingen, half und ging mit wertschätzenden Pfiffen einher.

„Heilige Mutter Gottes“, sagte ein Mann, als sie und Mistress Anne sich durch die Menschenmenge an der Bar quetschten. „Meine Damen, was auch immer ihr verlangt, ich werde es zahlen.“

Den Mann ignorierend lehnte sich Anne mit den Unterarmen auf die Bar und musterte den Barkeeper. Rainie tat es ihr gleich und bewertete seine Interaktionen mit den Gästen. „Hetero“, urteilte sie.

„Ich stimme zu. Und ich bin mir sicher, dass er ein Fall für mich ist."

Rainie wartete, bis der Blick des Mannes auf ihren traf. Nichts kribbelte. Natürlich gab es keine narrensichere Methode, Doms von Subs zu unterscheiden, aber sein Blick hielt keine Schlagkraft bereit. Wenn Anne also dachte, er sei unterwürfig, dann war es ihr Job, ihn um den Finger zu wickeln. „Viel Spaß, süßer Pfirsich."

„Süßer Pfirsich?" Anne packte Rainie an dem Ausschnitt ihres Bustiers und zog sie nach vorne, bis ihre Gesichter einen Zentimeter voneinander entfernt waren. „Der Abend ist wirklich toll, aber, kleines Mädchen, benimm dich. Ich bevorzuge Schwanzfolter, allerdings mache ich, wenn ich geärgert werde, gerne eine Ausnahme für Pussys."

Notiz an mich selbst: Sprich niemals einen Sadisten mit niedlichen Kosenamen an. „Ja, Ma'am."

Obwohl Belustigung in Annes Augen lauerte, wäre die Mistress mit einer Peitsche in der Hand sicherlich noch belustigter.

Als Rainie lautstark schluckte, hörte sie, wie mindestens drei Männer um sie herum dasselbe taten. „Tut mir leid, Ma'am."

„Schon besser." Anne ließ sie los, als sich der Barkeeper näherte.

„Meine Damen, was kann ich euch bringen?"

„Wir haben eine Bitte", begann Rainie mit dem vertrauten Spiel. „Wir gehören zu der Junggesellinnenparty hier und –"

„Das ist eine Erleichterung", sagte der Barkeeper. „Ich habe zwei Polizisten am Ende der Bar, die ein paar Prostituierte verhaften wollen."

Rainie verbarg ihr Zucken und den Drang zu fliehen, und erinnerte sich daran, dass sie nicht länger eine Minderjährige war, die bei einem Drogendealer lebte. Sie schaffte ein schwaches Lächeln. „Keine Unzucht in unserer Gruppe, nur eine bevorstehende Doppelhochzeit. Wir wollten, dass du einen besonderen Shot für die Bräute Gabi und Sally servierst. Wir nennen ihn den G&S-Smackdown. Wenn du zustimmst, ihn anzufertigen, werden wir den Drink in den Himmel loben und die Leute dazu bringen, ihn zu bestellen."

Er schüttelte den Kopf. „Ich fürchte, dass das nicht geht. Wir haben –"

In dem Moment griff Anne über die Bar und wickelte die Paisley-Krawatte des Barkeepers um ihre schlanke Hand. Rainie spürte die explodierende Dominanz, die von ihrer Aktion begleitet wurde, und als der Blick des Barkeepers auf den der Domina traf, schmolz sein hartnäckiger Ausdruck direkt von seinem Gesicht.

Anne zog ihn langsam zu sich und sagte mit heiserer Stimme: „Wie heißt du?"

„Lance." Seine Stimme klang belegt.

„Das ist ein sehr schöner Name", entgegnete Anne, und der Barkeeper reagierte mit einem Lustschauer. „Lance, es würde mir gefallen, wenn du die Shots zubereiten würdest."

„O-Okay. Sicher. Das mach ich gern." Sein Gesichtsausdruck sagte, er wünschte, sie würde ihn um mehr bitten, sodass er auch das tun konnte.

Rainies Lächeln verblasste, denn sie erinnerte sich an den gestrigen Abend und ihre unbändige Freude, als sie sich Master Jakes Anerkennung verdient hatte. Warum, oh warum, musste Jake Sheffield ein Dom sein?

Nachdem sie Champagner bestellt und das Rezept für die G&S-Smackdowns übergeben hatten, folgte Rainie Anne zurück an den Tisch und erhielt auf dem Weg vier Aufforderungen zum Tanz und zwei Angebote intimerer Natur. Sie verzog das Gesicht und überprüfte ihr Bustier, um sicherzustellen, dass sich ihre Nippel nicht ins Freie gekämpft hatten.

Aber nein. Alles in Ordnung.

„Nun, meine Damen." Sie ließ sich neben Kim nieder. Als sie das Gewicht von den hochhackigen Sandalen nahm, seufzten ihre gequälten Füße erleichtert auf. „Dies ist die letzte Bar auf der Liste, also sollten wir ihnen eine gute Show bieten." Sie ließ den

Blick über die Anwesenden am Tisch schweifen. Auch ohne zu tanzen, bildeten sie eine bunte Gruppe.

Kims superkurzes Kleid hatte sie passend zu ihren eisblauen Augen gewählt. Uzuri trug ein hautenges, rotes Kleid, das ihre schokoladenbraune Haut strahlen ließ.

Die zukünftigen Bräute hatten sich für Weiß entschieden. Gabi in einem weißen Minirock aus Leder und einem ebenso farbenen Pailletten-Korsett. Ihr erdbeerblondes Haar hatte jetzt einen silbernen und blauen Streifen, abgestimmt auf die Farben für die bevorstehende Hochzeit. Sally trug ein weißes Minikleid aus Leder mit Aussparungen, die die Seiten ihrer Brüste und Hüften offenbarten.

Verdammt, sie liebte ihre Mädchen. Und das würde auch die Menge. Lächelnd lehnte sich Rainie nach hinten, um einen Blick auf die Tanzfläche zu werfen. Ja, es gäbe genug Platz für sie, um eine gute Show abzuliefern.

Als sie sich wieder ihren Mädels zuwandte, legte Gabi ihre gewonnenen Preise auf den Tisch ... direkt neben die von Uzuri. *Guter Gott.*

Sally ließ sich auf die Herausforderung ein und leerte ihre Silber gestreifte Partytasche. Ein riesiger grüner Dildo hüpfte über den Tisch.

„Sally!", zischte Kim etwas zu laut.

Um sie herum verstummten die Gespräche und alle Augen richteten sich auf die Vielzahl von Sexspielzeugen.

„Hulkorama wollte rausgelassen werden", verkündete Sally unschuldig. „Er ist zu groß, um lange unerkannt zu bleiben."

„Na ja, da hast du nicht Unrecht." Gabi rümpfte die Nase bei den grünen Adern, die sich über den gesamten Dildo schlängelten. „Was für ein hässliches Teil. Zumindest hat Iron Mania etwas Klasse." Sie hob einen schlanken, dunkelroten Dildo mit Goldstreifen auf und zeigte damit auf Sally.

„Persönlich bevorzuge ich amerikanische Militärhelden", sagte Rainie und zog ihren Dildo wie ein Schwert. Das Sexspielzeug strahlte in einem herrlich grellen Rot-Weiß-Blau und war mit Sternen übersät. „Der Captain ist der Meinung, dass es seine patriotische Pflicht ist, bis zu seinem letzten Atemz – äh, seiner letzten Vibration, zu dienen."

„Hm, gutes Argument." Gabi blickte finster drein. „Ich wette, Iron Mania hat einen fiesen Sinn für Humor. Ich bin mir nicht sicher, ob ich sowohl eine böse Vibration als auch einen bösen Dom ertragen kann."

„Oh, Baby, das klingt nach einer guten Geschichte. Was hat Master Marcus getan?", fragte Uzuri.

„Nein, warte – sag uns zuerst, was du getan hast, um in Schwierigkeiten zu geraten", sagte Kim mit einem wissenden Lächeln.

Gabi schmollte. „Dieser dumme aufblasbare Schwan hatte ein Leck, also habe ich es geflickt. Dafür hatte ich den Kleber rausgeholt."

„Okay. Und dann?" Als Uzuri geistesabwesend mit den Fingern über die gewölbten Adern auf dem grünen Dildo fuhr, verschüttete ein Mann, der am Tisch vorbeiging, sein Getränk.

„Ich habe nur … Nun, ich habe ein paar der Nippelklemmen zusammengeklebt und dem Schwan eine hübsche Halskette gegeben."

Alle am Tisch brachen in Lachen aus. Gabi kicherte. „Ihr hättet Marcus' Gesicht sehen sollen, als er den Schwan sah. Dann, als er die Klemmen nicht öffnen konnte, wurde sein Gesicht ganz …" Gabi zog ihre Augenbrauen zusammen und presste die Lippen fest aufeinander.

Kim vergrub ihr Gesicht in den Händen und ihre Schultern bebten.

Uzuri hielt sich die Seiten. Sally lehnte sich vor Lachen an sie.

Mistress Anne schüttelte missbilligend den Kopf … aber auch ihre Lippen zuckten.

Rainie schaffte es, herauszupressen: „Was hat er dann gemacht?"

„Oh, ihr wisst ja, wie er ist ..." Gabi senkte ihre Stimme und fügte einen Südstaatendialekt hinzu: „Wie ich sehe, Liebling, hast du den Schwan für eine Party zurechtgemacht. Ich denke also, dass wir auch dich einkleiden sollten."

„Oje", murmelte Uzuri.

„*Exactamente.*" Gabi nickte entschieden und betrunken. „Der Bastard band einen Schmetterlingsvibrator direkt über meine Klitoris, setzte mich auf den Schwan und kettete meine Nippel an diese verdammte Halskette, bis ich mich nicht mehr bewegen konnte."

„Oh, autsch", murmelte Rainie und verschränkte die Arme mitfühlend vor ihren Brüsten. Nippelklemmen waren furchtbar.

„Ja, oder? Dann faulenzte er am Pool, trank seinen Grey Goose und spielte mit der Fernbedienung für den Vibrator. Meine Güte, ich bin sicher, die Nachbarn konnten mich betteln hören. Und als er mich kommen ließ – das weiß ich einfach –, haben sie mich schreien hören."

Rainie lachte so heftig, dass sie ihre Oberschenkel zusammendrücken musste, um sich nicht einzupinkeln.

Neben ihr grinste Anne, aber ihr Gesichtsausdruck sprach von Faszination. *Oje.* Hätte die Mistress einen Pool, müsste sich ein Sub auf eine raue Pool-Session vorbereiten.

„Ladys." Kims Versuch, streng zu klingen, wurde durch ihr Kichern ruiniert. „Ladys, packt eure Spielzeuge weg, bevor sie uns noch rauswerfen. Oder ... bevor Ben so rot wird, dass sein Kopf explodiert."

Zum Entsetzen des armen Sicherheitsmannes drehten sie sich alle zu ihm und starrten ihn an.

„Junge, ihr Weißen könnt wirklich rot werden", sagte Uzuri ehrfürchtig.

Rainie versuchte, ihre Belustigung mit ihrem Glas zu verbergen und wäre beim Trinken fast erstickt.

„Sterben ist bei einer Party nicht erlaubt." Mistress Anne gab ihr einen gut platzierten Schlag zwischen ihre Schulterblätter.

Der Aufprall klärte ihre Atemwege nicht, aber der Schmerz tat das sehr wohl. „Gott erbarme dich", keuchte Rainie. „Was ich meinte: Mistress, Gnade."

Anne nickte zufrieden und lächelte den Barkeeper an, der ihnen die Bestellung persönlich an den Tisch brachte.

Er verteilte die Shots und die bestellten Drinks auf dem Tisch und sparte sich Anne für den Schluss auf.

Sie hielt einen Finger hoch, sodass er sich kurz geduldete, und stand dann auf. „Bereit, Ladys?"

Alle erhoben sich und hämmerten dann mit jeweils einer Hand auf den Tisch, um einen donnernden Trommel zu erzeugen.

Mit der rechten hob Rainie ihr winziges Glas in die Höhe. Nachdem sie den Shot getrunken hatte, setzte sie das Gefäß lautstark ab. Die anderen taten es ihr gleich.

Dann flogen alle Hände nach oben und sie brüllten: „G&S-Smackdown!"

„Ein Hoch auf Gabi und mich!", schrie Sally. Sie und Gabi lehnten sich über den Tisch und tauschten einen lasziven Kuss aus.

„Gott sei Dank sind die Bräutigame nicht hier", murmelte Kim zu Rainie.

„Ohne Sche – ähm, so wahr." Rainie warf einen Blick zu Anne, die das Gesicht des Barkeepers zwischen ihren Handflächen hielt und sagte: „Das hast du sehr gut gemacht, Lance. Ich bin zufrieden mit dir."

„Gott, wenn der Typ einen Schwanz besäße, würde er damit wedeln", flüsterte Rainie Kim ins Ohr.

Kim lachte und berührte das mit Diamanten besetzte Band um ihren Hals – das Symbol ihrer Beziehung zu ihrem Master. „Wenn Master Raoul mich lobt, reagiere ich genauso."

Die Ränder von Rainies Freude fingen Feuer und erst einige Sekunden später schaffte sie es, ihre Eifersucht unter Kontrolle zu bringen. Kim hatte gelitten, wäre fast gestorben, bevor sie in Raouls Armen Sicherheit gefunden hatte. Rainie gab ihrer

Freundin einen lauten Schmatzer auf die Wange. „Das ist gut. Du verdienst jedes bisschen Glückseligkeit, das du hast."

Als sich Kims Augen mit Tränen füllten, schüttelte Rainie den Kopf. „Oh nein, BFF." Sie hob ihr Glas mit Champagner. „Ladys."

Die Frauen blickten erwartungsvoll auf.

„Ein Hoch auf die ehemaligen Auszubildenden Gabi und Sally", sagte Rainie, „die ein unvergleichliches Vermächtnis der Görenhaftigkeit hinterlassen haben."

Unter dem Deckmantel der klirrenden Gläser und des Jubels nahm Anne wieder Platz. Ihr durchdringender Blick landete auf Rainie. „Da wir es gerade von Gören haben. Ich schulde dir immer noch eine Strafe für die Käfer, die du in mein Schließfach gesteckt hast."

Rainie zuckte zusammen und verschüttete dabei ihr Getränk. „Nein, ich bin sicher, dass du das nicht tust. Wirklich. Dazu gibt es keinen Grund."

„Oh doch. Gibt es sehr wohl. Aber vielleicht lasse ich Jake die Angelegenheit regeln."

„Was?" Allein sein Name ließ Rainies Herzfrequenz in die Höhe schießen. „Wieso?"

„Ich habe gehört, dass er es gestern Abend genossen hat, dir ein Spanking zu verpassen. Ich wage, zu behaupten, dass er sich über eine weitere Gelegenheit freuen würde."

„Nein. Auf keinen Fall." Die Bestürzung – und Erregung – reichte fast aus, um den Alkohol aus Rainies System zu vertreiben. „Er ist ... ich mag ihn nicht mal."

Annes rechter Mundwinkel zuckte. „Ich werde ihn wissen lassen, dass du so starke Gefühle für ihn hegst, dass du es gewagt hast, mich anzulügen."

Rainie funkelte sie an. „Dieses Gespräch steht unter dem heiligen Kodex eines Junggesellinnenabschiedes. Schweigen ist Gold und so."

Anne lächelte nur.

Und dann sagte der DJ: „Das nächste Lied ist G und S gewidmet."

Das angeforderte Lied wurde angestimmt.

„Schnappt euch euren Stuhl, meine Damen", verkündete Rainie. „Wir sind dran."

KAPITEL FÜNF

Jakes **Bauch schmerzte** vom vielen Lachen, als er die Junggesellinnenparty beobachtete und dabei seinen Drink genoss. Sexspielzeuge auf dem ganzen Tisch verteilt. Ein Kuss zwischen Gabi und Sally. Die Frauen waren extrem angeheitert und niedlicher als ein Raum voller Kätzchen.

Als die Musik zu *Girls, Girls, Girls* von Mötley Crüe wechselte, sprangen sie plötzlich auf. Sie hielten ihre Stühle wie Schilde vor sich und stolzierten zur Tanzfläche. Die Stuhlbeine schlugen laut auf den Boden, und die Frauen standen in einer choreografierten Formation dem Raum gegenüber.

Grinsend lehnte sich Jake vor, um nichts von der Show zu verpassen.

Zu seinem Erstaunen führten die Subs – und Anne – eine unglaubliche Mischung aus Pole- und Lap-Dance auf und nutzten einige der sexiesten Bewegungen, die er je gesehen hatte.

„Wo hat Sally diesen Scheiß gelernt?", murmelte Vance zu Galen.

Nolan runzelte die Stirn.

Marcus klopfte zum Takt die Finger auf den Tisch und genoss offensichtlich, was er sah.

Ganz im Gegensatz zu Raoul. Ein leises Knurren kam von dem hispanischen Master.

„Problem?", fragte Jake.

„Sie präsentiert, was mir gehört." Mit einem Blick zu Jake erhellte sich sein dunkler Ausdruck. „Es gibt keinen Grund, so besorgt auszusehen. Ich werde sie nicht dafür bestrafen – nicht hart. Schließlich hat sie eine Regel gebrochen, die ich nie vor ihr erwähnt habe. In Zukunft wird sie es jedoch besser wissen."

Jake entspannte sich. Es lag nicht in seinem Interesse, zwischen einen Master und seine Sklavin zu geraten, aber Kim würde ihn nicht wissentlich verärgern. Raoul wusste es und würde zweifellos den Humor in der Situation sehen, sobald seine Frau nicht mehr angestarrt wurde.

Und ja, jedes Augenpaar im Club war auf sie gerichtet. Verständlicherweise. Die Frauen waren beim Tanzen faszinierend anzusehen. Sie schwangen die Hüften und zeigten, was sie hatten. Als sie ihre mit Netzstrümpfen umhüllten Beine über die Rückenlehnen der Stühle hoben, konnte ein Mann nur daran denken, wie sich das Bein auf seine Schulter legte und sich die Schenkelinnenseite an seine Wange presste.

Rainie setzte sich rittlings auf den Stuhl und rutschte auf dem Sitz anzüglich vor und zurück. Jakes Schwanz pulsierte zum Takt der Musik. Mittlerweile war ihm verdammt heiß.

Um seine Finger zu beschäftigen – die sich angespannt hatten, als ob er üppige Hüften packen würde –, öffnete er einen weiteren Knopf an seinem Hemd. Er wollte auf diesem verdammten Stuhl sitzen, während Rainie diese wunderschönen Brüste über seinen Oberkörper rieb.

„Wenn ihr mich jetzt entschuldigen würdet, meine Herren." Marcus stand auf und leerte seinen Drink in einem Zug. „Ich habe ein unartiges Mädchen einzufangen."

Alle beobachteten, wie er an den Tischen vorbeischlenderte. Dann erhoben sich Vance und Galen. „Tut mir leid, Männer", sagte Vance. „Die Junggesellinnenparty wird nun auch ihre zweite Braut verlieren."

Jake grinste, als sich die beiden vom Tisch entfernten und bereits über Bondage und Orgasmen sprachen. Die kleine Sally hatte eine lange, harte Nacht vor sich.

Marcus hatte die Tanzfläche erreicht. In dem Moment, in dem sich Gabi ihm zuwandte, warf er sie sich über seine Schulter. Ihr überraschter Schrei hallte durch den Club. Der zweite Schrei zeugte von Wut. Angesichts des Mundwerks dieser kleinen Sub war Jake erfreut, sich außerhalb des Hörbereichs zu befinden.

Sally stolperte, als Gabi davongetragen wurde. Nachdem sie ihr Gleichgewicht gefunden hatte, schaffte sie es mit dem Arsch auf den Stuhl. Erleichtert, nicht auf dem Boden gelandet zu sein, warf sie den Kopf in den Nacken und brach in Lachen aus.

Die anderen tanzten immer noch und neckten Sally, die ihr Bestes gab, ihr Kleid zu richten.

In einem gut ausgeführten Hinterhalt packte Galen die Rückseite von Sallys Stuhl, während Vance die Vorderbeine übernahm. Gemeinsam hoben sie deren Braut nach oben, sodass sie auf dem Stuhl nach hinten kippte. Als die Doms ihre Trophäe wegtrugen, war Sallys Kichern so überwältigend, dass sie es nicht schaffte, zu protestieren.

Nolan stand auf. Nach einem Nicken zu den übrigen Männern in der Runde lief er zu der Tanzfläche und schnappte sich seine Beth so unauffällig von der Seitenlinie der Formation, dass keine der Frauen ihr Verschwinden bemerkte.

Geschmeidig. Jake grinste. Das erklärte, wie es der hinterhältige Bastard geschafft hatte, beim Lasertag so viele Treffer zu landen.

Einen Moment später schlug Raoul Jake auf die Schulter und nickte Holt zum Abschied zu.

Kim stieß gerade mit der Hüfte gegen Annes, als Raoul die Tanzfläche betrat. Anne bemerkte ihn, grinste, neigte höflich den Kopf und entfernte sich.

Mit einem verwirrten Blick drehte sich Kim um und entdeckte, was Annes Aufmerksamkeit erregt hatte. Selbst als ihre Augen vor Freude aufleuchteten, senkte sie den Kopf und würdigte die Anwesenheit ihres Masters mit einer unterwürfigen Geste.

Raouls Schultern entspannten sich leicht.

Nett. Sehr nett. Wie konnte ein Master nicht mit einer so hinreißenden Unterwerfung zufrieden sein?

Raoul streichelte die Wange seiner Sklavin, sprach einen Moment mit ihr, hob sie dann in seine Arme und trug sie davon.

Die Musik endete ein paar Beats später und er sah, wie Anne, Rainie und Uzuri High-Fives austauschten. Nachdem die Frauen samt den mitgebrachten Stühlen an den Tisch zurückgekehrt waren, näherte sich Ben.

Wahrscheinlich, um sie nachhause zu bringen.

Es wäre nur höflich, dem Sicherheitsmann unter die Arme zu greifen und ihm einen Umweg zu ersparen. Jake stand auf und warf einen flüchtigen Blick zu Holt. „Ich schätze, ich werde versuchen, mir auch eine Sub zu schnappen."

„Ich nehme an, dein Ziel ist Rainie?" Holt grinste. „Gut, dass du Eier aus Stahl hast."

„Das habe ich − vielleicht überlegt sie es sich also zweimal, bevor sie mein gutes Stück in den Abfallzerkleinerer stopft."

Rainie setzte sich mit einem mitleiderregenden Seufzer an den Tisch. Raouls Verhalten mit Kim hatte so viel dominante Romantik ausgestrahlt, dass sich in ihrem Herzen ein Loch geformt hatte.

Niemand wird mich jemals so lieben.

Sie zwang sich, Uzuri und Anne anzulächeln. „Unsere arme Gruppe. Eine Frau nach der anderen wurde weggezerrt. Wir sind die einzigen Überlebenden."

„Waren die Doms über die Performance verärgert?" Uzuri biss sich auf die Unterlippe. „Waren sie wütend?"

Rainie tätschelte ihre Hand. Sie hatte das Gefühl, dass Uzuri Erfahrung mit … missbilligenden Männern hatte. Und nicht auf die Weise, die Rainie immer wieder durchmachen musste, wenn sie von einem Mann ausrangiert wurde. Nein, bei Uzuri war es körperlicher Art gewesen. „Süße, unsere Freundinnen werden heute vielleicht zu Tode gefickt, aber sonst haben sie wohl nichts zu befürchten."

Als Uzuri die Vergangenheit abschüttelte, schenkte sie Rainie ein Lächeln. „Ja, es hatte den Anschein gemacht, als wären die Jungs ein bisschen … erregt."

Anne schnaubte und hob den riesigen grünen Dildo auf. „Von meinem Erfahrungsschatz zu urteilen, ähnelten sie diesem Zustand."

Jemand räusperte sich. Ben stand neben dem Tisch und starrte das grüne Monster an. Sein dunkelrotes Gesicht biss sich mit seinem rosa Zuhälterhemd. „Seid ihr bereit, den Weg nachhause anzutreten?"

„Ich meine ja. Danke, Ben." Anne stopfte die Dildos in die richtigen Partytaschen und reichte sie dem Sicherheitsmann, was seinen verlegenen Rotton verstärkte.

Als Anne aufstand, kam der Barkeeper angerannt und bot ihr seine Visitenkarte in offensichtlicher Bewunderung und Verlegenheit an. Anne stellte ihren zierlichen Fuß auf einen Stuhl, packte das weiße Hemd des Barkeepers und zog ihn näher zu sich. „Du bist ein netter Junge." Sie nahm die Karte entgegen. „Ich werde darüber nachdenken."

Der Typ bettelte nicht. Viel fehlte jedoch nicht. Rainie nickte anerkennend.

Als er zu seiner Arbeit zurückkehrte, beobachtete Anne ihn, während sie die Karte auf ihre Handfläche schnippte.

„Wirst du ihn anrufen?", fragte Rainie.

„Wahrscheinlich nicht." Anne ließ die Karte in ihre Tasche fallen. Die Tasche, die mit einer winzigen Peitsche am Griff ausgestattet war. „Ich habe kein Interesse an neuen Jungs."

Rainie tauschte einen besorgten Blick mit Uzuri aus. Die Mistress war nicht mehr dieselbe, seit sie vor Monaten mit ihrem Sub Joey Schluss gemacht hatte. Obwohl sie sich das Spielen nicht nehmen ließ, verließ sie das Shadowlands stets allein.

Jemand musste mal mit ihr reden. Rainie jedoch ... bebte bei dem Gedanken. Anne war nicht der Typ, der –

„Ich bringe diese kleine Sub nachhause, Ben." Die zutiefst männliche Stimme erhob sich hinter Rainie.

Jake. Sie drehte sich auf ihrem Stuhl um – nicht die einfachste Sache, wenn man bedachte, wie eng ihr Bustier war. „Äh, ich brauche keine Mitfahrgelegenheit."

Ein maßgeschneiderter Anzug ließ seine Schultern noch breiter wirken, und der offene Hemdkragen zog ihren Blick auf seine sehnige Kehle. Sinnlichkeit verdunkelte seine gemeißelten Züge, als er sie anlächelte. Stundenlang könnte sie ihn anstarren, ohne dass es ihr langweilig werden würde. Sie wollte alles in sich aufsaugen, was Jake ausmachte.

Er zog ihren Stuhl vom Tisch zurück, als wäre sie nur ein Federkissen und keine ausgewachsene Frau mit Kurven. „Ich werde dich nachhause bringen und nach deinem Hund sehen."

„Nach meinem Hund?" Der Alkohol schien in ihrem Verstand angekommen zu sein.

Sein Lächeln verschwand. „Du hast den Hund doch noch, oder?"

„Rhage? Natürlich habe ich das."

„Gut. Dann los." Er packte ihre Oberarme mit starken Händen und hob sie mühelos auf die Füße.

Ihr Herz flatterte, als wehte in ihrer Brust ein heftiger Wind.

Uzuri gab Jake Rainies Tasche. „Du hast dich also den Bräutigamen angeschlossen?"

Mit seiner Aufmerksamkeit auf Uzuri schaffte es Rainie, einen dringend notwendigen Luftzug zu nehmen.

„Das habe ich", antwortete Jake. „Übrigens: Als ich gestern Abend die Azubi-Aufzeichnungen durchgesehen habe, ist mir aufgefallen, dass deine Ziele in dem Programm länger nicht aktualisiert wurden. Tu dies bitte vor dem nächsten Wochenende."

Überrascht von seiner Anweisung konnte Uzuri nur blinzeln.

Oh ja, er hat mich auch erwischt. Rainie weitete die Augen, als sie den Blick ihrer Freundin fand.

Jake drehte sich rechtzeitig zu ihnen und sah den Austausch. Als Reaktion lehnte er sich vor und flüsterte Rainie ins Ohr: „Sei vorsichtig, Sub. Ich würde mich über eine weitere Ausrede freuen, um deinen feinen Arsch erneut rot zu färben."

Ein Lustschauer lief von ihrer Wirbelsäule bis zu ihren Zehen ... und er gluckste.

Er drehte sich um und nickte der Mistress zu, die am anderen Ende des Tisches stand. „Anne, wenn du etwas Zeit hast, würde ich gerne –"

„Na sieh mal einer, wen wir hier haben. Unsere Rainie." Die schrille Stimme fühlte sich an wie Fingernägel, die über eine Tafel kratzten und sofort gehörte Rainies Gelassenheit der Vergangenheit an.

Das darf nicht passieren. Selbst die Götter waren nicht so bösartig. Langsam drehte sich Rainie um und ihre Augen fielen auf ihre ehemalige Klassenkameradin. Das Leben war manchmal wirklich nicht fair.

Rainie betete, dass Jake und die anderen ihre Abwesenheit nicht bemerken würden und trat näher. „Hallo, Mandy."

„Interessant, dich hier anzutreffen." Die Brünette schmunzelte. „Bestimmt erinnerst du dich an Jefferson und Clay?"

Die Götter der Grausamkeit schienen heute ihren Spaß zu haben. Mandy wurde von zwei weiteren Klassenkameraden aus der Highschool begleitet. Sie hatten Rainie verspottet, da sie arm, ungesellig und stets schmutzige, zerlumpte Kleidung getragen hatte. Ihre Verachtung hatte zugenommen, nachdem sie Rainie mit dem Drogendealer auf der Straße gesehen hatten.

Die beiden Männer ließen die Blicke über sie schweifen, als

würden sie abschätzen, wie viel Rainie für einen Blowjob verlangen würde.

Ihr Mund verzog sich zu einer Grimasse. Selbst in ihren dunkelsten Momenten war sie nie dazu getrieben worden.

Jefferson sagte: „Ich wusste nicht, dass sie deinen Schlag in Clubs wie diesen lassen. Wie hast du es an dem Türsteher vorbei geschafft?"

„Was denkst du denn, wie sie das geschafft hat, Kumpel?" Clay machte Kussgeräusche. „Wahrscheinlich hat sie dem Türsteher einen geblasen und –"

Eine Sekunde später stand Jake direkt vor Clay, Wut deutlich in seinen Augen zu erkennen.

„Alter." Clay stolperte einen Schritt zurück. „Hey, du bist Jennifers Bruder. Jake, richtig?"

„Ich nehme an, du kommst nicht oft genug unter deinem Felsen hervor, um eine Junggesellinnenparty zu erkennen?" Jakes Stimme wurde zu den umliegenden Tischen getragen.

Er verteidigte sie.

Rainies Haut wurde heiß, dann kalt.

„Wir haben doch nur –", stotterte Jefferson.

„Vielleicht hast du in deinem Leben nie gelernt, wie ein Mann eine Frau ansprechen sollte. Gerne unterweise ich dich." Jakes Stimme gewann an Härte. „Sollen wir das nach draußen verlegen, meine Herren?"

Clay und Jefferson erröteten und gingen weiter auf Abstand.

Mandy quengelte: „Jaaake, du weißt nicht –"

Sie erhielt einen Blick, den nur ein Shadowlands-Master liefern konnte, und ihre roten Lippen schlossen sich so schnell, dass der Lippenstift verschmierte.

Als Jake auf die beiden Männer zuging, tauschten sie Blicke aus. Sie schienen zu entscheiden, wie sie sich ohne weiteren Gesichtsverlust der Situation entziehen sollten. *Feiglinge.*

Eine Sekunde später knickten sie ein und gaben sichtlich nach.

„Die Kuh ist die Mühe nicht wert", murmelte Jefferson einmal außer Reichweite. Und dann waren sie weg.

Rainie entließ den Atem, den sie angehalten hatte.

Mandy blickte auf Rainies tief ausgeschnittenes Bustier und den kurzen Rock, bevor sie mit dem Kinn auf Jake wies. „Wie ich sehe, hast du einen Weg gefunden, ihn für dich zu gewinnen, hmm?" Ihr abfälliger Ton hatte sich in den letzten zehn Jahren nicht verändert, als sie mit ihren Freundinnen den Moment miterlebt hatte, in dem Rainie aus der Ferne Jake angeschmachtet hatte. Ihre schneidenden Bemerkungen hatten immer noch ein Plätzchen in Rainies Unterbewusstsein und zeigten stets ihre Fratze, wenn ihre Stimmung ohnehin schon am Boden war.

Als Jake zu ihr kam, machte sich Mandy klammheimlich davon.

Jake beobachtete ihren Abgang und schüttelte den Kopf. Dann wandte er sich Rainie zu, sah über ihre Schulter, und sofort wandelte sich seine Wut in Belustigung. „Jetzt verstehe ich, warum die Jungs so schnell das Weite gesucht haben."

Rainie wirbelte herum.

Ben stand in der Nähe, seine muskulösen Arme über seiner riesigen Brust verschränkt. Sie war so an sein freundliches Grinsen gewöhnt, dass sie vergessen hatte, wie bedrohlich er erscheinen konnte. Während Jake eine rasiermesserscharfe Klinge war, die einen Mann in dünne Streifen schneiden konnte, war Ben ein Knüppel, der Feinde mit einem Schlag ausschaltete.

Wie ein elegantes Springmesser stand Mistress Anne neben Ben, und das tödliche Glitzern in ihren Augen würde jeden in Angst und Schrecken versetzen.

Rainie stellte sich bei dem Anblick neben Uzuri.

„Sie können so gruselig sein, oder?", flüsterte Uzuri mit zitternder Stimme.

„Oh ja." Im Shadowlands hatte Rainie Sessions mit Peitschen, Messern und Nadeln gesehen – aber die Tops hatten immer alles unter Kontrolle. Sie waren vorsichtig, auch wenn Blut floss. Doch hier hatte ihr die offene Androhung unkontrollierter Gewalt den Magen umgedreht.

Nachdem sich die drei für eine Minute unterhalten hatten, schlossen sich Jake, Anne und Ben ihnen an.

„Alles okay?" Jakes Blick fegte über Uzuri und Rainie.

Obwohl Uzuri nickte, war ihr Gesicht eher grau als braun.

Ben legte eine große Hand auf ihre Schulter. „Niemand wird dir wehtun, Kleine. Nicht, solange ich hier bin."

Jake blieb neben Rainie stehen und hob fragend die Augenbrauen. „Und du, Süße?"

Eine bejahende Antwort wäre eine Lüge, und ihn jetzt zu verärgern, wäre unklug. Also wich sie der Frage aus. „Danke für die Hilfe."

Dass er ihr, ohne zu zögern, zu Hilfe gekommen war und sie verteidigt hatte, war ... Sie konnte nicht einmal sagen, wie sie sich bei dieser Erkenntnis fühlte. Zitterte sie am ganzen Körper, weil ihre ehemaligen Klassenkameraden so grausam gewesen waren, oder weil es sie überrascht hatte, von jemandem in Schutz genommen zu werden?

Es ist ... erstaunlich. Wirklich. Sie war tatsächlich von einem Ritter in glänzender Rüstung gerettet worden. Rainie schlang ihre Arme um sich und wollte sich an das Gefühl klammern, umsorgt zu werden.

Wenn Jake sie doch nur vor fiktiven Piraten oder Taschendieben gerettet hätte, aber nein, ihre Angreifer waren Leute aus ihrer Vergangenheit gewesen − Leute, die sie kannte. Es hatte sie nicht überrascht, Rainie in dieser nuttigen Aufmachung zu sehen − weil es nur ihre Vermutungen bestätigt hatte.

Andererseits wäre es auch egal, wenn sie die teuerste Designer-Kleidung aller Zeiten tragen würde. Sie würden niemals erlauben, dass Rainie vergaß, wer sie war und wo sie herkam. Und sie würde ihnen nie entkommen, nicht in Florida.

Ihr war gar nicht gut. „Können wir jetzt gehen, Ben?"

Jake legte einen Arm um sie. „Du bringst Uzuri und Anne

nachhause, Ben. Ich werde sicherstellen, dass Rainie gut ankommt."

„Danke, dass du mich nachhause gebracht hast", sagte Rainie, als Jake sein Auto parkte.

Ihre Stimme klang besser, dachte er. Sie schien abgeschüttelt zu haben, was im Nachtclub vorgefallen war. „Kein Problem."

„Den Rest schaffe ich allein." Und dann sprang sie auch schon aus dem Auto.

Jake zögerte nicht, schloss sich ihr auf dem Bürgersteig an und nahm ihren Arm. „Meine Mutter würde mich verstoßen, wenn ich eine Lady nicht zu ihrer Tür eskortieren würde."

Sie entließ einen genervten Seufzer, aber lächelte. „Hast du diese Sturheit von ihr geerbt?"

„Mit Sicherheit sogar." Seine Stimmung hellte sich auf. Nicht viel hielt diese Frau unten. Das bewunderte er.

Er bewunderte jedoch nicht, wo sie wohnte. Die feuchte Nachtluft wehte über sein Gesicht, als er sie zu einem schlecht beleuchteten, dreistöckigen Apartmentkomplex führte. Die nächstgelegene Straßenbeleuchtung war dunkel – wahrscheinlich durch Schüsse ausgeschaltet. Die Landschaftsgestaltung bestand aus mehreren sterbenden Büschen, die von Unkraut und sonnen-gebleichtem Rindenmulch umgeben waren. Wie hielt es Rainie hier aus?

Vielleicht war es das Kostüm, das sie den einen Tag getragen hatte, aber er hatte den Eindruck gewonnen, dass sie einen gut bezahlten Job hatte – warum lebte sie also hier? Dies war kein sicherer Ort für eine Frau.

Als sie sich dem hinteren Gebäude näherten, wühlte sie in ihrer Tasche nach ihrem Schlüssel.

Ihr breites Tuch öffnete sich und er zog die beiden Hälften

wieder zusammen. Er nutzte den Moment, um ihren erregenden Duft einzuatmen. „Halte dich besser bedeckt."

„Großartige Idee." Ihre Augen verdunkelten sich und der Schmerz, den er während der Konfrontation gesehen hatte, zeigte sich wieder. „Schließlich will ich nicht, dass diese Gegend einen schlechten Ruf bekommt."

„Rainie." Er berührte ihre Wange, wollte sie trösten.

Sie seufzte. „Tut mir leid. Trauma aus der Vergangenheit." Sie schüttelte den Kopf, als wollte sie diese Vergangenheit verdrängen. „Ich weiß es zu schätzen, dass du mir zu Hilfe gekommen bist." Humor kehrte in ihren Ausdruck zurück. „Du bist wirklich der Inbegriff von Ritterlichkeit. Ich hätte dich einen Ritter in glänzender Rüstung genannt, aber du erinnerst eher an einen Gentleman-Piraten wie aus alten Errol Flynn-Filmen. Oder ... an den grausamen Piraten Roberts."

„Mmmhmm." Lebhafte Fantasie. „Sollte ein Pirat nicht eine Belohnung dafür bekommen, dass er eine vornehme Lady gerettet hat? Das besagt der Code der Meere."

Sie hatte ein wunderschönes Lachen, herzlich und ausgelassen, direkt aus ihrer Brust platzte es heraus. Dies war eine Frau, der er gerne Befriedigung verschaffen würde.

„Ich denke, das sind eher Richtlinien als Regeln", sagte sie in einem ernsten Ton, obwohl das Glitzern in ihren Augen ihre Belustigung offenbarte.

Er näherte sich ihr, drängte sie neben der Eingangstür an die Wand und fuhr mit dem Finger über ihre weiche Wange. „Wenn bei einem Rollenspiel die Belohnung nicht freiwillig angeboten wird, wird sie sich ... genommen."

Die Farbe in ihren Wangen verdunkelte sich und ausgehend von der Art und Weise, wie sich ihre Pupillen weiteten, war sie rauem Sex nicht abgeneigt.

Dann blinzelte sie und schüttelte den Kopf. „Nein. Nein, das ist keine gute Idee." Sie legte ihre Hand auf seine Brust und trat zurück.

Er würde sie nicht drängen. „In Ordnung." Für einen Abend hatte sie genug Aufregung gehabt. Verspielt zog er an einer ihrer Haarsträhnen, nahm ihr dann den Schlüssel ab und schloss ihre Tür auf.

Aus der Dunkelheit stürmte ein schwarz-weißer Wirbelwind hüpfend und bellend auf sie zu.

Rainie quietschte und taumelte gegen Jakes Körper.

Fuck, sie war weich. Einladend. Er half ihr mit dem Gleichgewicht und ließ sie widerwillig wieder los.

„Oh, mein Gott, du hast mich zu Tode erschreckt, Baby." Sie ignorierte ihre heruntergefallene Tasche, hockte sich hin, umarmte und streichelte den Hund, bis er sich zweimal um die eigene Achse drehte und überglücklich für mehr Streicheleinheiten in ihre Arme sprang.

„Ich fürchte, er könnte ein bisschen verrückt sein." Sie lachte, als sich der Hund erneut um die eigene Achse drehte. Ihr Blick hob sich zu Jake. „Ist das normal?"

„Total normal." Jake grinste. „Ist das dein erster Junghund?"

„Das erste Haustier überhaupt", kam die leise Antwort, als sie ihr Gesicht im Fell des Hundes vergrub. Sie hob den Kopf und ihre Freude über das Fellknäuel in ihren Armen könnte Eiskappen zum Schmelzen bringen. „Mir war nicht bewusst, wie w-wundervoll ein Hund sein kann."

Sie lächelte. „Natürlich bist du absolut der beste Hund aller Zeiten, sodass andere Hunde vielleicht nicht mithalten können."

Sie hatte noch nie ein Haustier besessen. Jake fuhr sich mit den Fingern durch die Haare. Was für Eltern gaben ihrem Kind kein Haustier? Er und seine Schwester hatten deren Eltern zu Katzen, Hunden, Kaninchen, Vögeln – sogar Mäusen und Hamstern und Rennmäusen – überredet, bis mal wieder ein Tier entkam und seine Mutter ein Haus ohne Nagetiere angeordnet hatte. „Warum hattest du keine Haustiere?"

„Meine Mutter mochte Tiere nicht besonders. Und später, wenn ... Na ja. Ich habe nie ein Haustier bekommen." Sie konzentrierte sich darauf, ihre Tasche aufzuheben, und er konnte beobachten, wie die Freude in ihrem Gesicht erlosch.

Als sie beim Aufstehen wankte, legte er eine Hand unter ihren Arm und stützte sie.

„Danke." Sie warf ihm einen unsicheren Blick zu. „Ich weiß es zu schätzen, dass du mich nachhause gebracht hast. Und –"

„Wenn ich schon hier bin, kann ich deinen Hund untersuchen. Wie heißt er gleich nochmal? Etwas Englisches. Anger? Fury?"

Ihr Lächeln zeigte sich. „Rhage – mit einem H nach dem R."

Okay. Woher zum Teufel kam das H? Kopfschüttelnd hob er den Hund in seine Arme und ging ins Wohnzimmer.

Hübsch hat sie es sich gemacht. Rainie überwand die cremefarbenen Wände und den beigefarbenen Teppich der Wohnung, indem sie farbenfrohe Kissen mit Blumenmuster über ihre mit weißem Denim bezogene Couch und ihren Sessel verteilte. An den Wänden hingen Kunstwerke mit Meerblick, und der Couch- und der Beistelltisch waren aus Glas und Treibholz gefertigt. Das gesamte Zimmer hatte ein Ambiente, das an einen Strand bei Sonnenaufgang erinnerte.

Jake setzte sich auf die Couch und streichelte Rhages weiches Fell. Der Hund hatte bereits etwas zugenommen. Klare Augen. Fröhliches Lächeln.

„Ganz ruhig, Junge. Lass mich mal nach dir sehen." Er tastete seinen Bauch ab. Weich, nicht aufgebläht. Nicht schmerzempfindlich.

Rainie setzte sich neben ihn und streichelte Rhage, als sie die Sprachnachrichten auf ihrem Handy abhörte. Ein Scam-Anruf. Eine Freundin, die mit ihr zu Mittag essen wollte. Die Beendigung eines Handyvertrags für eine Person namens Lily. Abwesend rieb sie sich die Stirn.

Der Alkohol verlor wahrscheinlich seine Wirkung. Jake setzte den Hund ab und streichelte ihren Oberschenkel. „Wo ist dein Aspirin?"

„Im Badezimmer. Hast du Kopfschmerzen? Ich hole es dir."

„Bleib sitzen, Baby. Ich werde die Schmerzmittel schon finden." Nachdem er sein Sakko über die Rückenlehne eines Stuhls geworfen hatte, durchquerte er den Raum und machte einen Umweg, um sich die Regale unter dem Fernsehtisch anzusehen.

Sie hatte eine Menge Bücher, hauptsächlich historische und zeitgenössische Liebesromane. Selbst die spannungsgeladenen Geschichten waren – nach den Covern zu urteilen – mit viel Romantik gefüllt. Bei den DVDs handelte es sich überwiegend um Frauenfilme. Die Braut des Prinzen-DVD war so oft abgespielt worden, dass das Cover einen Knacks aufwies. *Grausamer Pirat Roberts also, ja?*

Jemand hier war eine Romantikerin.

Im Badezimmer wühlte er nach dem Aspirin und fand es schließlich unter dem Waschbecken. Mit zwei Tabletten in der Hand trat er in ein leeres Wohnzimmer.

Laute Stimmen führten ihn zum Eingangsbereich, wo Rainie an der Tür stand und mit jemandem sprach.

Er blieb zurück, wollte sich nicht einmischen. Andererseits … war es nicht etwas spät für Besucher?

Ihm kam ein Gedanke, der ihm keinesfalls gefiel. Es war möglich, dass sie einen festen Freund hatte. Oder zwei. Hatte sie für heute Abend ein Date geplant?

Nur … klang sie nicht gerade glücklich, diesen Kerl vor sich stehen zu haben. Als sie sichtlich erstarrte, beschloss Jake, einzugreifen.

Der Fremde stand auf der Türschwelle, sein Fokus einzig und allein auf Rainie gerichtet, sodass er nicht sah, wie Jake im dunklen Flur lauerte. Ein blonder Mann, der als attraktiv eingestuft werden konnte, obwohl er seinen geleckten GQ-Eindruck mit einem Ausdruck ruinierte, der an Professor Snape in Harry Potter erinnerte. Der Typ sagte zu Rainie: „Ich sage das nicht zum ersten Mal: Wenn du mich glücklich machst, erwidere ich den Gefallen."

Jake blickte finster drein. *Was zum Teufel?*

Für den Fall, dass sein weibliches Publikum nicht verstand, packte er die Beule in seiner Hose. Er hatte eine Erektion, bemerkte Jake. *Herrgott, was für ein Arschloch.* Wenn Rainie diesen Kerl wollte, dann würde Jake wohl ein Wörtchen mit ihr wechseln müssen. Als Shadowlands-Master und als Dom.

„Und ich antworte nicht zum ersten Mal: Cory, ich bin die Managerin", entgegnete Rainie. „Keine Hure."

„Du siehst wie eine Hure aus. Versuch doch mal, dich auch wie eine zu verhalten. Gib mir einen Blowjob, verdammt nochmal" – Cory öffnete seinen Gürtel – „sonst kommt dein nächstes Geld von der Straßenecke. Denn für mich wirst du bei einer Abfuhr nicht mehr arbeiten."

„Hast du das gerade wirklich gesagt?" Ihre Stimme wurde bei jedem Wort höher. „Cory, bist du verrückt? Du kannst die Firma nicht ohne mich führen."

„Ich kann tun und lassen, was ich will. Und dazu gehört auch, das Personal zu ficken."

Ein wütendes Knurren entrang ihr, aber bevor sie etwas sagen konnte, packte das Arschloch sie und riss sie aus der Tür.

Überrascht schüttelte Jake den Kopf. Alkohol musste ihre Reaktionsfähigkeit beeinträchtigt haben, sonst hätte sie den Kerl entmannt. *Na gut, ich bin dran.* Er lief an Rainie vorbei und schlug dem Arschloch in die Schnauze. Es knackte. Äußerst zufriedenstellendes Geräusch.

„Fuck. Fuck!" Cory hob die Hände zu seinem Gesicht und taumelte zurück. „Verdammte Scheiße!"

Sanft, aber entschlossen schob Jake Rainie hinter sich und erhaschte dabei einen Blick auf ihre weit aufgerissenen Augen. „Ganz ruhig, Süße. Lass mich diese Sache klären."

Er näherte sich dem Arschloch.

„Was zum Teufel!" Cory gewann sein Gleichgewicht zurück – und stellte fest, dass seine Nase gebrochen war. „Dafür werde ich dich umbringen, du –"

Is' klar. Ein Schlag auf den Solarplexus sorgte dafür, dass sich der Idiot stöhnend vorbeugte. Jake wich schnell aus, um Blutspritzer auf seiner Kleidung zu vermeiden, holte aus und rammte dem Mann seinen Ellbogen von oben in die linke Niere.

Cory krachte auf den Boden. Weinend und fluchend rollte er sich zu einem Ball zusammen.

Jake dachte darüber nach, dem Bastard seine Hoden in die Kehle zu stopfen. *Nein, Sheffield, das wäre übertrieben.* Er wandte sich Rainie zu, um nach ihr zu sehen.

Mit den Händen über ihrem Mund stand sie auf der Türschwelle. Ihre Augen waren weit aufgerissen und blickten ihn entsetzt an.

Zur Hölle nochmal. Sie hatte wahrscheinlich noch nie einen Kampf mit angesehen. Möglich, dass sie das Arschloch mochte. Oh ja, ein Gespräch war jetzt definitiv von Nöten.

Jake räusperte sich, um ihre Aufmerksamkeit zu gewinnen. „Bitte sag mir, dass ihr zwei nicht befreundet seid."

Sie schnaubte und schüttelte den Kopf. „Hey, Cory", rief sie.

Das Arschloch hatte es auf die Knie geschafft. „D-Du verdammtes –", keuchte er.

„Ich kündige!"

„Und das beschwichtigt meine Bedenken. Danke." Jake führte sie in ihre Wohnung – schob einen knurrenden Rhage hinter ihr her – und schloss die Tür. Mit dem Hund direkt hinter ihm ging er ins Wohnzimmer und setzte Rainie auf die Couch.

Neben ihr nahm er Platz und zog sie an sich. „Dein Ex-Chef ist ein Arschloch, Süße."

„Ja, das ist er." Ihre Unterlippe bebte und sie presste die Lippen fest zusammen, um die Reaktion zu unterdrücken. „Sieht aus, als wäre ich arbeitslos."

„Das tut mir leid, Baby. Du könntest rechtliche Schritte einleiten."

Sie schüttelte den Kopf. „Das Unternehmen gehört Corys Vater. Und Bart ... er bedeutet mir viel."

Wieder dieses Mitgefühl. Langsam wurde ihm klar, wie tiefgreifend ihre fürsorgliche Natur war. „Hast du lange dort gearbeitet?"

Sie starrte die Wand an und wirkte vollkommen verloren. „Ein paar Jahre."

Lange genug, um den Verlust zu spüren. *Zur Hölle nochmal.* „Hast du einen Plan?"

Ihr Ausdruck zeigte, wie schockiert sie noch über die Ereignisse war. So blass. „I-Ich schätze, ich beginne mit der Jobsuche."

„Was genau machst du? Ich kenne Leute."

„Nein. Aber ... ähm, danke." Stolz hob sie ihr Kinn. „Ich kann Arbeit finden, und ich brauche nicht viel, um zu überleben. Nicht mehr." Ihr Blick richtete sich auf den Beistelltisch und ein Foto. Eine dünne, weißhaarige Frau war zu sehen, die Wange an Wange mit Rainie in die Kamera grinste. Rainie konnte auf dem Bild nicht älter als achtzehn sein.

Die Trauer in Rainies Augen brach Jake das Herz. *Verdammt,* bekam sie irgendwann auch mal eine Pause? „Deine Großmutter?"

„Miss Lily. Sie ... gab mir ein Zuhause, als ich siebzehn war." Rainies Augen glitzerten voller unvergossener Tränen, bevor sie den Kopf abwandte. „Sie ist nicht länger bei uns. Abgesehen von Rhage habe ich also niemanden, für den ich Geld ausgeben kann."

Mit einem Wimmern krabbelte Rhage auf ihren Schoß und sie vergrub ihr Gesicht in seinem Fell.

Jake schwieg und fühlte mit ihr.

Je mehr er über sie herausfand, desto besser gefiel sie ihm. Die Frau war mehr als eine lebenslustige Sub, die hin und wieder ein görenhaftes Verhalten an den Tag legte. Sie besaß einen tiefen Charakter, den er erforschen wollte.

Ihr erster Gedanke über den Verlust von Miss Lily war ihr Bedauern darüber, dass sie sich nicht länger um die ältere Frau kümmern durfte. Und eine egozentrische Frau würde ein verletztes Tier nicht retten, ihr Kostüm ruinieren und das Risiko eingehen, gebissen zu werden – oder Geld beim Tierarzt und danach auszugeben. Rainie hatte ein Herz, das groß genug war, um zu ihrem üppigen Körper zu passen.

Jake warf einen Blick auf den Korb in der Ecke. Wie es schien, hatte der Hund mehr Spielzeuge als Rainie – obwohl Jake nichts dagegen hätte, in ihren Nachttisch zu schauen, um zu sehen, was genau zu ihrer Sammlung gehörte. Er legte diesen Gedanken für einige Zeit in die ferne Zukunft, zog sanft an einer ihrer Haarsträhnen und lenkte ihre Aufmerksamkeit wieder zu sich. Ein Themenwechsel wäre klug, zumal er nicht vorhatte zu gehen, bis er wusste, dass es ihr gut ging. „Dein Hund sieht übrigens gut aus und ich schätze, er ist etwa zwei oder drei Jahre alt."

Sie drehte den Kopf. Dann betrachtete sie ihn für eine Weile. „Oh. Okay. Er ist älter, als ich dachte." Als sie den Schnurrbart des Hundes sanft richtete, fragte sie: „Was für ein Hund ist er? Sieht man das?"

„Nun, das ist kniffliger." Jake musterte das Tier, als er über das weiche, wellige Fell streichelte. „Zum Großteil Pudel." Die Schnauze war nicht flach. Doppeltes Fell, das recht dick war. Fell wurde mit den Jahren lichter. Die Ohren schlaff. Interessante Färbung mit schwarzen Ohren und einem ebenso farbenen Gesicht, weiß um die Schnurrhaare, die Brust und die Beine. „Könnte zum Teil ein Tibetan-Terrier sein. Das ist eine gute Kombination. Intelligent, freundlich, nicht zu aufgedreht."

„Das klingt ganz nach meinem Baby. Du bist ein Held, kleines Hündchen." Sie küsste Rhages flauschigen Kopf, bevor sie Jake anlächelte. „Genau wie du. Vielen Dank für die Rettung." Ihr dankbarer Ausdruck gab ihm das Gefühl, alles erreichen zu können.

Jake schaffte es, sich sitzend zu verbeugen. „Das gehört zum Service eines Piraten. Apropos ..." Er stand auf und brachte ihr die Schmerztabletten zusammen mit einem Glas Wasser.

Vor ihr hockte er sich hin und legte das Aspirin in ihre Hand. „Nimm die Tabletten und leere dann das Glas."

„Für mich?"

Kümmerte sich denn nie jemand um sie? „Ja. Austrinken, Süße."

Aus dem Augenwinkel beobachtete er, wie sich ihr Hund auf einem Deckenhaufen zusammenrollte und sich mit einem Schnauben niederließ.

KAPITEL SECHS

Warum war **Master** Jake so nett zu ihr?

Mit dem Wasser und dem Aspirin in der Hand musterte sie ihn. Er hockte vor ihr und fühlte sich in dieser Position vollkommen wohl. Seine hochgekrempelten Hemdärmel zeigten sehnige Unterarme mit braunen Härchen. Entlang seines markanten Kiefers sprossen nach einem langen Tag die Stoppeln. Sein stetiger Blick war unwiderstehlich. Dieser Mann stellte seine Dominanz nicht zur Schau, sondern hielt sie verborgen wie die starke Strömung in einem täuschend langsamen Fluss.

Er hatte sie gerettet. Nachdem er Cory ohne Schwierigkeiten auf seinen Platz verwiesen hatte, galt seine einzige Sorge ihr. Er gab ihr das Gefühl, etwas Besonderes zu sein. Sie fühlte sich wertgeschätzt.

„Wirst du für eine Weile bleiben?", platzte es ihr heraus. Innerlich zuckte sie zusammen. Was hatte sie sich dabei nur gedacht?

Die Lachfältchen neben seinen Augen vertieften sich. „Willst du, dass ich bleibe?"

Diesmal nahm sie sich einen Moment Zeit, um nachzudenken,

aber oh, ihr Wunsch hatte sich nicht geändert. Sie sehnte sich nach ihm, seit sie sechzehn war. Sicher, es war unklug, aber warum eigentlich nicht? Sobald sie das Geld hatte, würde sie Florida ohnehin den Rücken kehren. Dann würde sie ihn nie wiedersehen. Sie atmete aus und akzeptierte den Schmerz, der auf diesen Gedanken folgte, auf die gleiche Weise, wie sie den Aufprall einer Peitsche absorbierte. „Ja. Bleib. Aber ich will nichts Ernstes. Ein One-Night-Stand ist für mich in Ordnung."

Seine Augen verengten sich bei ihrer Voraussetzung. Im Club musste er bereits wahrgenommen haben, dass sie nicht nach einem festen Dom suchte. Für ihn sollte es eine Erleichterung sein, dass sie es noch einmal deutlich gemacht hatte, was sie wollte. Oder?

Er sagte nichts. Er schaute sie nur an.

Unter seinem durchdringenden Blick erhitzte sich ihr ganzer Körper, als ob ein Wüstenwind über ihre Haut fegte. Sie konnte sein Eau de Cologne riechen – ein leichter Duft, der Sex und Männlichkeit in einer berauschenden Note kombinierte. Ihre Hand bewegte sich von selbst über seine Wange und entlang seines angespannten Kiefers.

Seine Lippen formten sich unter ihren Fingern zu einem Lächeln. „Bist du sicher, Süße?", fragte er mit heiserer Stimme.

Die Belustigung in seinem Blick ließ sie erstarren. „Du bist der Dom. Solltest du nicht die Entscheidungen treffen?"

Er drehte ihr Handgelenk um und presste einen sanften Kuss auf die empfindliche Stelle. Wie war es möglich, dass sich seine Lippen wie Samt anfühlten? „Absolut – sobald du sagst, dass das genau das ist, was du willst. Ich muss die Worte aus deinem Mund hören." Die Entschlossenheit in seinem Tonfall sagte, dass er es ernst meinte. „Anschließend – da du kein Neuling bist – höre ich nur auf, wenn du *Rot* sagst."

Gott, es war, als hätte er einen Hormonschalter umgelegt, der das ganze Blut in ihrem Körper direkt zu ihrer Mitte schickte. *Lass dich auf mich ein oder halt die Klappe, Rainie.*

Wie selten kam es vor, dass ein Mann so direkt war? Nichts von diesem *„Komm schon, Baby, lass mich einfach …"* Und oh, sie wollte ihn mehr, als sie sagen konnte. Sie lehnte sich vor, ihr Mund nur wenige Millimeter von seinem entfernt. Wie würde er schmecken? „Ich möchte, dass du mich auf jede erdenkliche Weise nimmst."

Er neigte seinen Kopf in einer wortlosen Bestätigung, die sie in einer Million Jahren nicht wiederholen könnte. „Wie du wünschst, Buttercup."

Ihre Organe schmolzen augenblicklich dahin, aber er gab ihr keine Chance zu verarbeiten, dass er gerade wie Westley aus dem Film *Die Braut des Prinzen* geklungen hatte.

Er legte seine schwielige Hand auf ihren Nacken und hielt sie an Ort und Stelle, während sein Mund den ihren fand. Erst behutsam, bevor er sie fordernder küsste und sie sich so vollkommen von ihm beansprucht fühlte, ohne auch nur ein Kleidungsstück verloren zu haben.

„Mhm." Er musterte ihr Gesicht und lächelte. „Ich will noch einen."

Als er sich diesmal von ihren Lippen zurückzog, war ihr schwindelig und sie bekam kaum mit, dass er sie ins Schlafzimmer führte.

Er blieb in der Tür stehen, wahrscheinlich überrascht, als er von ihrem Wohnzimmer im Landhausstil in ein Schlafzimmer trat, das im Stil der italienischen Renaissance gehalten war.

Obwohl sie abgewetzt waren, erhellten die farbenfrohen Wandteppiche den Raum, während die kleinen, orientalischen Teppiche den langweiligen beigen Boden aufpeppten. Ihr Schatz – ein kunstvoller, italienischer Bettrahmen – nahm den größten Teil des Raumes ein. Dunkelrote Gazevorhänge hingen an dem Metallrahmen, um ein Himmelbett im antiken Stil zu schaffen.

Lächelnd fuhr Jake mit dem Finger über ihre Wange. „Du bist eine kleine Romantikerin."

Ein Schauer durchlief sie, als er den Kopf hob und den gut

verankerten, rechteckigen Rahmen des Bettes musterte. „Nun."
Seine tiefe Stimme strich wie Wildleder über ihre Haut. „Das hat
Potenzial."

Sie biss sich auf die Unterlippe und bemerkte verspätet, wie
viele Möglichkeiten das Bett und der Rahmen für Fesseln boten.
Und dieser Mann war ein Dom.

Vielleicht hätte sie mit ihm im Wohnzimmer bleiben sollen.

„Also ... Weibsbild." Als sich seine Lippen zu einem grausamen Lächeln formten, wanderte er mit seinen Fingern entlang
ihres Ausschnitts. „Ich habe dich nicht von deinem sinkenden
Schiff – und vor meiner Crew – gerettet, um mich mit einem
bloßen Dankeschön abzufinden."

„Jake." Ihre Augen weiteten sich, als er anfing, die Haken ihres
Bustiers zu öffnen.

„Ich bin bereit, zu erkunden, was mein Schwert mir gewonnen
hat."

Oh Gott! Ihr Herz schlug wie wild, als das Bustier zu Boden fiel
und kalte Luft über ihre Haut wehte. Er umfasste eine Brust und
neckte den Nippel mit seinem Daumennagel. „Mit den beiden
Schönheiten werde ich definitiv heute noch spielen." Sein Mundwinkel zuckte. „Obwohl es dir vielleicht nicht so viel Spaß
machen wird wie mir."

Die sinnliche Drohung schoss direkt zu ihrer Pussy, selbst als
er ihren kurzen Rock öffnete und zusammen mit ihrem Tanga
nach unten schob, sodass sie nur noch in Strapsen und Netzstrümpfen vor ihm stand.

„Die können bleiben." Bewunderung flackerte in seinen Augen
auf. „Sehr nett."

Er zeigte auf das Bett. „Hoch mit dir, Weibsbild. Gib mir, was
ich brauche, und setz dich auf den Bettrand."

Sie zögerte.

„Zu langsam." Er legte seine langen Finger um ihren Hals und
schlug ihr hart genug auf den Hintern, dass sie wimmerte.

Auch auf der anderen Seite der Tür war ein Wimmern zu hören, und ihr wurde klar, dass er Rhage ausgesperrt hatte.

Jake folgte ihrem Blick und er wirkte amüsiert. „Niemand wird dir zur Rettung kommen, Süße." Ein weiterer Klaps kam und er lächelte bei ihrem Quietschen. „Heute Abend gehörst du mir. Ich entscheide, wie lange ich dich benutzen will."

Die Hand um ihre Kehle war groß genug, um sie zu packen, ohne ihr die Luft abzudrücken ... und doch, *und doch* ... bestand stets die Möglichkeit, dass er die Finger festigte.

Zu wissen, dass sie allein mit ihm war, löste kleine Schauer in ihr aus. Nicht ... ganz ... Angst.

„Spreize deine Schenkel für mich." Seine bedrohlichen Worte schnitten durch ihren Verteidigungswall wie ein Rasiermesser durch Seide.

Ihr brennender Hintern und dass er es schaffte, sie hilflos fühlen zu lassen, wirkte sich erregend auf sie aus. Und so spreizte sie die Beine.

Er wanderte mit einer Hand über ihre Schenkelinnenseite. „Ich liebe eine glatt rasierte Pussy. Eine Pussy, die von einem Spanking feucht wird, ist noch besser."

Doms lüfteten Geheimnisse. Darin lag ihr Talent. Warum also machte jedes bisschen Wissen, das er über sie freilegte, sie so nervös, als hätte sie einen Teil ihrer Seele aufgegeben?

„Los." Erneut zeigte er auf das Bett.

Diesmal zögerte sie nicht. Als sie sich auf die Matratze setzte, ließ er den Blick durch ihr Schlafzimmer schweifen. Er bediente sich an den Seidenschals, die an goldenen Verankerungen an der Wand angebracht waren. Taschengurte kamen aus einem Regal in ihrem Schrank. Dann öffnete er die Schublade zu ihrem Nacht-tisch und entließ einen erfreuten Laut.

Sie lief knallrot an. „Nein. Du –"

„Augen nach unten, Weibsbild, oder ich verbinde dir die Augen." Er nahm sich eine Tube mit ...

Gott, das war das Pfefferminz-Stimulans für die Klitoris, das sie kürzlich gekauft hatte und für das sie bisher zu feige gewesen war. Sie hörte, dass er die Packung öffnete, und schaffte es tatsächlich, nicht aufzuschauen.

Grobe Hände drückten ihre Knie auseinander, und er benutzte den Applikator, um das Zeug auf ihre pochende Klitoris zu schmieren, wobei er ihren windenden Körper ignorierte.

Nachdem er die Tube auf den Nachttisch geworfen hatte, fragte er: „Nippelklemmen hast du keine?"

Gott, nein. Ihre Brüste waren ohne diese fiesen Nippelzähne bereits empfindlich genug. Sie schüttelte den Kopf und wagte einen Blick auf ihn.

Er schmunzelte, als er sie ansah. „Das ist in Ordnung, Weibsbild. Ich habe andere Möglichkeiten, weibliche Körperteile zu foltern."

Sie überlegte, sich ein Kissen zu schnappen und sein auserwähltes Ziel damit zu bedecken. Sie wusste jedoch, dass er sie nicht so weit über ihre Grenzen führen würde, dass es unerträglich wäre. Ja, das wusste sie. *Oder?*

Nachdem er die Gazevorhänge auf Robustheit untersucht hatte, positionierte er den Stoff entlang der Metallschiene neu. Er band zwei gegenüberliegende Seiten zusammen, um eine Art Schlinge in der Nähe des Kopfendes zu formen.

Er zündete die Kerzen an, die er im Wandregal fand. Dann prüfte er ihre Musikauswahl auf dem iPod. Als Kitaros sanfte Töne aus den kleinen Lautsprechern drangen, wusste sie, dass er ihre Playlist mit dem Namen *Sex* entdeckt hatte.

Der Mann kannte alle Tricks.

„Augen nach unten, Rainie", warnte er sie erneut.

Sie versuchte, ihm zu gehorchen, musste – *musste* – ihn aber einfach beobachten.

Er setzte sich vor sie, nahm den ersten Schal und rieb ihn neckend über ihre Haut. Seidig und kühl. In einer komplizierten

Art und Weise wickelte er das Material unter und um ihre Brüste. Allein der Anblick seiner starken Finger und dass er hin und wieder mit ihnen ihre Brüste streifte, machte sie heißer, als das Sex in ihrem bisherigen Leben jemals geschafft hatte.

Langsam festigte er die Knoten, und ihre Brüste wurden nach außen gedrückt, die Haut straff gespannt. „Sehr hübsch", murmelte er, als er den letzten Knoten festzog. Dann landete sein Blick auf ihrem Gesicht und er küsste sie. Ein langer, feuchter Kuss, bei dem er es sich nicht entgehen ließ, ihre eingeschnürten Brüste zu streicheln.

„Viele, viele Spielzeuge, aber keine Nippelklemmen", sagte er. „Das kann nur bedeuten, dass diese süßen Nippel empfindlich sind, oder?"

Und sein verdammtes Talent mit Bondage verstärkt das Gefühl. Ihr zustimmender Laut erhob sich zu einem Quietschen, als seine Finger ihre geschwollenen Nippel umkreisten.

„Rainie." Er strich mit seinen Fingerknöcheln immer wieder über ihren aufgerichteten, linken Nippel und sandte so eine elektrisierende Welle direkt zu ihrer Mitte. „Als ich dir sagte, du sollst deine Augen senken, hast du mir nicht gehorcht. Das stimmt doch, oder?"

Sie schluckte und nickte.

Die kontrollierte Dominanz in seinem Blick hielt sie im Bann. „Da dir das so wichtig scheint, erlaube ich dir, mich zu beobachten. Ich muss jedoch wissen, ob du wirklich daran Interesse hast, dich von mir unterwerfen zu lassen?"

Seine Frage kam gleichmäßig über seine Lippen. Wie auch immer ihre Antwort ausfiel, er würde sie nicht verurteilen.

Wollte sie sich ihm unterwerfen?

„Ja, Sir", flüsterte sie. Das wollte sie so sehr.

„Dann werde ich dich für den Ungehorsam bestrafen. Nächstes Mal, wenn du mit einem Befehl nicht einverstanden bist, hast du die Erlaubnis, etwas zu sagen. Entweder erkläre ich dir meine Beweggründe genauer oder ich gebe nach. Aber du wirst gehorchen. Verstanden?"

„Ja, Sir."

„Sehr gut." Seine Finger schlossen sich um ihre rechte Brustwarze und festigten sich, bis sich der Schmerz in ihr zeigte – und über die Grenze hinausschoss.

Au, au, au!

Seine Finger hielten den Druck aufrecht und Tränen formten sich in ihren Augen.

„Es tut mir leid, dass du das erleiden musst", murmelte er und streichelte mit seiner freien Hand über ihr Haar. „Atme durch den Schmerz, Süße."

Beim Einatmen durch ihre Nase schwappte das sinkende Gefühl der Kapitulation wie eine Welle durch ihre Adern. Er würde Ungehorsam nicht zulassen und seine Regeln wirklich durchsetzen. Das Wissen war ... verheerend erotisch.

Als seine Finger von ihr abließen, strömte das Blut brutal in ihren Nippel zurück. Eine Mischung aus Erleichterung und Schmerz, die tief aus ihrer Brust ein Stöhnen hervorbrachte.

„Gutes Mädchen." Jake leckte ihren wunden Nippel. Die feuchte Hitze verstärkte das Brennen zunächst, bevor eine Linderung eintrat. Ihr Herz raste noch schneller, als sich seine Zunge um die Knospe legte.

Auf ihrer Klitoris erwärmte sich die Pfefferminzsalbe. Es brannte. Sie wand sich bei dem Ansturm von Empfindungen.

Lachend hob er sie ohne große Kraftanstrengung in die Mitte des Bettes und positionierte sie auf dem Rücken.

„Jake. Sir!"

„Ganz ruhig." Lächelnd spreizte er ihre Beine und kniete sich dazwischen. Als hätte er alle Zeit der Welt, neckte er ihre Brüste, küsste ihren Bauch und musterte ihre Pussy.

Sie schloss die Augen. *Warum musste er diesen Ort so lange anstarren?*

„Auf der Tube stand Pfefferminz." Sein Grinsen war barbarisch. „Ich werde dich wissen lassen, ob sie den Geschmack getroffen haben."

Oh Gott, damit erfüllte sich ihre fleischlichste Fantasie – Jake Sheffield würde ihre Pussy mit seinem Mund nehmen. Ein Lustschauer jagte durch Rainie, als er den Kopf senkte und senkte und …

Sein Atem wehte über ihr empfindliches Fleisch und ließ die Pfefferminzsalbe sowohl kalt als auch exquisit heiß werden. „Mmm, Pussy und Pfefferminze – eine großartige Kombination."

Bei der bewussten Berührung seines unrasierten Kiefers an ihren Schenkelinnenseiten quietschte sie und hob ihm das Becken entgegen. Natürlich lachte er.

Als seine Zunge Kreise um ihre Klitoris zog, drückte er langsam einen Finger in ihre Vagina. Wieder hob sie die Hüfte nach oben und er beförderte sie mit seiner freien Hand zurück auf die Matratze.

Sie protestierte mit einem Wimmern.

„Nicht bewegen, kleine Gefangene." Er fügte einen weiteren Finger hinzu. „Dieser Körper gehört mir. Nur ich darf ihn genießen – oder bestrafen." Die Warnung drängte sie zum Gehorsam, selbst als seine Finger tiefer in sie drangen und jedes Nervenende in ihr weckten.

„Gott!", stöhnte sie.

„Normalerweise schlage ich *Sir* oder *Master* vor, aber ich schätze, *Gott* ist auch akzeptabel." Bei ihrem Schnauben gluckste er. Und dann saugte er so kraftvoll an ihrer Klitoris, dass ihre Hüfte vor der elektrisierenden Ekstase zurückschreckte und ihr jeder Gedanke aus dem Verstand flog.

Als er seinen Kopf hob, wollte sie sein Gesicht wieder auf ihre Pussy ziehen. Er leckte sich über seine Lippen. „Die Salbe ist nicht so stark wie Atemstreifen, aber der Geschmack ist gut."

„Was für eine Erleichterung", murmelte sie. Ihr Gesicht fühlte sich an, als hätte sie Sonnenbrand. Glaubte sie also wirklich, dass ihr jemand den Sarkasmus abnahm? Zu wissen, dass sie gut schmeckte, war, wenn sie ehrlich war, eine Erleichterung.

„Allerdings hätte ich nichts dagegen, dich noch ein bisschen winden zu sehen", sagte er nachdenklich. „Nächstes Mal, wenn mein Mund nicht gefährdet ist, werde ich etwas mit einer stärkeren Wirkung benutzen."

Stärker? An ihren niederen Gefilden? Ihr Kopf schüttelte sich unwillkürlich, und er lachte. Dann schlossen sich seine Zähne um ihre Klitoris. So verdammt sanft.

Als seine Zunge über ihr eingefangenes Nervenbündel schnellte, strömte eine unaufhaltsame Flut der Lust durch sie. Sie wackelte und verlor den Halt an der Realität. Gleichzeitig stellte er sicher, dass ihre Hüfte auf dem Bett blieb, während er weiterhin seine Zunge als Waffe einsetzte. Der Druck baute sich in ihr auf und wirbelte tief in ihrer Mitte.

Die Salbe machte sie wahnsinnig, und zusammen mit den betörenden Bewegungen an ihrer Klitoris schaffte sie es nicht länger, ihre Stöhnlaute zurückzuhalten. Stöhnlaute, die sie so nicht von sich kannte. Er stieß seine Finger hart in sie, immer und immer wieder, trieb sie ohne Gnade dem Gipfel entgegen und doch ...

Nach einer Weile befürchtete sie, dass sie zu lange brauchte, um zum Orgasmus zu finden, und so wand sie sich unter ihm und wollte sich seinem Griff entziehen. „Jetzt du", flüsterte sie. Als sie versuchte, ihn nach oben zu ziehen, damit er sie fickte, fing er schnaubend ihre Handgelenke ein, presste sie auf ihren Bauch und fixierte sie.

Er brauchte nicht einmal etwas zu sagen − seine Handlungen zeigten, dass er tun würde, was er wollte. Resigniert ließ sie den Kopf zurück auf das Bett fallen.

Und ihre Unterbrechung hatte ihn nicht aus dem Takt gebracht. Seine Zunge leckte sanft über ihre empfindliche Klitoris, während seine Finger weiter in sie hinein und wieder heraus glitten.

Gott, Gott, Gott! Es fehlte nicht mehr viel. *Gleich, gleich, gleich.* Ihre Muskeln spannten sich schmerzhaft an.

„Lass los, Buttercup", murmelte er. „Es ist okay." Er umkreiste ihre geschwollene Klitoris mit seiner Zunge, bevor er rücksichtslos darüber hinweg leckte.

Jedes Nervenende in ihrer unteren Hälfte explodierte, als ob jemand ein Streichholz in eine Fabrikhalle voller Feuerwerkskörper geworfen hatte. Das Kribbeln und Explodieren und Funkeln breitete sich nach oben aus, bis ihr ganzer Körper von dem Höhepunkt eingenommen wurde.

„Fuck, ich liebe die Art, wie du kommst."

Benommen öffnete sie die Augen.

Noch immer mit den Fingern tief in ihr vergraben, beobachtete er sie aufmerksam. Ein träges Lächeln zierte seine Lippen.

„Sir", flüsterte sie. Jetzt war er dran. Sie sollte –

„Ich denke, einen hast du noch in dir." Er senkt den Kopf. Sein Mund schloss sich um ihre Klitoris und er saugte … und in ihrer Hitze drehte er seine Finger.

„Aaah!" Eine weitere Explosion schwappte durch ihren Körper.

Als sie schließlich von ihrem Hoch wieder nach unten schwebte, strahlte Wärme von ihrer Haut aus, als wäre ihr Körper durch ein Lagerfeuer gerannt. Ihr Herz schlug immer noch so heftig, sodass es sie nicht wundern würde, wenn es aus ihrem Brustkorb ausbrach. „Bin ich tot?", hauchte sie.

„Noch nicht, Weibsbild. Das Schiff wird jedoch erst in einigen Stunden andocken, und ich beabsichtige, mich in dieser Zeit immer und immer wieder mit dir zu vergnügen." Auf einem Ellbogen gestützt, ließ er den Blick erfreut über sie schweifen. „Möglich, dass du das nicht überlebst."

Seine Lippen zuckten. Er neckte sie. *Oh Gott.* Sie hörte, wie ihr ein Laut entrang, der an einen Preiskämpfer erinnerte, dem direkt in den Bauch geschlagen wurde.

Denn ... denn Sex mit Master Jake war besser als Tanzen. Was hatte sie nur getan? Sie wollte diese Information nicht haben.

Sein Blick wurde durchdringender.

Nein. Nein, nein, nein. Dieser Abend war auf Spaß ausgelegt. Vorübergehender Spaß. Ein One-Night-Stand. Um etwas auf ihrer Liste abzuhaken. Auf keinen Fall hatte sie eine Erinnerung schaffen wollen, die sie für immer verfolgen würde.

„Süße, was ist in deinem Kopf los?"

Rollenspiel, Rainie. Piraten. Sie holte tief Luft und konzentrierte sich auf das Spiel. „Hör zu, du schäbiger, hirnloser ..."

Er blinzelte. „Verdammt, Mädchen −"

„... daumenlutschender, von Syphilis befallener, schleimiger Tunichtgut." Sie blickte ihn finster an. „Egal, was du mir auch antust, ich werde niemals kooperieren."

„Oh aye, das ist doch mal eine Herausforderung, die mir zusagt." Er glitt mit seiner kraftvollen Hand über ihren Oberschenkel und sein Druck machte deutlich, wie stark er war − dass er ihr körperlich überlegen war. Diese unscheinbare Berührung reichte aus, sodass sich die Wände ihrer Pussy gierig zusammenzogen. „Du wirst kooperieren, Weibsbild, denn ich lasse dir keine Wahl."

Verdammt, sie wusste, wie man einen Abend spaßig gestaltete, dachte Jake, als er sein Hemd und seine Hose auszog und sich das Kondom überzog. Dabei genoss er es, wie sie ihn beobachtete. Ihre offene Wertschätzung war eine wahre Freude.

„Auf die Knie mit dir."

„Zwing mich, du bleicher, sich am Hintern kratzender Pavian."

„Oh, das werde ich, meine vollbusige Schönheit." Er rollte sie auf den Bauch, um an ihre Arschbacken zu kommen, und schlug sie hart genug, sodass er einen angemessenen Anreiz bot.

Nach dem dritten Schlag positionierte sie sich auf den Knien und richtete den Blick zum Kopfende des Bettes.

„Das ist doch wirklich eine nette Position, findest du nicht auch?" Mit seiner Hand in der weichen Masse ihrer Haare zog er ihren Kopf zurück und küsste den Schmollmund von ihren Lippen. „Sag: Ja, oh, du mein wunderbarer Captain."

Ihre Augen strahlten vor Freude und Hingabe. So erregend. „Ja, oh mein wunderbarer Captain."

Er brachte die improvisierte Vorhangschlinge nach vorn und sagte: „Arme an deine Seiten. Stecke deinen Kopf und deine Schultern hier durch."

Damit gewann er sich einen besorgten Blick, aber sie tat, was er befahl.

Bevor sie es sich anders überlegen konnte, schob er die Schlinge ihren Oberkörper hinunter und unter ihre Brüste. Ihre unteren Rippen waren von dem Stoff umgeben. Der größte Teil ihres Gewichts ruhte auf den Knien, aber die Schlinge stützte auch ihren Oberkörper und nahm etwas von der Last. „Das wird dich halten, Baby."

„Sicher wird es das", grummelte sie.

Als er jedoch ihre Beine weiter auseinanderschob, war sie gezwungen, mehr von ihrem Gewicht der Vorhangschaukel anzuvertrauen.

Ein paar Sekunden später erkannte sie, dass sie sich nicht aufrichten konnte ... und dass die Schlinge ihre Arme gegen ihre Seiten gedrückt hielt. Sie saß in der Falle. „Du ... du Bastard."

„Meine Mutter besteht darauf, dass das nicht der Fall ist." Er rollte sich auf den Rücken und positionierte sich zwischen ihren Beinen, sodass sie rittlings auf seinen Hüften saß. *Perfekt*. Er mochte es, wenn eine Frau oben war. In Rainies Fall: Wäre sie auf ihren Händen und Knien, würden ihre Brüste zu tief hängen, als dass er sie genießen könnte. Und wäre das nicht eine Schande?

So gab ihr die Schlinge nicht nur ein wenig Halt, sondern positionierte sie auch auf eine Weise, sodass er mit ihr spielen konnte. Ein hart arbeitender Pirat verdiente schließlich etwas Spaß ... und er liebte Bondage in all seinen Formen.

Er fuhr mit der Eichel seines Schwanzes durch die Spalte ihrer feuchten Pussy und schob sich ein paar Zentimeter in sie. Das Gefühl feuchter Hitze erschütterte seine Kontrolle. „Nicht bewegen, meine Schöne."

In offenem Trotz – teilweise auf das Rollenspiel zurückzuführen, aber auch auf ihre Persönlichkeit – kämpfte sie gegen die Fesseln an und versuchte, ihre Arme zu lösen. Sie versagte. Keuchend starrte sie ihn an. „Du ..."

„Du steckst fest, Süße", sagte er leise. Er lächelte sie an, musterte sie. Ihr Ausdruck sprach von Verletzlichkeit. Sie hatte keine Angst, war aber auf jeden Fall nervös. Er hatte ihre Fähigkeit, den Sex zu kontrollieren, gestohlen – und beide wussten sie, dass er ihr nun einen guten Fick geben würde.

„Jake", flehte sie flüsternd. Ja, oberflächlich wollte sie freigelassen werden, aber darunter sah er ihr klar und deutlich den Wunsch an, genommen zu werden. Gab es etwas Faszinierenderes für einen Dom als das Bedürfnis einer Sub, sowohl wertgeschätzt als auch hart gefickt zu werden? Er sah den Ausdruck in ihren Augen, dass sie sich trotz der Panik sicher fühlte.

„Ganz ruhig. Alles wird gut, Baby." Er fuhr langsam mit dem Daumen über ihre weichen Lippen. Vor und zurück.

Ihr Atem verlangsamte sich.

Dann ließ er seine Stimme grausam klingen. Schneidend. „Wirklich eine Schande, Schönheit, aber ich kann mit dir machen, was ich will. Und genau das werde ich auch tun." Als sich ihre Augen weiteten, legte er die Finger an ihre Hüften, packte sie hart und ... riss sie auf seinen Schwanz.

Ihr Kopf fiel in den Nacken, ihr Hals wölbte sich, ihr Mund öffnete sich zu einem lautlosen Schrei. *Fuck*, sie war feucht und heiß, und ihre Pussy zog sich um ihn zusammen und hieß ihn in sich willkommen. Dann wartete er und erlaubte ihr, sich an seine Größe zu gewöhnen.

Ihr Rücken hatte sich gewölbt, sodass sich ihre Brüste nach vorn schoben, was einer Einladung gleichkam. Die Schals hatten ihre Brüste anschwellen lassen. Er streckte die Hände aus und rieb mit den Daumen über ihre Nippel.

Sie entließ atemlose, gestöhnte Seufzer, die von Schmerz und Erregung sprachen, während er weiterhin ihre samtweichste Stelle streichelte. So verdammt empfänglich.

Als sich ihre Pussy um seinen Schwanz entspannte, packte er ihre Hüften und bewegte sie ein paar Mal auf und ab, beobachtete, wie die Erregung über ihre Panik an Bedeutung gewann. Wunderschön. Dann hob er sie so weit nach oben, bis nur noch die Eichel in ihr war. Es war an der Zeit, ein weiteres Element hinzuzufügen – eine Freude für jede Sub, die ihren Dom glücklich machen möchte. „Baby, kannst du mir zeigen, wie still du halten kannst? Für mich?"

Sie blinzelte einmal und konzentrierte sich dann gänzlich auf ihn. Sie hatte die schönsten goldgesprenkelten, braungrünen Augen. So verletzlich. So wie ihr Körper – vollkommen entblößt und offen für ihn. Sie schluckte. „Ja, Sir." Nach einer Sekunde spannte sie die Beinmuskulatur an und hielt so die Position.

„Das ist mein gutes Mädchen. Sieh mich an, Baby."

Als er seine Handflächen über ihre harten Brustwarzen rieb, zeigte sich jede ihrer Emotionen auf ihrem Gesicht.

Sie hatte empfindliche Brüste – was ihn über alle Maßen freute. Er spreizte seine Finger auf den hübschen Hügeln und drückte dann sanft zu. Ihre Nippel wurden noch härter, als er sie neckte.

Ihre Pupillen weiteten sich, bis das Schwarz ihre hübsche Augenfarbe fast vollkommen ausgelöscht hatte. Jedes Mal, wenn er einatmete, wurde er mit ihrem Duft nach Moschus und ihrer Einzigartigkeit belohnt.

Während er sie musterte, erhöhte er vorsichtig den Druck, bis er sich sicher war, dass es an Schmerz grenzte. So lernte er, was nötig war, um sie an den Ort zu ziehen, an dem die Welt verblasste, und sie dort zu halten, indem er eine Empfindung nach der anderen hinzufügte.

Lange bevor er bereit war, ballte sich ihre Pussy wie eine heiße Faust um ihn zusammen, und ihre Schenkelinnenseiten zitterten unkontrolliert an seinen Hüften.

„Verdammt, du bist eine wahre Sinnesfreude, Süße." Wie lange hatte er sie so sehen wollen? Wie lange wollte er sich schon auf diese Weise in ihr verlieren? Eine Hand legte er auf ihre Wange und streichelte ihre feuchte Haut mit seinem Daumen. „Fuck, du bist wunderschön."

Ihr Blick war glasig und ihre Lippen formten sich zu einem Lächeln.

„Jetzt werde ich dich hart nehmen, Süße", sagte er. Er packte ihre Brüste mit den Händen, den intimsten Fesseln, die es gab, und nahm ihr sanftes Einatmen wahr. Mit einem Stoß nach oben vergrub er sich bis zum Anschlag in ihrer Enge.

Ihr Körper zitterte von dem Aufprall und ihre Haare strichen federleicht über seine Brust. „Oh Gott!" Ihre klare Stimme hatte sich in eine rauchige Heiserkeit verwandelt.

Er selbst klang fordernd: „Diesmal, Buttercup, möchte ich, dass du fragst, bevor du kommst."

Mit einem winzigen Nicken bestätigte sie seinen Befehl und ihre Lippen pressten sich entschlossen aufeinander.

Ihre obere Hälfte war in der Schlinge gefangen, während er ihre Hüften packte und sich in ihrer Weichheit vergrub, schnell, dann langsam. *Einfach himmlisch.* Das Brennen in seinem Hoden verstärkte sich. Die Luft selbst verdichtete sich. Das Klatschen von feuchtem Fleisch vermischte sich mit der Musik aus den Lautsprechern.

Als sich die Muskeln ihrer Pussy um ihn zusammenzogen, wurde ihr Wimmern lauter. „Bitte. Bitte." Sie zappelte und wand sich. „Ich muss kommen."

„Erst, wenn ich das sage." Er füllte seine Handflächen wieder mit ihren Brüsten, schränkte so ihre Bewegungen ein und zwang sie, das zu nehmen, was er gab – was sie beide wollten.

Ein Muskel nach dem anderen erstarrte in ihrem Körper und ihre Vagina pulsierte um ihn. Sie keuchte, zitterte von dem Bedürfnis, das Tempo anzuziehen, und so stoppte er, sein Schaft nur ein paar Zentimeter in ihr, um sie zu quälen – um sie beide zu quälen. „Sieh mich an, Süße."

Ihre großen Augen strahlten in ihrem geröteten Gesicht. „Bitte, bitte, bitte." Ihre Stimme war kaum zu hören.

Er zwickte in ihre Nippel, passte sich dem Rhythmus an, in dem er sie jetzt fickte. Ihr Stöhnen brachte ihn zum Lächeln. Aber genug mit dem Herauszögern. Sie befand sich an einem guten Ort – direkt an der Klippe – und brauchte keine Stimulation mehr.

„Komm jetzt, Baby." Er rollte ihre Nippel zwischen den Fingern, zwickte hart in sie, während er hart und schnell in sie stieß.

Sie schnappte nach Luft und ihre Pussy ballte sich wie ein sinnlicher Schraubstock um ihn zusammen. Und dann kam sie, zappelnd, wimmernd, schreiend – und trieb ihn so zu seinem eigenen Höhepunkt.

Wie ein Vulkan baute sich der Druck in ihm auf, seine Eier verkrampften sich und brannten, bevor der Ausbruch folgte und die Hitze aus seinem Schaft schoss.

Langsam normalisierte sich seine Herzfrequenz. In gesegneter Zufriedenheit genoss er das unregelmäßige Pulsieren ihrer befriedigten Pussy um seinen Schwanz. Ihre Nippel flachten ab, ihre roten Wangen hellten sich auf.

Mit angespannten Bauchmuskeln setzte er sich weit genug auf, um ihren großzügigen Mund zu küssen und an der prallen Unterlippe zu knabbern.

Ihre Lippen formten sich unter seinen zu einem Lächeln.

„Du machst dich ausgezeichnet als Gefangene", sagte er, nur um ihr kehliges Lachen zu hören.

„Is' das so?"

Er schmunzelte. Er meinte es ernst, und wenn sie dachte, dass es sich um einen One-Night-Stand handelte, würde sie schon bald ein wahres Wunder erleben. Mit einem sanften Lächeln auf den Lippen küsste er sie erneut, nahm sich Zeit und genoss das Gefühl, sie endlich an seinem Körper spüren zu dürfen.

Wir sind noch nicht fertig miteinander, Süße.

Nachdem er sich frisch gemacht hatte, löste er ihre Einschränkungen. Als sie sich richtete, kümmerte er sich um das Zimmer und legte sie dann in ihr Bett. Offenbar erschöpft, ihr freches Mundwerk zur Abwechslung mal ruhig, blinzelte sie ihn nur an.

Jake öffnete die Schlafzimmertür zum Flur, schnappte sich Rhage und warf ihn auf das Bett. Der Hund rollte sich am Fußende zusammen und Jake glitt unter die Decke.

Rainie warf ihm einen überraschten Blick zu. „Du ... bleibst?"

Ihre Lippen hielten nichts zurück, als er ihren Mund küsste. „Ich bleibe." Sie lag auf ihrem Rücken, und er schob seinen Arm unter ihren Kopf. Mit seiner freien Hand fand er ihre Brust. Oh ja, er würde den Rest des Abends genießen. „Piraten tun das."

Sie schnaubte leise. „Natürlich tun sie das." Untätig streichelte sie seinen Oberarm und zeichnete das Tattoo auf seiner Schulter nach – einen Hermesstab mit einem V in der Mitte. „Das ist ein medizinisches Symbol, oder?"

„Mmmhmm. Army Veterinary Corps."

Verwirrt runzelte sie die Stirn. „Das Militär hat Tierärzte?"

„Seit dem Ersten Weltkrieg."

„Okay, aber damals benutzten sie Pferde und Maultiere. Jetzt ..."

„Jetzt benutzen die Soldaten Hunde." Unter anderem um Bomben zu finden. Er hatte keine guten Erinnerungen an die Zeit. Er hatte Freunde, sowohl Menschen als auch Hunde, in Afghanistan verloren.

Der Schmerz in seiner Brust und seinem Magen erschwerte ihm das Einatmen.

In einer tröstenden Geste legte Rainie ihre Finger um seinen Arm.

Benimm dich nicht wie ein Schwächling, Sheffield. Er zwang sich zu einem Lächeln. „Wir behandelten auch normale Haustiere in der Militärbasis, leisteten Arbeit im Gesundheitswesen und der Seuchenbekämpfung." Es war nicht alles herzzerreißend gewesen.

„Du bist nur fünf Jahre älter als ich – vielleicht dreißig oder einunddreißig. Wann hattest du also Zeit, eine Ausbildung dieser Art reinzuschieben? Braucht es nicht einige Jahre, um ein Studium zum Tierarzt abzuschließen?"

Woher wusste sie, wie alt er war? Sie musste sich über ihn informiert haben. „Ich habe in der Grundschule eine Klasse übersprungen und innerhalb von drei Jahren meinen Bachelor gemacht. Dann vier Jahre, um den DVM zu bekommen. Anschließend folgten vier Jahre im aktiven Dienst. Saxon und ich haben die Praxis vor zwei Jahren gekauft."

Sie starrte ihn an. „Saxon? Unser Saxon aus dem Shadowlands, der Pony-Play mag?"

„Der Saxon, ja."

„Heilige Lutscher, ich muss an besseren Klatsch kommen."

Jake lachte. „Mitglieder sprechen selten über ihr Vanilla-Leben."

„Auch wahr." Sie kuschelte sich an ihn und legte ihren Kopf auf seine Schulter. Ihr seidenweiches Haar ergoss sich über seinen Arm und seine Brust und kitzelte ihn.

Nett. Und wie gut fühlte sich dieser Moment an? Er positionierte sie so, sodass eine Brust auf seinen Rippen lag und er mit ihr spielen konnte.

Als sie ihn daraufhin finster anblickte, warf er ihr einen warnenden Blick zu, während er über die schmerzenden Stellen an ihrem Körper glitt. „Ich mag Sexspielzeug genauso gern wie du, Süße. Der Unterschied ist, dass ich dich als eines meiner

Spielzeuge betrachte und beabsichtige, dich die ganze Nacht in Gebrauch zu nehmen." Er erinnerte sich an die angeknackste DVD-Hülle und fügte hinzu: „Als grausamer Pirat Roberts habe ich einen Ruf zu verteidigen."

Ihr unterdrücktes Lachen konnte nicht verstecken, wie sich ihr Körper instinktiv seiner Berührung und seinen Worten hingab. „Wie du wünschst", hauchte sie.

Am nächsten Morgen gähnte Rainie und versuchte, sich zum Aufwachen zu zwingen, aber ihre Muskeln hatten die Konsistenz gekochter Spaghetti angenommen. Wunder Spaghetti. Ihre Arme schmerzten, ebenso wie ihre Oberschenkelmuskulatur. Die Haut an ihren Brüsten brannte. Als sie sich bewegte, wurde ihr klar, dass sich auch ihre Pussy empfindlich anfühlte. Und der Grund?

Sie hatte gestern Abend tollen Sex. *Oh Gott!* Mit Jake. Ihr Herz setzte einen schmerzhaften Schlag aus, als sie vollkommen unbeweglich auf ihrem Bett lag und das aufregende Gefühl über sich hinwegrollen ließ.

Er hatte sie ein paar Stunden schlafen lassen. Sie war aufgewacht, als er Rhage wieder aus dem Schlafzimmer geworfen hatte.

Dann hatte Jake ihre halbherzigen Einwände ignoriert und ihr die dünnen Bettvorhänge um die Knöchel gebunden, sodass ihre Beine ein V in der Luft bildeten. Nachdem er sie für eine halbe Ewigkeit mit dem Mund betört hatte, stoppte er, bevor sie kommen konnte. Anschließend hatte er sie in seiner persönlichen Version der Missionarsstellung gefickt.

Mit ihren Beinen aus dem Weg hatte er sie tiefer als gewohnt nehmen können. Und das hatte sie so erregt, dass es nur einen Stoß in sie gebraucht hatte, um ihren Orgasmus zu zünden.

Er hatte gelacht, war dann ein zweites Mal in sie geglitten und hatte sie dem nächsten Orgasmus entgegengetrieben, bevor er selbst zur Erlösung gefunden hatte.

Als er sie erneut geweckt hatte – *vor fünf Uhr morgens, verdammt nochmal* –, hatte sie nach ihm ausgeholt. Sie schmunzelte bei der Erinnerung. Kein guter Zug mit einem Dom.

Er hatte sie aus dem Bett gezerrt und auf den Knien positioniert, noch bevor sie die Chance hatte, ihn zu beschimpfen – geschweige denn, sich zu entschuldigen.

Anschließend hatte er dafür gesorgt, dass sie ihm einen verdammt guten Blowjob gab, und dabei war er mit einer Rücksichtslosigkeit vorgegangen, die den grausamen Piraten Roberts stolz machen würde.

Aber sie hatte es genossen. Der Mann war gut ausgestattet, dick und lang, mit schweren Hoden. Und er hatte einen sexy Sinn für Humor. Als sie seine getrimmte Schambehaarung kommentiert hatte, hatte er gelächelt und geantwortet: „Wenn ich es vorziehe, dass Pussys rasiert sind, scheint es nur fair, den Gefallen teilweise zu erwidern."

Nachdem er gekommen war, hatte sie angenommen, sie würden wieder ins Bett gehen. Weit gefehlt. Der Blowjob war dafür gewesen, dass sie sich ihm widersetzt hatte. Für ihre Schläge – halbherzig wohlgemerkt – hatte er ihr ein Spanking verpasst. Dann hatte er seine Hände und Finger und verschiedenstes Spielzeug benutzt, bis sie darum gebettelt hatte, kommen zu dürfen. Als er ihr dies endlich erlaubt hatte ... Na ja, die Nachbarn dachten wahrscheinlich, dass jemand ermordet worden war.

Es überraschte sie also wenig, dass sie wund und vollkommen befriedigt und zufrieden mit der Welt war.

Ein Geräusch ließ sie aufschrecken. Sie drehte sich und entdeckte Jake neben dem Bett.

„Du bist schon wach? An einem Sonntag?", fragte sie.

„Ein paar Hunde müssen übers Wochenende in der Praxis bleiben." Er hatte sich bereits die Hose angezogen. Sein Hemd hing offen und zeigte seine gebräunten Brustmuskeln und wie sich seine braunen Brusthaare nach unten verdünnten.

Die Haare noch immer nass von der Dusche schob er sie

sorglos nach hinten. Warum wirkte er noch sexier, wenn er nicht so perfekt und gestriegelt aussah?

„Jemand ist immer vor Ort, aber ich möchte auch nach ihnen sehen", beendete er.

Sie setzte sich im Bett auf. Er klang nicht verärgert, dass er früh aufstehen musste – nur sachlich, wenn es um seine Pflichten ging. Wie lange begnügte sie sich schon mit Jungs, die vorgaben, Männer zu sein?

Aber selbst vor einem Jahrzehnt war er bereits ein Mann gewesen. Zudem war er ein Shadowlands-Master – der Beste der Besten –, und die erste Voraussetzung für einen guten Dom war, Verantwortung für sich und seine Handlungen zu übernehmen. „Verstanden. Hast du Zeit zu frühstücken?"

Seine Hände stoppten an seinem Gürtel, und er sagte unverhohlen hoffnungsvoll: „Du würdest mir Frühstück machen?"

Gott, bestimmt war er als Kind einfach entzückend. „Sicher. Ich koche gern."

Obwohl sie wusste, dass er tadellose Manieren hatte, erwartete sie aus Erfahrung, dass er eine Spitze über ihr Gewicht ablassen würde. Stattdessen sagte er mit aufrichtiger Freude: „Perfekt, denn ich mag es, zu essen."

Schmunzelnd rutschte sie aus dem Bett und griff nach ihrem Morgenmantel.

Er blockierte ihr den Weg zu ihrem Ziel. „Nein. Du wirst das hier tragen." Er zog sich sein Hemd aus und half ihr in die Ärmel.

Er war groß genug, dass der Saum bis auf ihre Schenkel reichte, aber ... ihre vollen Brüste drückten die Vorderseite auf. „Zuknöpfen wird niemals funktionieren."

„Ich will nicht, dass du es zuknöpfst." Er nutzte den freien Zugang, indem er mit dem Finger ihren Nippel umkreiste. „Ich bevorzuge es, wenn diese Schönheiten für mich zugänglich sind."

Gott, es spielte keine Rolle, wie oft er bereits in ihr gewesen war; ein Blick aus seinen grünen Augen schaffte es, ihr Verlangen erneut zu entfachen.

Eine Stunde später lehnte sich Jake am Esstisch mit einem äußerst zufriedenen Stöhnen nach hinten. „Oh ja, du kannst kochen. Das war verdammt lecker."

Sie errötete und ihr gelang es geradeso, mit einem gelassenen *Danke* zu antworten. Sie hatte ihm ein Omelett mit Spinat, Cheddar und Wurst gemacht. Dazu gab es Röstis, um das gesunde grüne Zeug auszugleichen. Die Mahlzeit würde einen fleißigen Tierarzt eine ganze Weile am Laufen halten.

Apropos, Tierärzte. Es war schon amüsant, dass Saxon, ein Tierarzt, Furry-Play liebte, oder? Natürlich würde sie nicht über ihn oder seine Karriere klatschen, aber ... beim nächsten Puppy- und Kitty-Rollenspiel würde sie die anderen Subs dazu überreden, eine Fülle von Verletzungen vorzutäuschen. Sie würden humpeln, hätten gebrochene Schwänze und zerknitterte Ohren und würden vor dem großen blonden Dom winseln, bis er sie *heilte*.

Armer Tierarzt. Würde er nächstes Wochenende wieder im Shadowlands sein? „Ich habe Saxon am Freitag und auch das Wochenende davor nicht im Club bemerkt. Ist bei ihm alles okay?"

„Oh, alles gut." Jakes tiefes Knurren war alarmierend. „Er ist im Urlaub. Aber –"

„Hat er etwas falsch gemacht? Ihr seid doch befreundet, oder?"

„Schau nicht so besorgt. Ich habe ihn nicht ermordet – obwohl nicht viel gefehlt hat", murmelte Jake. „Du hast unsere Rezeptionistin gesehen?"

Die blonde, zickige Kuh. Sicher. „Das habe ich."

„Sax gab dem Druck der Familie nach und hat sie eingestellt. Sie war zweifellos die inkompetenteste Rezeptionistin, die ich jemals gesehen habe. Zu spät haben wir bemerkt, dass sie in unserem Computersystem einige Sachen durcheinandergebracht hat, einschließlich des Schichtplans. Ich habe sie am Freitag gefeuert."

„Oh." Rainie fühlte Mitleid mit der Rezeptionistin. Ein wenig.

Verdient oder nicht, einen Job zu verlieren, tat weh. Sie räusperte sich. „Und Saxon hat dich angeschrien, weil du sie entlassen hast?"

„Ich bin ihm zuvorgekommen. Ich rief ihn gestern an, habe geschrien und zu ihm gemeint, er solle seinen Arsch bewegen und bis morgen zurückkommen. Nur zu zweit werden wir das Durcheinander wieder in Ordnung bringen können." Sein Mund war angespannt. „Bis wir jemanden einstellen, müssen wir einen der TFAs bitten, das Telefon zu beantworten. Das Problem ist, dass uns durch das angerichtete Chaos keine Zeit bleibt, Vorstellungsgespräche zu führen."

„Teufelskreis, was?" Rainie zögerte. Sie musste ihren Arsch bewegen und sich einen neuen Job suchen, aber ... wie konnte sie ihre Hilfe nicht anbieten? Ein Job als Rezeptionistin würde ihren Lebenslauf nicht gerade aufhübschen, aber schaden würde er auch nicht. Es hielt sie also nichts davon ab, den Jungs für eine Weile zu helfen. Bis sie jemanden fanden. „Ich weiß nichts über Tiere, aber ich bin hervorragend am Telefon. Wenn du willst, kann ich bis Mitte Februar einspringen."

„Meinst du das ernst?"

Sie nickte. „Schließlich braucht Rhage seinen Tierarzt in Bestform."

„Abgemacht." Er streckte seine Hand über den Tisch.

Sie wollte gerade ihre Hand in seine legen, zog sie aber kurz vor dem Hautkontakt zurück. Es gab ein Problem. Arbeit versus Sex. Diese beiden Facetten ihres Lebens vermischte sie nicht. Niemals.

Innerlich zuckte sie bei dem Gedanken zusammen, ihm jetzt ihre Meinung zu sagen. Aber ... das war der Dom, der ihr im Club den Arsch versohlt hatte, weil sie eben nicht ehrlich gewesen war. „Jake."

Seine Augen verengten sich, bevor er ihre Hand in seine schwielige nahm. „Sag es, Süße."

Selbst mit seiner Ermutigung wollten die Worte einfach nicht kommen.

„Ich brauche mehr Kaffee – wie sieht's mit dir aus?" Sie nahm die zwei Tassen in die Hand und sprang auf.

In der Küche schenkte sie Kaffee nach und beobachtete die wirbelnde, schwarze Flüssigkeit am Boden der Tasse. Warum fiel es ihr so schwer, Jake – oder anderen Doms – die Meinung zu sagen? Ihre Unterwürfigkeit war nicht das Problem.

Mit Miss Lilys Hilfe und durch ihre Therapie hatte Rainie gelernt, dass die Unsicherheiten in ihrer Kindheit – wegen ihrer Mutter und ihrer Pflegeeltern –, sie zu einer Ja-Sagerin gemacht hatten. Indem sie die Ursache kannte, hatte sie es geschafft, ihr Verhalten zu ändern.

Aber sie hatte nie über die hässlichen Gewohnheiten gesprochen, die sie sich während ihres Jahres auf der Straße angeeignet hatte. Wenn ein Mädchen einem Mann dort nicht gab, was er wollte, verhungerte sie oder wurde verletzt. Konfrontationen führten zu Ohrfeigen, Schlägen, Tritten ... und Schlimmerem. Rainie hatte viel durchgemacht, bevor Shiz sie aufgenommen hatte. Und selbst mit ihm ... hatte sie nie *Nein* gesagt. Nachgeben war die sichere Option gewesen.

Na ja. Da sie nun ihre Beweggründe kannte, müsste sie nur daran arbeiten, diese zu überwinden. Sie wollte kein Schwächling sein. Sie stellte Jakes Kaffee vor ihm ab und traf auf seinen geduldigen Blick. „Ich ... ich schlafe nicht mit meinen Chefs."

„Du hast es herausbekommen. Das freut mich." Sein Lächeln war voller Stolz.

Und den hatte sie sich verdient. Ein warmes Gefühl von Selbstzufriedenheit erfüllte sie.

„*Schlafe nicht mit dem Chef*", wiederholte er. Als die Bedeutung bei ihm ankam, blickte er bedauernswert drein. „Verdammt. Hach, zur Hölle nochmal." Er fuhr sich mit der Hand durch die Haare und verwuschelte sie noch mehr. „Leider stimme ich zu. Ich ficke meine Angestellten nicht."

Erleichtert entließ Rainie einen Seufzer.

Nach einer Sekunde stand Jake auf. „Dir ist aber klar, dass ich noch nie mit jemandem zusammengearbeitet habe, den ich vor der Anstellung gefickt habe, oder?" Er sah auf sie herab und fuhr mit dem Daumen über ihre von den Küssen der letzten Nacht geschwollenen Lippen. „Das wird nicht einfach, Süße, denn ... schon jetzt will ich erneut in dir sein."

KAPITEL SIEBEN

Am Montagmorgen ging Jake in das Katzenzimmer.

„Jake?" Sein guter Freund und Miteigentümer der Praxis packte ihn am Arm und drehte ihn herum. Saxons blaue Augen und sein schulterlanges helles Haar wirkten nun noch auffälliger, nachdem er sich an den Stränden der Karibik in die Sonne gelegt hatte. „Das ist Rainie."

„Was?"

„Das ist Rainie da draußen, die unsere Anrufe entgegennimmt." Saxon hatte nicht so geschockt ausgesehen, seit ihn eine Sub beim Puppy-Play gebissen hatte. „Kumpel, du bist vielleicht ein Shadowlands-Master, aber du kannst nicht einfach die Subs heranholen – egal wie dringend wir eine Rezeptionistin brauchen."

Jake lachte. „Mein Gott, Sax. Wenn ich versuchen würde, die Subs zu rekrutieren, würde Z meine Eier an Mistress Anne übergeben."

„Du hast also nicht ...?"

„Rainie suchte etwas bis Februar und hat gehört, dass ich Lynette gefeuert habe. Sie hat sich bereit erklärt, den Job bis dahin zu übernehmen."

Saxon stieß einen erleichterten Seufzer aus. „Danke, Gottheit aller Tierärzte."

„Wir können nur hoffen, dass es eine gute Entscheidung war. Ich habe nicht nach Referenzen gefragt. Verdammt, ich weiß nicht einmal, welcher Art von Job sie vorher nachging." Bei Saxons skeptischem Blick zuckte Jake mit den Schultern. „Sie ist eine ehrliche Frau. Wenn sie sagt, dass sie etwas tun kann, denke ich, dass sie es auch kann."

„So viel Vertrauen, und das von dir, Kumpel?"

Da hatte er nicht Unrecht. Nichtsdestotrotz ... Jake warf ihm einen eindeutigen Blick zu, um ihn daran zu erinnern, wer Lynette angeheuert hatte.

„Richtig. Ich bin ruhig."

Um die Mittagszeit kam ein Golden Retriever-Welpe, der etwas Scharfes geschluckt hatte. Nachdem er den Fall an Saxon übergeben hatte, der Operationen liebte, übernahm Jake seine Termine, da er seine Patienten bei Bewusstsein bevorzugte. Impfungen, Flöhe, Analdrüsen, Lungenentzündungen, Tumore. Helfen und heilen. Er liebte seinen Job.

Wenn nur eine Tierarztpraxis nicht so viel Bürokratie mit sich bringen würde, könnte er sich wahrlich als glücklicher Mann bezeichnen.

Als er schließlich aus den Untersuchungsräumen auftauchte, saß Rainie vollkommen ruhig und gelassen hinter dem Empfangstresen. Obwohl sie die Jacke ihres dunkelroten Kostüms ausgezogen hatte, war sie für eine Praxis immer noch zu schick gekleidet.

Er sah sie an und überlegte, was anders war. *Ah.* Ihre Tattoos wurden vollständig von ihren dreiviertellangen Ärmeln bedeckt. Mit ihren Haaren in einem französischen Zopf zeigte sie sich als Aushängeschild für Professionalität.

„Dr. Sheffield", sagte sie. Ihre Formalität entlockte ihm ein Lächeln. „Sobald du Zeit hast, habe ich eine Liste von Leuten, denen du einen Rückruf schuldest." Sie reichte ihm einen Notizblock mit mehreren – perfekt lesbaren – Nachrichten. „Nichts davon ist dringend, und sie sind alle bereit zu warten, bis du eine Pause machst."

„Das ist –"

„Deine TFA Ceecee meinte, der Schichtplan für die Angestellten, welche die stationär aufgenommenen Tiere betreuen, sei noch nicht fertig, also habe ich mich daran versucht. Kris gab mir die Urlaubsanfragen von deinem Schreibtisch und die üblichen Stunden, die jede Person arbeitet." Sie reichte ihm eine ordentlich beschriftete Mappe. „Hier drin findest du den vorläufigen Plan inklusive der Wünsche der Mitarbeiter. Ich denke, dass das so passt, aber du solltest alles prüfen, und im Notfall Änderungen vornehmen."

„Sie könnte ich in meinem Büro gebrauchen. Warum arbeiten sie als Rezeptionistin?", fragte ein neuer Kunde, der mit einer Katzentragebox im Wartebereich saß.

Rainie lächelte. „Ich helfe Dr. Sheffield nur vorübergehend."

Mit ihrem Terrier, der brav neben ihr saß, spähte Mrs. Pritchert über ihre Lesebrille. „Mit ihr haben Sie Glück gehabt, Doc. Diese schnippische Rezeptionistin von letzter Woche war die Tinte auf ihrem Gehaltsscheck nicht wert."

Er fand keine diskrete Antwort, also nickte er und musterte dann die Papiere in seiner Hand. „Ausgezeichnete Arbeit, Rainie."

Bei seinem anerkennenden Lächeln blühte Rosa in ihren Wangen auf. *Unterwürfig.* Und entzückend.

Etwas aus der Fassung gebracht stand sie auf, um Mrs. Flanders zu begrüßen, die gerade mit ihrem mürrischen Dobermann durch die Tür kam. Alle waren vorsichtig im Umgang mit dem alten Hund.

Als die alte Frau ihr Scheckbuch fallen ließ, eilte Rainie um die Theke und hob es auf. Sie blieb in der Hocke und streckte ihre Hand aus. „Guter Gott, du bist ein großes Kerlchen. Du würdest wahrscheinlich meinen kleinen Hund zum Frühstück verspeisen und wärst trotzdem nicht satt."

Prince Alberts Ohren drehten sich nach vorne. Nachdem er an ihrer Handfläche geschnüffelt hatte, wackelte er zustimmend mit dem gesamten Hintern. *Ich weiß genau, wie du dich fühlst, alter Mann.* Rainie war weich, fürsorglich und eine wahre Herzensbrecherin.

„Apropros, Rhage. Wo ist er?", fragte Jake und hoffte, dass sie das Tier nicht allein zuhause gelassen hatte. Ein gelangweilter Hund könnte eine Wohnung in null Komma nichts zerstören.

„Unter meinem Schreibtisch. Kris war ein Schatz und hat ihn mitgenommen, als sie mit den anderen Hunden draußen war." Rainie grinste. „Danach war er so geschafft, dass er seitdem schläft."

Jake warf einen Blick über den Tresen und sah den Hund in einem handgefertigten Bettchen liegen. „Okay, gut."

„Machst du jetzt Mittagspause?", fragte Rainie.

Er schnaubte. „Ich bezweifle es. Lynette hat sich nie die Mühe gemacht, Pausen oder Mittagessen einzuplanen."

„Meinst du das ernst?" Sie zog die Augenbrauen zusammen. „Diese verdrießliche, auf dem Schiff aus dem Gleichgewicht kommende Dirne."

„Entschuldige bitte?"

Sie wedelte mit der Hand durch die Luft. „Ich übe Piratenbeleidigungen."

Bei dem Gedanken, ihre üppigen Kurven unter ihm zu haben, während sie ihn wie eine Fischfrau beschimpfte, konnte Jake sein Lachen nicht länger zurückhalten. Und natürlich wurde er augenblicklich hart.

Sie bemerkte nichts davon, da sie mit angespanntem Kiefer und äußerst entschlossen auf den Bildschirm starrte. „Ich sorge dafür, dass du morgen Zeit zum Mittagessen hast."

Es fehlte nicht viel und er würde ihr über die Haare streicheln.

Stattdessen nahm er die Mappe, die sie ihm gegeben hatte, und ging in sein Büro.

Saxon würde von nun an täglich zu seiner Gottheit aller Tierärzte beten, um sicherzustellen, dass diese Frau bei ihnen blieb.

Möglich, dass Jake schon bald einen Altar errichtete.

———

Die Sonne ging gerade auf, als Rainie zwei Tage später die Praxis alleine aufschloss. Nur gut, dass Jake ihr einen Schlüssel gegeben hatte, da eine Kundin darum gebeten hatte, früher zu kommen, um ihre Welpen für eine Impfung abzugeben. Ginger hatte nicht zu spät zur Arbeit erscheinen wollen.

Nachdem sie Cory als Chef durchgemacht hatte, verstand Rainie nur zu gut.

„Hey, komm rein", sagte Rainie. Mit Rhage unter dem Arm hielt sie die Tür auf, damit Ginger mit ihrer großen Box vorbeikam.

Rhages Ohren spitzten sich bei dem Quietschen.

„Du kannst sie hinter den Empfangstresen stellen", sagte Rainie. „Sobald einer der TFAs frei ist, wird er die Kleinen nach hinten bringen und es ihnen bequem machen."

„Ich weiß es wirklich zu schätzen, dass du sie so früh entgegennehmen konntest." Ginger stellte die Box ab und hob einen der Welpen hoch. „Ihr müsst alle brav sein für Rainie, okay?"

„Oh, sie sind bezaubernd." Eine Sekunde später hatte Rainie eins der windenden Fellknäuel in ihrer Hand.

Flauschig und weich. Rainie hielt das Baby zu ihrem Gesicht und eine winzige Zunge leckte über ihr Kinn.

Ginger grinste. „Es ist schwer vorstellbar, dass sie ausgewachsen etwa dreißig Kilo auf die Waage bringen werden." Sie rieb die kleinen dreieckigen Ohren. „Australian Shepherds produzieren so süße Welpen."

Rainie seufzte. „Ich weiß nicht viel über Tiere, aber bis jetzt habe ich noch keinen hässlichen Welpen gesehen." Und sie hatte es geschafft, die meisten von ihnen für eine Weile in den Armen zu halten. Wenn es um Welpen ging, war sie einfach schwach.

Rhage platzierte seine Pfoten auf ihren Knien und streckte sich zum Schnuppern weit nach oben.

„Keine Bange, mein kleiner Held", sagte sie zu Rhage und legte den Welpen wieder in die Kiste. „Dir allein gehört mein Herz." Obwohl die Welpen sich ein oder zwei Stücke gestohlen hatten.

Ginger warf einen Blick auf ihre Uhr. „Ich muss los. Wir sehen uns später. Wie besprochen, werde ich meine Fellknäuel in der Mittagspause abholen."

„Sie werden für dich bereit sein."

In dem wunderbar ruhigen Büro arbeitete Rainie eine Stunde lang ohne Unterbrechungen, bis schließlich das Personal eintrudelte, gefolgt von den ersten Terminen. Mit der Zeit füllte sich das Wartezimmer.

Jake und Saxon hielten sich ziemlich gut. Es half, dass die tiermedizinischen Fachangestellten die Impfungen abwickelten. Die Praxis lief noch nicht so reibungslos, wie sie das gerne hätte, aber die Arbeit machte ihr Spaß.

Und dann verging ihr der Spaß.

Ein Mann trat mit einem schlanken schwarzen Hund in die Praxis. „Rainie, was machst du denn hier?"

Ihr Herz machte bei der vertrauten Tenorstimme einen Satz – und stürzte in den Abgrund. Sie gab ihr Bestes, um das Gesicht ausdruckslos zu halten. „Geoffrey, es ist schön, dich zu sehen."

Ihr Ex-Verlobter sah ... gut aus. Sein leicht gebräuntes Gesicht ließ seine klaren blauen Augen strahlen und er wies einen Schnurrbart auf, den sie bei ihm noch nicht kannte.

„Arbeitest du hier?", fragte er. Sein weißes Hemd war steif und hell, seine Seidenkrawatte auf den silbergrauen Nadelstreifenanzug angepasst. Wie immer wirkte er wie aus dem Ei gepellt.

Ganz im Gegensatz zu ihr. Sie wurde sich des Blutflecks auf

ihrem Ärmel und dem Dreck bewusst, den Rhage mit seinen Pfoten an ihrem Rock hinterlassen hatte. Zumindest befanden sich ihre Beine unter dem Tisch; ein entlaufenes Kätzchen hatte sie als Baum benutzt, war auf sie geklettert und hatte dabei ihre Strumpfhose ruiniert.

„Vorübergehend." Sie war froh darüber, dass sie den Blick von ihm nehmen und auf die Sicherheit des Bildschirms mit dem geöffneten Terminplan schauen konnte. „Ah, ich sehe, dass ein Zwergpinscher für eine Routineuntersuchung und eine Impfung im Plan steht. Er gehört zu Kailie Hollingsworth."

Er lächelte verlegen. „Kailie ist meine Frau."

Verheiratet. Plötzlich war ihr Verstand wie leergefegt.

„Geoff, schön, dich zu sehen. Wie geht's dir?" Jake kam aus seinem Büro. Die Männer schüttelten Hände und stießen brüderlich die Schultern zusammen, was wohl bedeutete, dass die beiden befreundet waren.

„Es geht gut. Ich weiß nicht, ob du es gehört hast, aber ... Kailie ist schwanger." Geoffreys Brust blähte sich vor ihnen auf, als hätte er die Fortpflanzung ganz alleine erfunden.

Sie hatte sich von dem ersten Tritt in ihren Magen noch nicht erholt, da folgte bereits der zweite. *Schwanger?* Was wurde aus: Ich will erstmal keine Kinder, vielleicht sogar nie?

„Ich gratuliere." Jake grinste. „Jetzt verstehe ich auch, warum du mit Kailies dämonischem Pinscher hier auftauchst."

„So ist es. Kailie schafft es morgens nur noch, grün auszusehen. Zumindest hat sie eine Menge internationaler Kunden und im Laufe des Tages erholt sie sich, sodass sie dann noch einiges bewältigt." Geoffrey reichte Jake die Leine und nickte Rainie zu. „Es hat mich gefreut, dich wieder einmal zu sehen."

„Mich auch", schaffte es Rainie, zu sagen, obwohl sich ihre Kehle seit seinem Eintreten recht beengt zeigte.

Jake richtete einen spekulativen Blick auf sie und Geoffrey. „Ihr kennt euch?"

Geoffrey lächelte. „Ich glaube, du warst in Afghanistan, als wir verlobt waren." Er hob eine Hand zum Abschied und verließ die Praxis.

Sie starrte ihm nach und erinnerte sich dann an Jake.

Mit verengten Augen musterte er sie.

Ihre Schutzschilde fuhren hoch. Sie drehte auf dem Stuhl herum und wandte sich dem Computermonitor zu. „Der Hund steht im Plan. Ich werde ihn einchecken."

Er ging hinter den Tresen und lehnte sich mit der Hüfte an den Schreibtisch. Hatte der Mann keine Vorstellung von einem persönlichen Bereich?

„Verlobt? Also ... wie lange waren du und Geoff zusammen?" Seine Stimme kam so leise über seine Lippen, dass die Kunden im Wartezimmer ihn nicht hören konnten.

Sie antwortete mit einem gleichgültigen Schulterzucken. „Ich weiß nicht genau." *Sechs Monate und zwölf Tage.* „Vielleicht ein halbes Jahr."

„Recht lang. Was war der Grund für die Trennung?"

Die Erinnerung schmerzte noch immer und Tränen brannten in ihren Augen. „Das geht dich nichts an." Sie hob das Kinn. „Du bist mein Boss, nicht mein Dom."

Sein direkter Blick hielt die Wärme der Sonne bereit. „Ich bin beides. Geoff mag Routine, was bedeutet, dass etwas passiert sein muss, um ihn aus dieser Routine ausbrechen zu lassen. Was ist also passiert, Rainie?"

Der entschlossene Ausdruck auf seinem Mund sagte, dass er auf ihrem Schreibtisch sitzen bleiben würde, bis sie ihm antwortete. Sie hatte die gleiche Entschlossenheit gesehen, als er einen massiven Bernhardiner aus dem Raum gezogen hatte. Der Schwanz des Hundes hatte sich unter seinen Bauch gelegt, als er der Überlegenheit von Master Jake nachgegeben hatte.

Auch sie gab nach. „Seine Familie ist passiert."

„Ah." Jakes Lächeln zeigte sein Bedauern. „Immer auf das Ansehen fixiert. Mehr Schein als Sein. Die emotionale Tiefe eines Disney-Cartoons."

„Mhm." Er hatte es auf den Punkt gebracht. Er klang nicht gerade beeindruckt von Geoffreys Familie – als wären sie seiner Achtung nicht würdig. Sie räusperte sich. In der Anwesenheit seiner Familie hatte sich Geoffrey für Rainie geschämt. Wie eine Katze hatte er sich benommen, die versuchte, ihre Ausscheidungen zu vergraben. „Unsere Beziehung endete an dem Tag, an dem ich sie zum ersten Mal traf."

Sie starrte auf ihre Tastatur und betete, dass Jake verschwand.

Stattdessen legte sich eine schwielige Hand um ihr Handgelenk, seine Wärme tröstend. „Ich sehe deinen Schmerz, Baby. Da ich euch aber beide kenne, würde ich sagen, dass du jemand besseren für dich finden kannst."

Richtig. Dumm war nur, dass sie einen Gentleman-Dom wollte. Die Chancen waren gering, dass sie einen Gentleman fand, dem es nichts ausmachen würde, dass seine Frau im Elendsviertel, in Pflegefamilien und auf der Straße aufgewachsen war. Sie seufzte. Sie schmeckte die Verbitterung auf ihrer Zunge.

Sie schottete ihre Gedanken ab und öffnete die nächste Rechnung auf ihrem Computer. „Ich habe viel zu tun, Dr. Sheffield."

„Natürlich." Jakes sanfte Berührung auf ihren Haaren fühlte sich an wie eine Liebkosung. „Wir werden dieses Thema zu einem späteren Zeitpunkt erneut aufgreifen."

„Ich werde dieses … Gespräch einfach als Termin eintragen." Kein Problem. Einen Tag nach der Apokalypse sollte sie ein oder zwei Stunden dafür finden. *In welchem Jahr steht gleich noch die Apokalypse auf dem Plan?*

Am Donnerstag trat Rainie im Brautladen aus der Umkleidekabine, froh darüber, wieder ihre Jeans, Sandalen und die Bauernbluse zu tragen. „Keine weiteren Anproben für Brautjungfernkleider. Juhu!" Sie tänzelte zu Gabi und Kim, die an der Spiegelwand auf sie warteten.

Ihre Freunde lachten.

„Gabi, Sally, ich danke euch, dass ihr ein Kleid für mich ausgesucht habt, das wie für meinen Körper gemacht ist." Das schmeichelhafte Neckholder-Oberteil und der fließende Rock setzten ihre Attribute wunderschön in Szene. „Es lässt mich wie Cinderella bei ihrem Ball fühlen."

Gabi strahlte. „So fühle ich mich in meinem Hochzeitskleid. Und es hat uns Spaß gemacht, für jeden den passenden Stil zu finden. Du hättest das Rüschenmonster sehen sollen, in das ich bei einer Hochzeit zu Collegezeiten gezwungen wurde." Würgegeräusche folgten. „Jeden Tag danke ich Gott für den Trend zur selben Farbe für das Kleid aber unterschiedlichen Stilen."

„Ich liebe mein Kleid – und die tiefblaue Farbe." Kim tätschelte Gabis Hand. Ihr Brautjungfernkleid war hauteng und umschmeichelte ihre Figur.

Als sich Rainie auf einen Stuhl in der Nähe ihrer Freunde setzte, fragte Kim Gabi: „Hat Master Z für dieses Wochenende ein Thema festgelegt?"

„Ich habe nicht nachgesehen, da" – Gabi blickte finster drein – „mein *Schatz* den großartigen Vorschlag – Befehl – gemacht hat, dass wir diese Woche nicht ins Shadowlands gehen. Marcus möchte ein wenig sexuelle Vorfreude auf die Flitterwochen aufbauen, was bedeutet, dass es ab Samstag auch keinen Sex mehr gibt."

„Oh, mein Gott!" Kim kicherte. „Er wird so notgeil sein, dass er dich nach einem Tanz von der Tanzfläche trägt."

„Ich glaube eher, dass ich ihn mir über die Schulter werfe", sagte Gabi mürrisch.

„Was ist mit dir, Rainie? Kennst du das Thema?", fragte Kim. „Ich bin ja für ein Thema mit Kleidung."

„Ich habe auch nicht geschaut. Ich nehme eine Auszeit vom Club." Die beiden Frauen beobachteten sie und Rainie zuckte die Schultern. „Jake und Saxon sind jetzt meine Chefs. Mit ihnen im Shadowlands zu interagieren, wäre ... zu viel."

„Ja, ich kann verstehen, dass das merkwürdig wäre." Gabi legte den Kopf auf die Seite. „Aber –"

„Macht euch bereit!" Mit der lachenden Ansage sprang Andrea aus einer Garderobe und ging auf die Spiegel zu, während die Schneiderin wie eine Maus hinter ihr her huschte. „Und? Was denkt ihr?" Ihr trägerloses Kleid zeigte ihre schönen muskulösen Schultern und ihre goldene Bräune.

„Wow." Kim klatschte in die Hände. „Du siehst fantastisch aus! Wie die Amazone, als die dich Cullen sieht."

„Wonder Woman", sagte Rainie. „Du solltest dazu goldene Armbänder tragen – du weißt schon, die kugelsicheren."

Gabi ließ ihre Augenbrauen anzüglich auf und ab springen. „Sei aber vorsichtig, wenn du dich zudem für das Lasso der Wahrheit entscheidest. Cullen wird es mit großer Wahrscheinlichkeit an dir benutzen."

„N-Nein, das würde e-er nicht." Andreas goldbraune Augen füllten sich mit Tränen.

Gabi sprang auf und schlang ihre Arme um die größere Frau. „Was ist denn los, Süße? War er gemein zu dir?"

Cullen? Gemein? Rainie runzelte die Stirn. Streng vielleicht, aber der riesige Dom hatte keinen gemeinen Knochen in seinem Körper.

Andrea schüttelte den Kopf. „Nein. Es ist ..." Ihr Atem stockte und ein Schluchzen löste sich. Die zierliche Schneiderin reichte ihr eine Handvoll Taschentücher, und Andrea wischte sich die Nässe von den Wangen. „Ich bin eine Idiotin. Es ist nur ..." – sie schaute auf die Brautkleider – „Ich möchte heiraten. Ich bin bereit."

„Na endlich", sagte Kim lächelnd.

Rainie verstand die Verlockung einer Hochzeit und jemanden zu haben, mit dem man sein Leben verbringen, dem man vertrauen und an dem man Halt finden konnte. „Aber warum die Tränen? Mast – ähm, Cullen macht dir seit einer halben Ewigkeit immer wieder einen Antrag."

„Nicht mehr." Andreas Augen füllten sich erneut. „Er hat mich aufgegeben. Oder vielleicht hat er seine Meinung geändert."

„Blödsinn", sagte Kim. „Er verehrt dich."

Gabi nahm sich eins von den Taschentüchern und tupfte die Tränen von Andreas Wangen. „Das tut er wirklich. Er wird wieder fragen." Ihr Mund bildete eine Linie. „Du solltest das nächste Mal besser *Ja* sagen, sonst bestrafe ich dich mit einem Spanking."

„Oh, eine Drohung!", gurrte Rainie. „Wie aufregend! Wo ist mein Flogger?"

Der Mund der Schneiderin stand weit offen und sie trat zurück. „Alles sitzt perfekt. Bringen Sie das Kleid mit vor, wenn Sie fertig sind." Mit einem knallroten Gesicht hastete sie zum Eingangsbereich des Ladens.

„Hoppla", flüsterte Rainie und sorgte so dafür, dass alle in Lachen ausbrachen.

Als Andrea verschwand, um sich umzuziehen, ließ sich Gabi seufzend auf einen Stuhl nieder und rieb mit den Händen über ihr Gesicht.

Rainie tauschte Blicke mit Kim aus und sagte: „Gabi, mit Andrea ist alles gut."

Kim fügte hinzu: „Bei dir bin ich mir allerdings nicht so sicher. Stimmt etwas nicht? Machen deine Eltern Ärger?"

„Nein." Gabi verzog das Gesicht. „Nicht wirklich ... abgesehen davon, dass die Gästeliste mit jeder Minute länger und teures Essen verlangt wird. Da sie aber nicht für den Empfang bezahlen, fehlt ihnen das Druckmittel."

„Okay. Und weiter?", fragte Rainie.

Gabi blickte finster drein. „Ihnen missfällt die Idee einer Doppelhochzeit und das eine davon eine Dreiecksbeziehung unterstützt. Das bedeutet, sie sind unmöglich zu Sally. Galens Mutter ist einfach nur gemein und kritisiert sie ständig."

Kim zuckte zusammen. „Sally reagiert auf Missbilligung von Eltern sehr empfindlich."

„Eben." Gabi sackte auf dem Stuhl zusammen. „Niemand ist

offen unhöflich. Sally und ich könnten dagegen ankämpfen – oder die Jungs würden es tun. Galen und Vance jedoch sind nicht in der Stadt, und Sally wird Galens Beziehung zu seiner Mutter nicht aufs Spiel setzen, also hat sie ihren Jungs nichts von den Problemen erzählt. Und, verdammt, ich denke, es ist ihre Entscheidung, aber es ist wirklich frustrierend."

„Das ist furchtbar. Ich würde –" Rainie unterbrach sich. Wie würde sie reagieren, wenn sich jemand in ihre Beziehung zu einem Mann einmischen würde? „Nein, vergiss, was ich gesagt habe. Es ist nicht deine Entscheidung, aber … ähm, Sally muss mit dieser Frau Feiertage durchstehen." Galens Mutter war die kälteste Person, der Rainie jemals begegnet war. Ein Blick von ihr und Mäuse würden mitten im Winter aus einem gemütlichen beheizten Gebäude fliehen.

Kim nickte. „Dann müssen wir wohl alles geben, um Sally von dieser Frau abzuschirmen."

„Wir werden unser Bestes geben." Gabi zog die Augenbrauen zusammen. „Nur weil Sally nicht in eine reiche Familie an der Ostküste hineingeboren wurde, denkt Mrs. Kouros, sie sei nicht gut genug für Galen."

Rainies Wut über die Ungerechtigkeit wurde langsam durch die Tatsache ersetzt, dass sie mit Sally mitfühlen konnte. Sallys Nachteil bestand lediglich darin, auf einer kleinen Farm in Iowa aufgewachsen zu sein. Was, wenn es Mrs. Kouros mit einer Schwiegertochter zu tun hätte, die im Elendsviertel aufgewachsen war? Die Frau würde vollkommen die Fassung verlieren.

Rainie dachte an ihre wundervolle Nacht mit Jake und daran, wie sehr er es genoss, sie in der Praxis zu haben. Er behandelte sie nie wie jemand Minderwertiges. Natürlich – und das wusste sie – war er ein besonderer Mann. Einzigartig. Vielleicht hatten seine Jahre beim Militär seine Wahrnehmung dessen, was wichtig war, ins rechte Licht gerückt.

Wenn Jakes Familie jedoch herausfand, dass ihr kostbarer

Sohn mit einer Frau wie Rainie ausging, würden sie zweifellos genauso grausam reagieren wie Mrs. Kouros.

Rainies Brust verengte sich, als sich ihre Entschlossenheit tief in ihr verwurzelte. Sobald ihre Zeit in der Tierarztpraxis zu einem Ende kam, würde sie sich einen Job weit weg im Nordosten suchen. Wenn sie schließlich jemanden fand, den sie lieben konnte, würde sie ihre besten Manieren an den Tag legen – genau wie Miss Lily es ihr beigebracht hatte. Ihre Vergangenheit würde sie tief vergraben.

Und sie würde nie wieder nach Florida zurückkehren.

KAPITEL ACHT

Mit **Mrs. Morellis** Miniaturpudel in ihren Armen, stand Rainie vor Jakes zweistöckigem, blassgelbem Haus und betätigte die Türklingel.

Niemand antwortete. Sie nahm den feuchten Duft von frisch gemähtem Gras wahr und lauschte aufmerksam.

Keine Schritte. Hier draußen war es so still, dass sie die Autos auf einem fernen Highway hören konnte. Die zwitschernden Vögel in den Bäumen. Und Rhages wedelnden Schwanz.

In der Hoffnung, dass Jake etwas von seiner Trauer abladen würde, hatte Rainie Rhage an der Veranda in einem schattigen Fleckchen angebunden. Er saß auf seiner liebsten Decke und beobachtete sie aufmerksam. Nachdem er einmal verlassen worden war, würde er nicht mehr so leicht Vertrauen fassen.

Sie wusste genau, wie er sich fühlte.

Beim leisen Wimmern des Hundes, den sie auf dem Arm hielt, seufzte sie. Als Saxon sie gebeten hatte, Guido zu Jake zu bringen, meinte er, dass Jake plane, seinen Samstag zuhause zu verbringen. Ein Pick-up stand in der Einfahrt; also war Jake hier.

Jeder in der Praxis wusste, dass er sein Handy nicht immer bei sich trug.

Sie drehte sich im Kreis. Ein dicht geflochtener Zaun umschloss das Grundstück des Hauses. In den ausgedehnten grünen Weiten waren die Vorboten von farbenfrohen Gardenien und Azaleenbüschen unter den Eichen zu erkennen. Aber kein Jake.

Vielleicht hinter dem Haus? Hatte er nicht einen Pool? Da kein Zaun die Vorderseite von der Rückseite trennte, ging Rainie um das Haus herum. Vielleicht hatte sie Glück und fand ihn nackt beim Sonnenbaden.

Der Witz schaffte es nicht, ihre Stimmung aufzuhellen. Sie war traurig und es half nicht gerade, dass sie es war, die Jake die schlechte Nachricht überbringen musste.

Hinter dem Haus funkelte ein abgeschirmter, achteckiger Pool im Sonnenlicht. Leuchtend rot-weiß gestreifte Liegestühle standen über die Terrasse verstreut. Im Schatten des Überhangs schlief Jake auf einem Liegestuhl. Er war leider nicht nackt; dass er kein Oberteil trug, war jedoch ein guter Anfang.

Rainie öffnete das Tor zur Terrasse und machte absichtlich genug Lärm, um ihn zu wecken. Kluge Leute schlichen sich nicht an einen Tierarzt an, der sich auf Schlachtfeldern herumgetrieben hatte.

Er war auf den Beinen, noch bevor sie die Tür geschlossen hatte. „Rainie", sagte er gedehnt. Abwesend rieb er sich über die sexy Stoppeln an seinem Kiefer. Sein freier Tag bedeutete, dass er sich am Morgen nicht rasiert hatte. Er sah … rau aus. Gefährlich.

Verlockend.

„Was machst du hier?", fragte er.

„Ich –" Der momentane Lustnebel löste sich auf, als sie sich an ihren Grund für den Besuch erinnerte. *Gott*, wie sollte sie es ihm sagen? Ihr Herz schmerzte, als sie nach Worten suchte, die ihn nicht verletzen würden. Es gab keine. *Mrs. Morelli ist letzte Nacht verstorben.*

Jakes Augenbrauen zogen sich zusammen, als er ihr Gesicht musterte. Sein Blick fiel auf den Hund in ihren Armen. Sein

Kiefer spannte sich an und sie wusste, dass er Guido erkannt hatte und nun verstand, warum sie gekommen war.

Für einen Moment füllte Trauer seine Augen. Ein Wimpernschlag später wirkte sein Gesicht wieder ausdruckslos. Er kam zu ihr und nahm ihr den Hund ab. „Danke, dass du ihn mir gebracht hast."

„Es tut mir so leid, Jake." Sie hatte die winzige ältere Frau nur einmal getroffen, aber sie war bezaubernd gewesen.

Als einer der ersten Kunden von Jake und Saxon hatte Mrs. Morelli darum gebeten, dass sie sich Guido annahmen, falls ihr etwas zustoßen sollte. Wie Miss Lily hatte auch sie ihre Sterblichkeit mit Gleichmut betrachtet.

„Ich weiß es zu schätzen, dass du zu mir rausgekommen bist."

„Natürlich. Ich –"

„Bestimmt hast du heute noch einiges vor und ich sollte Guido dabei helfen, dass er sich schnell einlebt." Dann machte er auf dem Absatz kehrt und marschierte davon.

Etwas verblüfft starrte sie auf seinen Rücken. Hatte sie ihn jemals so schroff erlebt? Nur war er nicht absichtlich unhöflich. Seine übliche sanfte Stimme hatte belegt geklungen – als würde er um Fassung ringen. Wenn er so weitermachte, würde er sie noch zum Weinen bringen.

Jake marschierte in sein Haus, wohl wissend, dass er unhöflich gewesen war. Ja, er wollte sich bereits jetzt bei ihr entschuldigen, aber er traute seiner Stimme nicht.

Verdammt nochmal.

Er war darauf nicht vorbereitet gewesen. Gestern Abend im Krankenhaus hatte Violettas Arzt noch gesagt, dass sie gute Chancen habe, sich zu erholen. Offenbar nicht.

„Kümmere dich um meinen Guido, Jake", hatte sie ihn gebeten. Sie hatte sich nur um ihren Hund gesorgt. *Gott, Violetta.* Seine Brust schmerzte – wie eine frische Stichwunde.

Bei einem unglücklichen Winseln zog er den zitternden Hund enger an sich. Ja, sie wussten beide, dass die Welt nun ein traurigerer Ort war.

Einsamer.

Seine Schritte hallten in dem Raum mit dem Fliesenboden wider und betonten die Leere. „Eigentlich hatte ich nicht vor, mir einen Hund zuzulegen, Kumpel", murmelte er. „Du solltest besser mit Katzen auskommen, sonst werden wir Probleme bekommen."

Seine zwei Katzen hatten sich unter seinem Bett versteckt, aber sobald sie sahen, dass der Neuling ein Hund war – und kein Mensch –, würden sie herauskommen und einen Krieg anzetteln.

Apropos, Probleme ... „Ich wette, Rainie hat dir keine Chance gegeben, dich zu erleichtern, oder?" Nachdem er für eine Leine in die Küche gegangen war, trat er mit dem Hund aus der Haustür und blieb abrupt stehen.

Ein uralter Civic stand in seiner Einfahrt und Rhage lag zusammengerollt auf einer Decke auf der Veranda. Rainie war noch nicht gegangen? Jake hielt an, um Rhage zu streicheln, und führte dann Guido auf einen Pfad ums Haus, den auch Rainie genutzt hatte.

Und da saß sie mit dem Rücken zu ihm. Auf seinem Liegestuhl. Ihre Augen lagen auf der Hintertür. Sie wartete wahrscheinlich in der Hoffnung, dass er sich etwas beruhigte, bevor sie einen weiteren Versuch wagen und klopfen würde.

„Gibt es ein Problem?", fragte er.

Sie zuckte zusammen. Ihr erschrockener Schrei war verdammt niedlich. Sie wirbelte zu ihm herum und funkelte ihn wütend an. „Du Sadist. Du hättest mir fast einen Herzinfarkt verpasst." Sie legte die Hand auf ihre Brust und seine Aufmerksamkeit senkte sich zu ihren Brüsten, die bei der Bewegung auf eine Weise schwangen, die er zu schätzen wusste.

Für eine volle Minute vergaß er um seine Trauer. „Tut mir leid."

„Ich habe mir Sorgen um dich gemacht", sagte sie, als er und Guido den abgeschirmten Bereich betraten.

Einmal von der Leine gelassen, rannte Guido zu ihr und begrüßte sie enthusiastisch.

„Du tust ja so, als hättest du mich seit einem Monat nicht gesehen", murmelte sie belustigt und zog den aufgeregten Hund auf ihren Schoß.

„Er ist nervös", sagte Jake. „Er weiß, dass etwas nicht stimmt, und seine Person ist nicht hier, um es in Ordnung zu bringen." *Niemals wieder.*

„Das stimmt." Sie kuschelte mit Guido und flüsterte: „Es wird alles wieder gut, Süßer."

Sehnsucht schwappte durch Jake. Das kleine Hündchen konnte sich glücklich schätzen, der Empfänger ihrer Zuneigung und tröstenden Liebkosungen zu sein. „Mir ist aufgefallen, dass du nicht gegangen bist."

Ihr rechter Mundwinkel zuckte. „Wie scharfsinnig von dir." Sie setzte den Hund ab, streckte ihre Hand aus und erwartete, dass Jake ihr auf die Beine helfen würde.

Manipulatives kleines Gör. Er zog sie hoch und lächelte bei dem Logo auf ihrer pinken Bluse: *Prüfe mich – Prüfe mich noch heute!* „Über was wolltest du mit mir sprechen?"

„Über nichts Bestimmtes." Unerwartet schlang sie die Arme um ihn. „Ich habe noch nie jemanden gesehen, der eine Umarmung dringender nötig hatte, und ich bin geblieben, um dir eine zu geben."

Er erstarrte, hörte regelrecht Gunnys Abscheu und seine Worte:

„Nur Weichei-Doms brauchen Trost. Echte Männer haben das nicht nötig."

„Du bist hier, um dich um die Subs zu kümmern. Um dir zu nehmen, was du willst. Die Schultern der Subs sind nicht zum Anlehnen gedacht."

„Steh auf eigenen Füßen, verdammt nochmal."

An sich lehnte er sich ja nicht an sie ... nicht wirklich. Mit einem Seufzer zog Jake die süße Sub enger an sich und erlaubte, dass ihr liebreizendes Wesen die Kälte in seinem Herzen linderte. Etwas Weiches setzte sich auf seinen nackten Fuß.

Er zog sich weit genug zurück und entdeckte Guido neben Rainie, der seinen Kopf auf Jakes Fuß ruhte.

„Ich denke, das ist die Hundeversion einer Gruppenumarmung. Oder vielleicht hat er Hunger", sagte Rainie. Vollkommen unschuldig lächelte sie ihn an. „Das habe ich auch. Wirst du mir etwas zum Abendessen kochen?"

Er starrte sie an. Sie fragte ihn nicht, ob er Gesellschaft wollte, sondern drängte sich einfach in sein Leben. Und *fuck*, er wollte nicht allein sein, besonders nicht mit einem kleinen Hund, der ihn ständig an seinen Verlust erinnerte. „Ähm ... was hältst du von einem gegrillten Steak?"

„Viel. Ich halte sehr viel von einem guten Steak zum Abendessen." Sie beugte sich vor und streichelte Guido. „Ich gehe schnell Rhage holen und helfe dir dann beim Schnibbeln."

Einige Stunden später beobachtete Rainie, wie sich Jake von der Couch erhob und die DVD wegpackte.

Er hatte die Rückenkissen seines beigefarbenen Sofas auf den Boden geworfen, sodass sie sich nebeneinander hinlegen konnten. Es war eine bequeme Art, Filme zu schauen, aber der Abend näherte sich dem Ende. Sie sollte besser nachhause fahren.

Begleitet von einem Seufzer setzte sie sich auf und stellte die Füße auf den Boden.

Bevor sie aufstehen konnte, schloss er sich ihr wieder auf der Couch an. „Wie fandest du den Film?"

„*Galaxy Quest* ist nicht schlecht", sagte sie umsichtig. „Gute Wahl."

Er schnaubte. „Wenn man bedenkt, dass du auf einen Film mit Humor, einer Romanze und einem Happy End bestanden hast, würde ich sagen, dass ich einen ausgezeichneten Job gemacht habe."

„Hey, ich habe dir viele Alternativen gegeben."

„Süße, ich habe Eier. Ich darf keine Filme mit den Namen *Die Braut, die sich nicht traut* oder *27 Dresses* schauen. Zumindest nicht im ersten Monat mit einer Frau." Seine dunkelgrünen Augen fingen ihre ein, hielten sie gefangen, als er mit einem Finger ihre Lippen nachzeichnete. „Es ist uns ausdrücklich verboten, süße, romantische Filme zu schauen, solange darin kein Horror, Sci-Fi oder expliziter Sex vorkommt."

„Bei romantischen Komödien ist Sex sehr selten."

„Also das ist einfach traurig." Immer noch ihren Blick haltend, drehte er seine Hand um und glitt mit der Rückseite seiner Finger über ihren Nacken. Als sich seine Hand zu einer Faust schloss, hielt er ihre Haare in einem brutalen Griff und riss dann ihren Kopf nach hinten.

Er erlaubte ihr nicht, sich von ihm zu entfernen, als er ihren Mund mit seinem bedeckte, mit seiner Zunge zwischen ihre Lippen drang und sie erforschte. Ihr Verstand wirbelte unter dem Ansturm, umso enger er sich an sie schmiegte.

Sie erstarrte, als er sie nach hinten drängte – und so stoppte er. Er ließ sie entscheiden. Ein Lustschauer durchlief sie. Sie erinnerte sich an den Sex in ihrer Wohnung und wie er sie dazu gebracht hatte, ihren Wunsch, ihn bei sich haben zu wollen, laut auszusprechen. Und wie sie nach diesem Geständnis nichts mehr entscheiden durfte.

Sie wollte ihn auch heute Abend. So verzweifelt.

Nein. Sie sollte gehen.

„Jake, ich bin nicht für Sex zu dir gekommen." Doch was würde es schaden? Er war so traurig; er brauchte sie. Und sie wollte ihn. Sie hatte sich vom ersten Moment an nach ihm gesehnt, und je besser sie ihn kennenlernte, desto mehr wollte sie ihn.

Sie musste zugeben, dass sie Angst gehabt hatte, dass sein

Haus zeigen würde, von welcher Familie er stammte. Stattdessen war die Landschaftsgestaltung ländlich gehalten. Das Haus war recht alt und für Komfort in Creme und Braun dekoriert, mit hohen Fenstern und Deckenventilatoren in jedem Zimmer.

Im Wohnzimmer lag ein Teppich mit geometrischen Mustern auf dem Eichenboden. Und der Teppich war dick genug, um darauf Sex zu haben. Ein Couchtisch mit Lederauflage bettelte praktisch um nackte Füße. Das lange Sofa stand der üblichen Hightech-Elektronik gegenüber, wie dem Fernseher, der den größten Teil der Wand einnahm. Eine weitere Wand bestand nur aus Fenstern, eingerahmt von Fächerpalmen und mit Blick auf die grünen Felder. Das niedrige Regal an der dritten Wand enthielt Fachbücher zu Militärgeschichte und Thriller. Sie fühlte sich in seinem Haus wohl.

Und sie könnte heute Nacht hier übernachten. Das könnte sie. Schließlich würde sie Florida schon bald verlassen. Sex mit dem Chef hatte keinen Einfluss auf ihren Job, da sie ohnehin nur einen weiteren Monat für ihn arbeiten würde.

Er sah ihr an, als sie ihren Widerstand aufgab, und so drückte er sie nach hinten und folgte ihr. Seine Lippen waren fordernd, wissend, aber weich genug, um zu locken. Sein Gewicht drückte sie tiefer in das Polster, und das ängstliche Gefühl, von seiner Stärke überwältigt zu sein, verdoppelte sich, als er ihre Arme über ihren Kopf hob.

„Jake. Was machst du?"

„Das." Als er ihre Handgelenke mit seiner fordernden Hand fixierte, wehrte sie sich instinktiv gegen ihn. Erfolglos. Die glühende Empfindung in ihrer Mitte sagte, dass ihr Körper diesen Kontrollverlust wollte – egal, was ihr Verstand ihr zu sagen versuchte.

Als er sich aufsetzte, rieb seine Hüfte gegen ihre. Für einen Moment musterte er sie und seine Lippen formten sich zu einem Lächeln. „Sehr gut", murmelte er in seiner geschmeidigen, rauchigen Stimme. „Wir sind uns also einig. Dich zu fesseln, ist eine ausgezeichnete Idee."

Ihre Kinnlade klappte herunter. „Wir? Ich habe nichts gesagt."

„Nicht verbal. Aber du hast einen sehr gesprächigen Körper, Süße." Er griff an der Armlehne der Couch vorbei und zog etwas hoch – zwei Handgelenksfesseln mit Klettverschluss, die an einem dicken Seil befestigt waren. Schnell schob er eine Fessel um ihr rechtes Handgelenk, zog den Klettverschluss fest und wiederholte den Prozess auf der anderen Seite. Es gab keine Möglichkeit, ihm zu entkommen.

Sie funkelte ihn an und versuchte, das Flattern in ihrem Bauch zu ignorieren, das nur auftrat, weil es ihr gefiel, wie leicht er sie bewegungsunfähig gemacht hatte. „Ich habe nicht zugestimmt."

„Safeword ist *Rot*, Buttercup. Alles andere sehe ich als Zustimmung." Seine Augen funkelten vor Belustigung, als er die Einschränkungen anpasste, um ihren Blutfluss nicht zu stören.

Dann setzte er sich zurück und betrachtete sie. „Du trägst zu viel Kleidung." Seine Stimme kam einem Schnurren gleich. „Lass mich das für dich in Ordnung bringen."

Ihre Sandalen hatte sie bereits an der Tür ausgezogen. Also entledigte er sie ihrer Shorts. Anschließend machte er sich an ihren Tanga, hielt jedoch inne, als er dort den Aufdruck eines vierblättrigen Kleeblatts sah – direkt über ihrer Klitoris – mit grünen Buchstaben, die lasen: RUBBEL DICH ZUM GLÜCK.

„Wie du wünschst." Grinsend spreizte er ihre Beine und folgte der Anweisung. Sein Kiefer kratzte über den Stoff, sodass auch ihre Klitoris betört wurde. Das Nervenbündel schwoll an. *Gott*, der Mann wusste, wie man eine Frau berührte.

Er hielt lange genug inne, um ihr den Tanga schließlich auszuziehen, und fuhr dann mit dem Finger über ihr nacktes Geschlecht. „Ich mag die Art und Weise, wie du deine Pussy in Stand hältst."

„Äh, danke?" Sein Gesichtsausdruck allein war es ihr wert, wie viel Zeit sie mit Hazels Buchhaltung verbrachte, die sie im Austausch für das Wachsen erledigte. *Ignorieren wir mal die* Gott, *hilf mir-Schmerzen beim Abziehen der Wachsstreifen.*

Jake öffnete langsam ihre Knöpfe und die sexuelle Vorfreude verstärkte sich mit jedem, den er durch das Loch schob. Als er ihren BH an der Vorderseite löste, quollen ihre Brüste heraus.

„Fuck, du bist wunderschön", murmelte er. Bei dem Kompliment machte ihr Herz einen Satz. Er legte seine Hände seitlich an ihre Brüste und schob sie zusammen, sodass er ihre Nippel gleichzeitig betören konnte. Sein Mund war heiß, seine Zunge nass, glatt und doch leicht kratzig.

Ihre Atemzüge verwandelten sich zu einem Keuchen, als er mit ihr spielte, und sie bebte, als er sein stoppeliges Kinn über die feuchten Vorhöfe rieb. Ihr Rücken wölbte sich und so hob sie ihm ihre Brüste wie eine Opfergabe entgegen. *Gott*, sie wollte mehr. Sie wollte ihn. Sie wollte –

„Du magst das Gefühl meiner Stoppeln und wie sie über deine Haut kratzen. Dann wollen wir mal sehen, wie wir noch mehr dieser Empfindungen heraufbeschwören können." Mit einem sanften Lächeln auf den Lippen klappte er die Oberseite seines Couchtisches auf.

Ihre Augen weiteten sich angesichts der beeindruckenden Sammlung an BDSM-Ausrüstung. „Oh, mein Gott!"

„Warum sollte ich mich auf einen Ein-Zimmer-Kerker beschränken? Ich bevorzuge es, das ganze Haus zu benutzen." Er öffnete eine kleine, geschnitzte Schachtel und steckte Klauen aus Edelstahl über die Fingerkuppen seiner rechten Hand. Wie bei einer Katze waren sie alle nach unten gekrümmt und führten zu einer nadelähnlichen Spitze.

Ein Ruck der Angst lief durch sie und sie riss an den Fesseln. Die Einschränkungen gaben nicht nach.

Er hob die Hand.

„Nein!" Das Wort platzte aus ihr heraus. „Ich mag keine Nadeln."

Mit seiner anderen Hand fing er ihr Kinn ein. „Sieh mich an."

Sie schaffte es nicht, den Blick von den scharfen, glitzernden Krallen zu nehmen. Ihre Hände ballten sich zu Fäusten.

„Sieh. Mich. An." Die unterirdische Note in seiner Anordnung zerrte an etwas tief in ihr.

Ihre Augen hoben sich, trafen auf seine. Sie sah die beständige Kontrolle in seinen grünen Tiefen. *Jake – das ist Jake.* Der Atem, der in ihrer Kehle festhing, rauschte plötzlich in einem Seufzer aus ihr heraus.

„Schon besser." Seine Belustigung ließ seine Mundwinkel zucken. „Sei dir jedoch darüber im Klaren, dass ich ein *Nein* als eine reizvolle Ergänzung zu einem Abend betrachte. Nur das Safeword wird dich retten. Ein *Nein* hingegen macht mich an."

Oh Gott! Warum machte es sie so heiß, dass er Freude daran fand, ihre Grenzen zu testen? Sie entließ einen frustrierten – besorgten – Laut.

Eine Falte erschien in seiner Wange. Er drehte seine Hand mit den Krallen um und strich nur mit seinen Fingerknöcheln über ihre harten Nippel.

Ihre Hände entspannten sich.

Sein Griff an ihrem Kinn festigte sich, sodass er sie eindringlich mustern konnte. Und dann zog er die Krallen sanft von ihrer rechten Schulter bis zu ihrem Handgelenk.

Kein Schmerz. Nur ein langanhaltendes Kitzeln, das ihre Haut zum Kribbeln brachte.

„Atme, Rainie", flüsterte er.

Sie atmete aus und holte dann tief Luft.

Sein Lachen war sexy und kehlig. Seine linke Hand blieb auf ihrem Kiefer und hielt sie fest, während er mit seinen Krallenfingern über ihren Bauch fuhr. Er verstärkte den Druck, sodass es nicht länger kitzelte, nein. Seine Absicht bestand darin, sie an die spitzen Krallen zu erinnern.

Sie fegten nach unten ... auf ihren Venushügel zu.

Jeder Muskel in ihrem Körper spannte sich an. Sie wollte ihre

Oberschenkel zusammenzuziehen, um den intimen und entblößten Teil von ihr zu schützen.

„Nicht bewegen, Sub." Sein Befehl hielt ein Knurren bereit, das ihre Beine an Ort und Stelle hielt.

Die Krallen bewegten sich nach oben und wanderten dann über ihren Rumpf. Unter ihre Brüste. Über ihren Bauch und ihren Venushügel. Er zog langsame Kreise, kleine Kreise, weite Kreise.

Die Haut ihres Bauches wurde immer empfindlicher. Dann, als hätte er an einem Regelwiderstand gedreht, wurde sich ihr Körper plötzlich allen Empfindungen auf einmal bewusst: Seiner Stärke durch die Hand an ihrem Kiefer. Seiner Anwesenheit und was folgen würde. Dem Kratzen seiner Jeans an ihrer Hüfte und der kühlen Luft, die über ihre feuchte Pussy wehte.

Er fuhr mit den Klauen über ihre Brüste und hielt inne, schwebte mit dem Folterwerkzeug über ihrer linken Brust.

Sie quietschte aus Protest. *Nicht da. Nein!*

Als er seine Finger absenkte und dann zusammenzog, kratzten die Nadeln von ihrem Vorhof zu dem Gipfel der Knospe. Panik verursachend gefährlich und doch erschreckend erotisch. Sie war erregt, so erregt und schnappte verzweifelt nach Luft.

Sein Blick wanderte von ihrem Gesicht, zu ihren Schultern, ihren Händen und zurück zu seinen Klauen. Eine winzige Nadel zog mit genug Druck über ihre Brustwarze, um einen Funken durch sie zu schicken. Mittlerweile war sie sich ihrer vor Begierde pochenden Pussy nur allzu bewusst.

Jake lächelte, als die langsame Anwendung sinnlicher Schmerzen, Rainie einem Orgasmus immer näher brachte.

Er hob seine Hand und rückte mit den Klauen zu ihrer anderen Brust vor. Aber nein, er wollte mehr. Er wollte sehen, wie sie kam – mit einer Dringlichkeit, die wahrscheinlich ihrer eigenen entsprach. Sie kam schöner als jede Frau, mit der er es jemals zu tun hatte.

Er drehte sich zur Seite und berührte mit einem Finger ihren Venushügel – einem Finger ohne Kralle. Für einen Moment verlor sie die Kontrolle über ihre Atmung. Als hätte er alle Zeit der Welt streichelte er ihre Pussy und genoss die glatte Nacktheit ihrer prallen äußeren Schamlippen. Ihre Inneren zeigten sich in einem Dunkelrot und waren auf erotischste Weise feucht. Bereit für ihn. Aber er konnte warten … für eine Weile.

„Ich denke, du brauchst ein wenig mehr, um dich zu beschäftigen", sagte er. „Schließlich möchte ich nicht, dass dir langweilig wird."

Ihr winziges Schnauben enthielt sowohl Belustigung als auch Verzweiflung … und einen Hauch von Sorge.

Mit seiner freien Hand nahm er einen Rabbit-Vibrator aus der Spielzeugkiste, in einer Größe, die etwas kleiner war als sein eigener Schwanz, sodass er es genießen würde, wenn er sich danach in ihr vergrub.

Ihre Augen weiteten sich, aber ein warnender Blick hielt sie davon ab, das Wort zu erheben.

Er befeuchtete den Vibrator mit ihren Säften, glitt durch ihre Spalte, und schob ihn dann in ihre Pussy. Sie war geschwollen genug, sodass der Vibrator sie dehnte und sie scharf den Atem einsog. *Perfekt.* Mit dem Rabbit an seinem Platz sollte sie den vibrierenden kurzen Teil sanft an ihrer Klitoris spüren. Mit ein paar Klicks auf dem Bedienfeld stellte er den Vibrator auf einen wellenförmigen Rhythmus ein, von langsam bis schnell.

Sie entließ ein herrlich hilfloses Geräusch, hob das Becken und zappelte. Die Farbe in ihren Wangen nahm zu, ihre Lippen waren so einladend rot, dass er sich einem weiteren Kuss nicht erwehren konnte.

Sein Schwanz pochte, aber er war noch nicht damit fertig, mit ihr zu spielen. Er setzte sich auf und genoss einfach den Anblick, den sie bot. Was war nur so erregend daran, eine Sub an seine Couch zu fesseln und sie für seine Bedürfnisse zu öffnen? Und wenn diese Sub Rainie war? Weich und rund, ihre Haut gerötet, vor Erregung und Angst bebend. *Verdammt hinreißend. Unwiderstehlich.*

Sie war mit dem Dildo gefüllt, ihre Klitoris wurde von dem kürzeren Stimulationsarm geneckt. Nun war die Zeit gekommen, die Vielzahl an Empfindungen mit etwas Spitzem abzurunden.

Er senkte seine Stimme zu einem warnenden Knurren und sagte: „Nicht bewegen, Süße. Ich will dir nicht wehtun ... jedenfalls nicht sehr."

Ein Lustschauer jagte brutal genug durch sie, dass ihre Brüste bebten.

Immer noch neben ihr sitzend, legte er seine mit Klauen besetzte Hand auf ihre linke Brust und ließ sie die spitzen Nadeln am eigenen Leib erfahren.

Ihre protestierenden Laute machten ihn steinhart.

Er fuhr von unten über Rainies Brust, bis die Klauen den Gipfel ihres Nippels erreichten. Ihr armer Brustwarzenvorhof reagierte und zeigte die kleinen Noppen. Um den Spaß noch zu steigern, rollte er ihren anderen Nippel zwischen dem Daumen und Zeigefinger seiner linken Hand.

„Stopp", flüsterte sie. An seiner Hüfte spannten sich die Muskeln in ihrem Oberschenkel an, als sie sich ihrem Höhepunkt näherte.

„Nein", erwiderte er ebenfalls flüsternd und streichelte ihre Brust erneut mit den Klauen. „Schön stillhalten, wenn du kommst, Baby, sonst könnte es mit diesen Dingern blutig werden." Die Haut an ihren Brüsten war zart, besonders an ihren süßen Nippeln.

Sie hauchte einen Protestlaut und zerrte an den Fesseln. Ihre Hände ballten sich, als sie versuchte, die Kontrolle über ihren bevorstehenden Orgasmus zu bekommen.

„Arme Sub", murmelte er. Jeder Atemzug brachte ihm den Duft ihrer Erregung. Ihre Schenkelinnenseiten glitzerten mit ihrem Nektar. Er griff nach unten und setzte den Rhythmus des

Vibrators auf eine schnellere Stufe, die jedoch eine Pause beinhaltete, bevor es wieder losging.

Als sie bei dem neuen Ansturm der Vibrationen erschauerte, fügte er erneut die Klauen hinzu. Einmal, zweimal. Dann wechselte er zu ihrer anderen Brust und glitt mit den spitzen Enden gemächlich auf den Gipfel zu. Dort hielt er inne, um die Krallen etwas tiefer in ihrer empfindlichen Haut zu vergraben.

Auf ihrer Oberlippe brach Schweiß aus. Ihre Oberschenkel zitterten, denn sie hatte Angst, dass die Krallen während ihres Höhepunktes zu Blut führen würden. Trotz allem hielt ihr Atem bei jedem Atemzug ein entzückendes Stöhnen bereit.

Es fühlte sich glorreich an, sie an diesen Punkt zu bringen – wo sie nur von Empfindungen umgeben war, wo sie sich nur auf das konzentrierte, was er ihr gab, nur seine Stimme hörte. Ihr Nippel von seinen Krallen eingefangen, legte er seine freie Hand auf ihre Pussy und umfing mit zwei Fingern ihre Klitoris, sodass er das Nervenbündel direkt gegen die die kürzere Abzweigung des Rabbit-Vibrators pressen konnte. „Komm für mich, Süße."

Mit einem tiefen Wimmern kam sie und gab dabei alles, still liegen zu bleiben. Die Anstrengung würde dafür sorgen, dass das Pulsieren länger anhielt und so der Orgasmus gefühlt – für sie – ewig dauerte.

Als ihre Muskeln schlaff wurden, glühte ihre Haut mit einem dünnen Schweißfilm, der ihren Körper glitzern ließ.

Hinreißend.

Er ließ die Krallen auf den Beistelltisch fallen, sodass sie das Werkzeug später reinigen konnte und zu schätzen wusste, wie spitz die Klauen wirklich waren, denn das nächste Mal würden sie an ihrer Pussy zum Einsatz kommen.

Rainie fühlte sich … gesättigt – als hätte jede Zelle in ihrem Körper Schokoladenkuchen gegessen. Mit dickem Frosting. Und Streuseln. Sie ertrank in sexueller Sättigung.

Als sich jedoch ihre Augen zu Jakes erhitztem Blick öffneten, war sie augenblicklich für die nächste Runde bereit. Immer und immer wieder wäre sie das. Solange er sie wollte, wollte sie auch ihn.

Mehr noch: Sie sehnte sich danach, dass auch er zur Erlösung fand. Das musste sie ihm einfach geben; schließlich wollte sie ihn glücklich machen.

Denn er war Jake. Erstaunlich, unglaublich, unüberbietbar. Von seiner absoluten Kontrolle und Fähigkeit, sie zu deuten, seiner perfekten Technik und seinem beeindruckenden, muskulösen Körperbau, bis hin zu seinem berauschenden Duft nach Kiefer und Moschus – der Mann törnte sie einfach an.

All das hätte sie ignorieren können, nur ... gab es mehr, das ihn ausmachte: Die aufgeschlossene Persönlichkeit und sein Sinn für Humor. Der Master in ihm war einfach vollendet. Seine Empathie gegenüber Menschen und Tieren. Sein Ehrgefühl. Und ... wie freundlich er stets war. Gestern hatte sie eine Notiz gefunden. Jake hatte angeordnet, dass einem verarmten Rentner nicht mehr in Rechnung gestellt werden sollten als die Medikamente. Das unglaubliche Wissen über alles, was Jake darstellte, überflutete sie wie ein Regenguss des Verlangens.

Sie schaute auf und erkannte, dass er sie nachdenklich betrachtete. Ein Schauer lief ihr über den Rücken. „Warum siehst du mich so komisch an?"

Er grinste. Jakes Lächeln könnte niemals grausam sein, aber ... rabiat. Ja, definitiv rabiat. „Ich überlege, in welcher Position ich dich haben will, wenn ich meinen Schwanz in deiner heißen Pussy vergrabe."

Oh.

Die Wände ihres Geschlechts zogen sich zusammen. Nichtsdestotrotz sollte sie ihm nicht immer einfach alles erlauben. Er hatte die Krallen weggelegt; ihr Mut kehrte zurück. „Nun ja, Sir, gib mir Bescheid, für was du dich entscheidest – wenn du das jemals tust."

Er grinste und tippte auf das kleine Logo auf ihrer Bluse. *Prüfe mich – Prüfe mich noch heute!*

„Du selbst hast mir die Idee gegeben, Sub. Scheint mir, als ob du für eine Prüfung fällig bist."

Als sie sich das ... Werkzeug vorstellte, das er zur Durchführung der Prüfung verwenden würde, erschauerte sie, bevor sie laut schnaubte. „Ich kann dir jetzt schon sagen, dass meine Bücher alle gut ausbalanciert sind."

Er fing ihre Brüste ein und fuhr mit den Daumen über ihre exquisit empfindlichen Nippel. „Oh, Baby, ich stimme zu. Du hast definitiv ein paar gute Vermögenswerte."

„Sir, du kannst jederzeit mit meinen Vermögenswerten spielen."

Grinsend flüsterte er: „Genau das habe ich vor."

Sein Kuss war sanft. Zunächst. Dann tauchte seine Zunge zwischen ihre Lippen, und er ... nahm und nahm und nahm. Er beanspruchte sie für sich, plünderte ihren Mund.

Als er sich zurückzog, lächelte er sie an und öffnete dann den Klettverschluss ihrer Fesseln. Er entfernte den Vibrator und ihre Pussy pulsierte instinktiv um die Leere, die er zurückließ.

„Neue Position, Baby."

Ihr Kopf drehte sich, als er ihr half, sich aufzusetzen. Der Boden kühlte ihre nackten Zehen. Leicht verwirrt sah sie sich um und fühlte sich, als hätte sie die letzte Stunde in einem exotischen Land verbracht.

Er klopfte auf die Couch. „Knie dich hier hin und halte dich an der Rückenlehne der Couch fest."

Als sie versuchte, die angewiesene Position einzunehmen, rutschte sie plötzlich mit dem Knie von der Kante ab. Sie fiel und landete auf ihrer Seite – wie ein gestrandeter Wal. *Gott!* Sie liebte sich und ihre Kurven – das tat sie wirklich –, aber ihre Ungeschicklichkeit weckte Erinnerungen an den Sportunterricht in der Schule – an das dicke Mädchen, das noch immer in ihr wohnte und verspottet wurde.

Jake zog sie hoch und sie hatte sich noch nie unattraktiver gefühlt. Ihr Arm legte sich über ihren runden Bauch, während sie betete, sofort dünn und anmutig zu sein und alles, was sie nicht war. Sie zwang die nervigen Tränen zurück, schaffte ein schwaches Lachen und sagte: „Lass mich das noch einmal versuchen."

Sie wollte sich auf die Couch knien, aber er packte ihre Schultern und stoppte sie. „Warte kurz, Baby. Was war das gerade?"

„N-Nichts." Ihre Stimme bebte. *Gott*, sie war so eine Idiotin. „Alles gut." Sie versuchte, seine Hände von sich zu schieben.

„Blödsinn." Er ließ seine Hände von ihren Schultern über ihre Arme und zu ihren Händen gleiten, legte die Finger um ihre und hockte sich vor ihr hin. „Du sahst aus, als hätte ich dich geschlagen."

„Du bist so ein ... ein Sturkopf ..."

Sein Kinn hob sich kaum merklich, sodass ihr die Worte in der Kehle stecken blieben. Einen Dom zu betiteln, führte regelmäßig zu Schmerz und nicht zu der guten Art.

„Rainie."

Er würde das Thema nicht fallen lassen, oder? Sie entließ einen verzweifelten Seufzer, aber zumindest hatten sich die Tränen erledigt. „Sir, ich habe ein bestimmtes Gewicht, und meistens mag ich meinen Körper; das tue ich wirklich. Aber die Gesellschaft ist – *kann* – grausam sein." Sie musterte ihre breite Hüfte und fühlte sich gerade wirklich massig.

Er beobachtete sie für eine Minute und steckte dann eine verirrte Haarsträhne hinter ihr Ohr. „Wir alle haben diese Momente, Baby. Eins solltest du jedoch nicht vergessen: Ich genieße deine Figur. Sehr sogar. Du bist ein fantastischer Spielplatz."

„Entschuldige bitte?" Ihr Ton klang eisig.

Mit den Händen auf ihren Knien küsste er die Innenseite ihrer Oberschenkel. „Einige Spielplätze haben nur Schaukeln. Ich nehme an, das ist in Ordnung, aber für mich gilt: Je mehr, desto besser. Zufällig mag ich Spielplätze mit Rutschen." Er platzierte einen Kuss auf ihren Bauch.

„Und einem Kletternetz." Er packte ihre Brüste, neckte ihre Nippel, bis sie wieder hart wurden, und stand schließlich auf. Noch bevor sie reagieren konnte, hob er sie in seine Arme, positionierte sie auf ihren Knien und mit dem Rücken zu ihm.

„Und Karussells." Er knetete ihre Pobacken und flüsterte ihr dann ins Ohr: „Dein Körper ist ein Spielplatz, der mich ein Leben lang unterhalten könnte."

Er küsste ihre Schulter und schaffte es so, ihre unglücklichen Erinnerungen auszulöschen und sie mit elektrisierendem Hunger zu ersetzen.

„Nicht bewegen." Neben ihr fuhr er mit den Fingern über die Rückenlehne der Couch. Eine Klettverschlussfessel erschien aus einer versteckten Tasche in der Polsterung.

Noch eine Fessel? „Wie viele von denen hast du hier noch versteckt?"

„Viele, Süße." Er sicherte ihr Handgelenk und zog von links eine weitere Fessel heraus.

Als er fertig war, ruhte die Vorderseite ihrer Schultern auf der Rückenlehne, ihre Arme ausgestreckt und am jeweiligen Couchende gefesselt. Ihre Brüste schwangen frei. Ihr Hintern hing weit oben in der Luft, parallel zu ihren Füßen.

Er stand hinter ihr, ließ seinen heißen Blick über sie schweifen, bevor er einen sanften Klaps auf ihre Schenkelinnenseite austeilte. „Öffne dich für mich, Baby."

Sie bewältigte es, die Knie zu teilen und zuckte zusammen, als er mit zwei Fingern durch ihre feuchte Spalte fuhr. Sie versuchte, ihren Oberkörper anzuheben und wurde mit einer schweren Hand zwischen ihren Schulterblättern bewegungslos gehalten. „Nicht bewegen, Sub, oder ich werde diesen hinreißenden Arsch versohlen."

Seine gnadenlose Hand fixierte sie, und seine andere massierte ihren Hintern.

Gefesselt. Berührt. Ihr Körper warm von dem schwelenden Verlangen.

Sein Spielplatz. Als er sie berührte, hielt er nur inne, um mit einem Finger in ihre Pussy zu dringen oder um ihre Klitoris zu necken. Oh ja, er wollte sie zappeln und sich winden sehen.

Und sie gab ihm, was er wollte.

Er zeigte ihr, wie sehr er es genoss, sie genau so zu benutzen, wie er es wollte.

Seine rücksichtslose Handhabung trieb sie in eine schwebende Kapitulation. *Nimm mich; nimm alles.* Ihr gesamter Körper gab sich ihm hin.

„So ist es richtig, Süße", murmelte er und beugte sich vor, um ihre Wange zu küssen.

Mit dieser offenen Wertschätzung in seiner Stimme konnte sie keine Verlegenheit oder Sorge empfinden.

Eine Sekunde später hörte sie einen Reißverschluss und eine Kondompackung. Ihr Körper bebte vor Vorfreude, und dann drückte sich sein Schwanz gegen ihren Eingang. Und stoppte. Der Rabbit-Vibrator hatte sie feucht zurückgelassen ... und geschwollen. Sie zischte, als er seine Hüfte nach vorn schob und mit der Eichel in sie glitt. Wieder stoppte er.

Ihre Pussy dehnte sich für ihn und pulsierte um den Eindringling. Alles von ihr, jede Zelle, strahlte vor Freude und bettelte darum, berührt zu werden.

Er fuhr mit den Händen über ihren Rücken, lehnte sich vor und knetete ihre Brüste. Die Krallen hatten ihre Haut empfindlich gemacht und das zeigte sich nun wieder deutlich. Als er ihre missbrauchten Nippel zwischen seinen Fingern rollte, zogen sich die Wände ihres Geschlechts um ihn zusammen und ... er lachte.

Gott, wie viel Kontrolle hatte der Mann? Würde er in dieser Position verharren? Mit seinem Schwanz nicht mal zur Hälfte in ihr vergraben? Sie wollte gefickt und hart genommen werden. Sie versuchte, sich auf ihn zu schieben, aber ihre Fesseln erlaubten keinen Bewegungsfreiraum. Zudem bemerkte er den Versuch.

„Böses, böses Mädchen." Belustigung lag dem strengen Ton zugrunde. Ein stechender Schlag traf ihre rechte Pobacke, und das Aufflackern des Schmerzes ließ jedes Nervenende in ihrer Pussy pulsieren und Funken sprühen. Drei weitere Schläge folgten, hart genug, sodass ihre Arschbacken für eine Weile brennen würden.

Gott, sie brauchte ihn mehr, als sie ertragen konnte. „Bitte." Ihr Atem entkam ihr keuchend. „Ich möchte – brauche – dich in mir."

„Wenn ich bereit bin, Rainie. Wenn *ich* bereit bin." Er lehnte sich wieder vor und küsste ihre Schulter, rieb seine Lippen über ihre Haut und trieb sie weiter in den Wahnsinn. Wie ein Sadist dies tun würde, nahm er sich Zeit, zwickte in ihre Nippel und neckte ihre Brüste, bis sie anschwollen und ihre Knospen pochten.

Schließlich richtete er sich wieder auf und seine großen Hände fanden ihre ausladenden Hüften. „Fuck, ich liebe deinen Arsch. Nächstes Mal werde ich ihn ficken."

Ohne auf eine Reaktion von ihr zu warten, rammte er hart und schnell und tief in ihre Pussy.

Die Überraschung, die Dehnung des empfindlichen Gewebes, das berauschende Wissen, zum Vergnügen eines Masters genommen zu werden, all diese Empfindungen schwappten durch ihren Körper. Ihr Nacken wölbte sich, als der Schock sie tief traf. Indessen zog er sich bereits zurück, nur um wieder in sie einzudringen.

Gott, ja!

Mit seinen Fingern, die sich in ihre Hüften bohrten, nahm er sie hart. „Sieh dir diese Arschbacken an. Bei jedem Stoß beben sie für mich." Er hielt inne, streichelte ihren Hintern und rotierte sein Becken, als ob er sicherstellen wollte, dass jeder Zentimeter ihrer Pussy wach war.

Jede tiefe Penetration löste eine Schockwelle in ihr aus. Und sie liebte es. Sie liebte ih –

Nein, das darfst du nicht denken.

Sie zog die Wände ihres Geschlechts zusammen, um ihm zu gefallen.

Sein Lachen rollte über sie. „Da haben wir ja die Pussy, die ich liebe." Er lehnte sich vor und schlang seine langen Arme um ihre Taille. Seine rechte Handfläche zog ihren Bauch und Venushügel nach oben und legte so ihre Klitoris frei, sodass seine linke Hand mit ihr spielen konnte. Seine schwieligen Finger schnellten verlockend über die Perle.

Als die exquisiten Empfindungen sie verschlangen, stöhnte sie und alles in ihr spannte sich an. In ihrer Mitte baute sich der Druck auf, dehnte sich und kontrollierte ihren Körper. Der Schmerz in ihrer Schulter, ihre unbeholfene Position, die engen Fesseln – alles verschwand und ließ nur seine gnadenlosen, talentierten Finger an ihrer Klitoris und die rücksichtslose Reibung seines Schwanzes in ihrer Pussy zurück.

Ihr Körper spannte sich an, ihre Oberschenkel zitterten, als er sie zum Gipfel trieb. *Fast ... fast ...*

Er stoppte.

Ihr Protest in der Form eines verzweifelten Stöhnens hallte durch den Raum. Er zog sich leicht zurück, um ihre Beine weiter zu spreizen. Dann packte er ihre Arschbacken und zog auch diese auseinander. Diesmal drang sein Schwanz tiefer ein als jemals zuvor. Es fühlte sich so intim an, als würde Jake sie für sich beanspruchen.

Der herannahende Orgasmus in der Form einer Flutwelle schlug auf sie ein und schubste sie über die Kante. Und darüber hinaus.

Auf dem Rücken liegend wachte Jake vor Sonnenaufgang auf. Rainies Kopf ruhte auf seiner rechten Schulter, und ihr dickes, welliges Haar bedeckte seine Brust. Ihren weichen Körper gegen seine Seite gepresst zu haben und den Duft ihres Shampoos zu riechen, ließ ihn erneut hart werden. Aber *verdammt*, er konnte sich nicht bewegen.

Sie hatte ihn auf einer Seite festgenagelt, während Rhage und Guido eingerollt an seiner Hüfte und seinem Oberschenkel lagen. Normalerweise bestand er darauf, dass die Hunde am Fußende des Bettes schliefen, aber seine beiden Katzen hatten diesen Bereich für sich abgesteckt. Patton, der Manx, lag über sein rechtes Bein drapiert, MacArthur mit seinen Tigerstreifen hatte sein linkes beansprucht.

Gut, dass er nicht klaustrophobisch veranlagt war, dachte er schläfrig. Wenn er so darüber nachdachte: Obwohl seine Trauer um Violetta noch frisch war, konnte er sich nicht erinnern, sich jemals wohler und zufriedener gefühlt zu haben.

Sicher, von Tieren umgeben zu sein, machte ihn immer glücklich, aber diese Leichtigkeit in seinem Inneren reichte tiefer. Als hätte die Frau, die neben ihm lag, neue Kanäle in seine Seele geschnitzt und sie aus ihrem Brunnen immerwährender Glückseligkeit gefüllt.

Er schnaubte bei dem Gedanken. Wenn es so weiter ging, würde er gleich ein Lied wie aus dem Film *Meine Lieder - Meine Träume* anstimmen. Gunny wäre darüber entsetzt gewesen.

Guido rührte sich und hob den Kopf. Mit einem Winseln sprang der Hund vom Bett und setzte sich vor die Tür.

Im Ernst?

Noch ein Winseln.

Fuck. Aber er konnte das Biest nicht noch mehr leiden lassen, wenn es sich bereits an eine andere Umgebung, Routine und Nahrung gewöhnen musste. Vorsichtig schaffte es Jake aus dem Bett, ohne die verschiedenen Körper – ob Tier oder Mensch – zu wecken.

Rainie murmelte etwas Unverständliches und rollte auf die andere Seite. Er betrachtete die blasse Rundheit ihres Arsches mit lüsternen Gedanken, seufzte erneut und winkte den Hund aus dem Raum, wobei er entschied, auch Rhage mitzunehmen.

Ein paar Minuten später, als er auf der Veranda auf einer Betonplatte saß, hörte er, wie sich die Tür öffnete. Sein Blick über die Schulter belohnte ihn mit einem Leckerbissen.

In seinem T-Shirt zeigte sich Rainie mit all ihren Kurven. Ihr mehrfarbiges Haar ergoss sich über ihre Schultern, ihre Augen waren schläfrig, ihr Mund geschwollen von seinen Küssen.

Nett. Sehr, sehr nett.

Sie zog einen Stuhl zu ihm und setzte sich. „Hunde?", fragte sie, ihre Stimme wunderschön heiser, als hätte er ihr die hohen Töne aus dem Leib gefickt.

Das machte einen Mann stolz.

Er zeigte auf das Feld und die beiden Hunde, die gemeinsam Feldmäuse jagten – mit wenig Erfolg.

„Zu dieser Uhrzeit?" Sie schnaubte. „Weißt du, wenn ich mich von der Arbeit durch die Tür schleppe, ist Mr. Energizer-Hündchen stets zum Spielen bereit. Den ganzen Abend. Es ist gut, dass ich nicht länger zur Uni muss, sonst würde ich durchfallen."

Uni? Er lehnte seine Schulter an einen Pfosten. „Was hast du studiert?"

„Äh ... ich habe einen MBA."

Seine Augenbrauen hoben sich. *Verdammt*, er hatte gewusst, dass sie schlau war, aber ... „Das ist großartig, Rainie. Und du bist fertig?"

„Ich habe im Dezember meinen Abschluss gemacht." Als sie ihn anlächelte, funkelten die goldenen Haarsträhnen im Mondlicht.

Von der gemeinsamen Dusche roch sie nach seiner Seife. Er mochte sie in seiner Kleidung und seinem Duft. „Kein Wunder, dass du den Papierkram und alles damit Verbundene so gut meisterst."

Bei dem Kompliment strahlten ihre Augen. „Danke."

„Und was wolltest du mit diesem schicken neuen Abschluss machen?"

„Einen schicken neuen Job finden … irgendwo." Leichthin fügte sie hinzu: „Ich brauche eine Arbeitsstelle, bei der ich alle meine Kostüme tragen kann."

„Nun, du siehst umwerfend in ihnen aus." Der Gedanke, dass sie seine Praxis schon bald verlassen würde, hatte einen unschönen Effekt auf Teile seiner Zufriedenheit.

Im Mondlicht lockten die Hunde ein Kaninchen aus seinem Bau und jagten es wild bellend über den Rasen.

„Er mag zu viel Energie haben, aber ich bin froh, dass du mich dazu gebracht hast, ihn zu behalten." Als die Hunde fröhlich hechelnd zu ihnen trabten, lachte Rainie.

Eine Schande, dass sie als Kind keinen Hund hatte. „Deine Mutter mochte Haustiere nicht?"

„Nicht direkt. Es ist nur so, dass ein Hund eine Mietkaution nach sich gezogen hätte. Und … sie wollte sich um nichts kümmern."

Ah. Rainies Ton war gleichmäßig, nicht bitter, aber ihr Gesicht war leicht zu lesen. „Nicht einmal um dich?", flüsterte er sanft.

Als ob sie der Frage ausweichen wollte – und ihm –, lehnte sie sich auf dem Stuhl zurück.

Er legte seine Hand auf ihre Wade und hielt einen körperlichen Kontakt bei, ob sie das nun wollte oder nicht. „Rainie?"

„Ja, nicht mal um mich. Sie ist mit einem Kerl abgehauen, als ich zwölf war, und ist nie wieder zurückgekommen."

„Du bist bei deinem Vater gelandet?"

„Nein, er ist gegangen, als ich sieben war."

Als ich sieben war", hatte sie gesagt. Sie musste nicht lange darüber nachdenken, wie alt sie zu dem Zeitpunkt war. Was bedeutete, dass es für sie traumatisch gewesen sein musste. Einprägsam.

„Ist er gestorben?"

„Nein, er hat uns verlassen."

„Verdammt." Er stand auf, hob sie in seine Arme und nahm ihren Platz auf dem Stuhl mit ihr auf seinem Schoß ein.

„Jake, nein, ich bin zu schwer."

„Ich bitte dich." Selbst, wenn das stimmen würde, wäre es nicht das Schlimmste, von einem gut duftenden, weiblichen Körper niedergestreckt zu werden. Er zog sie näher an sich und genoss es, wie weich und warm sie sich anfühlte.

Als er an ihrem Kiefer knabberte, erschauerte sie ... und sein Schwanz zuckte. Nein, im Moment brauchte sie eine Kuschel- und Redesession, und keinen Sex. Das Thema? Ihre Kindheit. Und das Gefühl, verlassen zu werden.

Wirklich eine Schande, dass es nicht legal war, verantwortungslose Menschen wie Hunde zu kastrieren. „Wer hat dich großgezogen, Baby? Verwandte?"

„Ich hatte keine. Ich hatte Pflegefamilien."

Hmm. Er kannte Menschen, die viel Glück mit Pflegeeltern hatten. Andere in seinem Bekanntenkreis hatten gelitten. Rainie lebte ihr Leben mit Freude und Lachen, aber ... sie verfügte auch über einen sehr breiten, emotionalen Verteidigungswall. „In der Pflegefamilie waren also keine Haustiere erlaubt?"

„Nicht in meinen, nein." Ihr grimmiger Tonfall verriet ihm recht viel.

„Das ist schade." In der Praxis zeigte sich ihre fürsorgliche Natur bei Mensch und Tier. Wenn sie als Kind niemanden hatte, um diese Natur herauszulassen, musste es sich stets so angefühlt haben, als imitierte sie einen Damm im Mississippi.

Er würde versuchen, diesen Mangel auszugleichen.

Er stellte sie auf die Füße und erhob sich. Mit einem Pfiff holte er die Hunde zu sich, die gerade nicht glücklicher sein konnten. „Zurück ins Bett, Crew", befahl er und führte alle ins Haus.

„Nicht mehr lange bis zum Morgengrauen."

„Es ist Sonntag. Wir werden ausschlafen." Mit einem Arm um

Rainie führte er sie ins Schlafzimmer. Er wusste einfach, dass es richtig war, sie an seiner Seite zu haben. „Was ich mich gefragt habe, Buttercup: Welche Art von Bestechung wird es brauchen, um dich dazu zu bringen, Frühstück für mich zuzubereiten?"

Bei der leichten Neigung ihrer Lippen wusste er genau, welchen Anreiz sie im Kopf hatte.

Er glitt mit seiner Hand über ihren üppigen Arsch und lächelte. *Zwei Dumme, ein Gedanke.*

In ihrer Wohnung warf Rainie einen weiteren BH in den überfüllten Koffer auf ihrem Bett. Drei Höschen fielen von dem Haufen auf den Boden.

„Babe", sagte Jake amüsiert. „Hast du keinen größeren Koffer?"

Er lachte sie aus, *verdammt nochmal.* Sie beäugte den Koffer in Handgepäckgröße. Das Ding war wirklich zu klein.

Seit dem letzten Wochenende hatte Jake sie jede Nacht dazu gebracht, bei ihm zu übernachten. Und sie liebte es – aber sie hasste es, jeden Morgen zu ihrer Wohnung fahren zu müssen, um ihre Kleidung zu wechseln. Wenn er nicht zwei Katzen und jetzt zudem Guido bei sich hätte, dann hätten sie vielleicht auch mal bei ihr schlafen können. Die Katzen jedoch waren an sein Haus gewöhnt.

Außerdem liebte Rhage Jakes umzäuntes Grundstück. Und sie gab ihrem süßen Hund immer, was er wollte. Wirklich, sie tat all das *nur* für den Hund: In Jakes Praxis arbeiten. Sex mit ihm haben. In seinem Bett schlafen.

Sie öffnete eine weitere Kommodenschublade und betrachtete die Oberteile. Jake wollte, dass sie ein paar Klamotten packte und diese bei ihm im Haus aufbewahrte. Und sie hatte schließlich zugestimmt.

Seit Rhage in ihr Leben getreten war, hatte sie mehr Zeit mit

Jake verbracht, als sie das jemals mit Geoffrey getan hatte, mit dem sie ein halbes Jahr zusammen gewesen war. Jeden Tag ... mochte sie ihn mehr. Sie hatte Gefühle für ihn.

„Wie konnte das passieren?", murmelte sie.

Jake trat hinter sie und zog sie mit dem Rücken an seine Brust. Er packte ihr Haar, neigte ihren Kopf zur Seite und knabberte an ihrem Hals. Seine Bartstoppeln kitzelten, kratzten, und der leichte Schmerz, den er mit seinen Zähnen hervorrief, wurde durch seine sanften Lippen gelindert. Hart und weich, Schmerz und Lust, süß und grausam. Er wusste genau, wie er sie aus der Fassung bringen konnte.

„Es ist passiert, Rainie." Er schloss die Zähne um ihr Ohrläppchen. „Ich für meinen Teil bin sehr glücklich damit. Du nicht auch?"

Unter seinen fragenden Augen konnte sie nur nicken. „Ich ... Ja. Das bin ich." Sehr glücklich. Sehr zufrieden.

Und sehr verängstigt.

Sie hatte das Gefühl, in einem sich windenden Fluss friedlich dahinzutreiben, nur um plötzlich von einer Strömung nach unten gezogen zu werden. Ihre Emotionen wurden mitgerissen, ohne eine Chance zu haben, zu entkommen.

Sie hob die Hand und legte sie auf seine Wange. Wann war es passiert, dass sie sich ihm so verbunden fühlte?

Ein zufriedenes Lächeln offenbarte sich auf seinen Lippen. „Sieh mich weiter so an und ich muss dich ficken, anstatt dir beim Packen zu helfen."

Ein Schnauben entrang ihr. Sie ging einen Schritt zurück und zeigte mit einem anklagenden Finger auf ihn. „Du bist unersättlich." Und sie liebte es.

„Wenn es um dich geht, ist das wohl wahr." Er richtete die deutliche Beule in seiner Jeans und drehte sich dann ihrer Kleidung zu, um die Auswahl zu mustern, die über das Bett verstreut war. „Größerer Koffer?"

„Im Schrank." Sie wandte sich wieder der Kommode zu und wählte ein weiteres Unterwäsche-Set. Mit mehr Platz könnte sie –

Hinter ihr quietschte das Bett, als Jake den Koffer auf die Matratze warf. Verschlüsse klickten auf.

„Na sieh mal einer an. Ich bin begeistert." Jakes Bariton klang nun weitaus tiefer, belegt und sexy, als wäre er in die Flammen der Hölle hinabgestiegen.

Mit einem roten Tanga in der Hand blickte Rainie über ihre Schulter. *Oh, Mist. Falscher Koffer.*

Der übergroße schwarze Koffer lag offen auf dem Bett und zeigte, dass sie den Innenbereich mit Styropor und Polsterung ausgelegt hatte, um Dildos, Vibratoren, Ballknebel, Massageöle und vieles andere zu verstauen und zu präsentieren. „Ich organisiere Sexspielzeug-Partys. Das sind die Muster. Mein Angebot. Das ist nicht der richtige Koffer."

„Baby, das ist der perfekte Koffer." Jake nahm ein Paar flauschiger Nippelklemmen heraus und musterte Rainie auf eine Art, wie es nur ein Dom konnte. Eine Art, die ihren ganzen Körper schlaff werden ließ. „Zieh deine Bluse aus. Und den BH."

„Jake." Ihr Mund fühlte sich trocken an – und ihre Pussy wurde feucht und bereitete sich auf ihn vor. „I-Ich ... Die Spielsachen sind für die Partys."

„Wie kommt es, dass ich noch nie eine Einladung bekommen habe?" Die Lachfalten neben seinen Augen vertieften sich und so wusste sie, dass er sie nur neckte. „Keine Bange, Süße. Ich kaufe alles, was ich öffne."

Sie schluckte. „Aber –"

„Rainie", unterbrach er und griff gleichzeitig nach einem Ballknebel. „Muss ich den zur Anwendung bringen?"

„Nein." *Ja. Oh, ja, bitte.* „Ich werde –"

„Verdammt. Du willst, dass ich den Knebel benutze." Sein Blick gewann an Intensität.

Oh Mist. Sie trat den Rückzug an und ging langsam zur Tür.

Unnachgiebige Hände schlossen sich um ihre Arme und er warf sie neben dem Koffer aufs Bett. Eine Sekunde später schob er ihr den hübschen roten Knebel in den Mund und schnallte ihn fest.

Während sie verärgerte Geräusche von sich gab und sich wehrte, zog er ihr gnadenlos ihre Kleidung aus – und öffnete die Verpackung der Nippelklemmen.

Keine Nippelklemmen! „Mmmmh, mmmmh!" Sie versuchte, vom Bett zu rollen.

Er schlug ihr auf den Arsch, drehte sie auf den Rücken, setzte sich rittlings auf sie und hielt sie fest, während er die verdammten Dinger anlegte.

Au, au, au!

„Verdammt, die sind hübsch", murmelte er. Mit einem Finger läutete er die kleinen Glöckchen an den Folterinstrumenten.

Sie funkelte ihn wütend an – und er lachte. Aber er hatte die Klemmen nicht zu fest angebracht, und als er sich ihren Brüsten zuwandte, sie streichelte und betörte, verwandelte sich der anfängliche Schmerz zu Lust.

„Ich denke, wir sollten deine Wohnung öfter besuchen. Dieses Himmelbett-Setup hat definitiv Vorteile." Er knotete einen der Vorhänge um ihr rechtes Knie, dann um ihr linkes, wodurch ihre Oberschenkel weit geöffnet wurden. Nach einem abschätzenden Blick schob er ihr ein Kissen unter die Hüfte, sodass ihre Schenkel noch weiter auffielen. Nackt und entblößt.

Sie sollte sich schämen, aber die Wertschätzung in seinem Blick und die unter ihrer Haut brodelnde Hitze verbannten diese Emotion.

Nach einer kurzen Suche legte er eines von Rhages quietschenden Spielsachen in ihre Hand. „Ich bin vielleicht nicht in der Lage, zwischen einem Schrei und einem Safeword zu unterscheiden, also benutze das."

Schreie?

Aus dem Koffer nahm er eine Tube Gleitgel und dann

schwebte seine Hand über den Analplugs. „Laut deiner Akte im Shadowlands hast du Erfahrung mit Anal-Play."

Oh, die Götter der Grausamkeit haben wieder zugeschlagen. Sie nickte. Sie liebte es, anal genommen zu werden. Und hasste es. Es fühlte sich zu … intim, zu besitzergreifend an. Und doch kam nichts an dieses Gefühl heran.

„Gut." Er wählte den kleinsten Plug – *danke, Gott* –, bedeckte ihn mit Gleitgel, und schob ihn ohne großes Aufsehen in sie, wobei er ihr Gezappel vollkommen ignorierte. Das leichte Brennen und die Nervenenden, die gedehnt und geweckt wurden, ließen ihre Klitoris pochen und nach mehr hungern.

Ihr Blick landete auf der ausgeprägten Beule unter seiner Jeans. Sie war so bereit, von ihm gefickt zu werden.

Stattdessen drehte er sich um und warf mehrere Analplugs neben sie aufs Bett.

Mit weit aufgerissenen Augen machte sie ein Geräusch. Ein schlechtes Geräusch.

Sein Lächeln war erschreckend. Dann beobachtete sie, wie er einen Vibrator auswählte. „Immer, wenn du kommst – jedes Mal –, werde ich dich mit einem größeren Plug belohnen."

Seine Bondage-Technik hielt sie offen, als er mit dem Finger ihre Klitoris umkreiste. „Keine Bange, Süße. Der Größte werde ich sein."

KAPITEL NEUN

An Jakes **Küchentisch** beendete Rainie die Aktualisierung ihres Lebenslaufs mit einem deprimierten Seufzer. Da die Aufgabe nun erledigt war, musste sie Bewerbungen versenden. Einen Job finden. Umziehen.

Der elende Gedanke keimte wie Unkraut in ihr.

Für eine Weile war sie dem Grübeln über ihre Zukunft entgangen. Immerhin waren die Hochzeitsvorbereitungen in vollem Gange und ihr Job in der Praxis beschäftigte sie für den Großteil des Tages. Schließlich gab es da noch Rhage. Und, na ja, ihr neuer Mann wollte ja auch Aufmerksamkeit.

Ich habe einen Mann.

Sie konnte fühlen, wie sich ihre Lippen zu einem dümmlichen Grinsen formten, aber das war ihr egal. Sie liebte es. Sie liebte es, ihr Leben mit Aktivitäten zu füllen; liebte es, einen Hund zu haben; liebte es, mit Jake Sheffield Zeit zu verbringen.

Von draußen ertönte der Laut eines Hammers, der auf Metall traf. Sie erhob sich und sah aus dem Fenster.

Hinter dem grünen Rasen befestigte Jake etwas an einer langen Stange, das wie ein aus Ketten bestehender Abfalleimer aussah. Jake hatte beschlossen, einen Bereich für Discgolf einzurichten.

Zugegeben, das Spiel machte Spaß, obwohl sie nicht mal die breite Seite einer Scheune treffen konnte. Um genau zu sein, konnte sie sich schon glücklich schätzen, wenn die Scheibe in der gleichen Postleitzahl landete wie der Korb. Seit Jake sie letzten Sonntag für ein bisschen Spiel und Spaß nach draußen gezerrt hatte, war sie etwas besser geworden.

Und sowohl Rhage als auch Guido liebten es, die Frisbees aus der Luft zu fischen. Sie waren Jake heute in der Hoffnung gefolgt, dass er wieder mit ihnen spielen würde. Allerdings war er darauf konzentriert, den Kurs fertigzustellen, damit er an den Wochenenden Discgolf- und Grillpartys veranstalten konnte.

Nur er hatte das Wort *Wir* verwendet. *„Wir können ..."* Sie fühlte sich gleichzeitig hoffnungsvoll und traurig – zwei Emotionen, die sie in dem Fall nicht voneinander trennen konnte.

Während sie zusah, zog Jake sein T-Shirt aus und warf es über die Stange. Seine breite Brust glänzte im Sonnenlicht, und ihre Gedanken zerstreuten sich durch einen aufsteigenden Wind der Lust. *Lass gut sein, Mädchen.* Er zog sich nicht für eine Show aus, sondern weil es heiß war. *Schande über mich.*

Rainie fühlte sich schuldig und entschied, Eistee in eine Sportflasche zu gießen. Dann schnappte sie sich ein paar der Cookies, die sie am Tag zuvor gebacken hatte. Sie würde ihm nicht helfen können, aber sie könnte ihrem Mann Gesellschaft leisten.

Viel tat sie ohnehin nicht für ihn – alles, was sie ihm gab, war Essen und ... na ja, Sex. Nichts Emotionales. Nichts Echtes. Ihre Mundwinkel bogen sich nach unten. Sie hatte einen Punkt erreicht, an dem sie zugeben musste, dass sie ihn brauchte. Im Gegensatz zu ihm, der nie etwas brauchte.

Als die Fliegengittertür hinter ihr zufiel, rannten die Hunde bellend über das Gras und umkreisten sie aufgeregt, sprangen an ihrem Körper nach oben.

„Schaut euch nur an. Habt ihr eurem Menschen geholfen?" Sie waren so glücklich, sie zu sehen, draußen zu sein, miteinander zu spielen. Als Rainie die beiden mit Streicheleinheiten verwöhnte, bemerkte sie, dass sich ihr Herz noch nie so voll angefühlt hatte.

Jake hatte gemeint, Rhage und Guido seien wahrscheinlich in Ein-Hund-Familien aufgewachsen, und jetzt hätten sie sich als Zwei-Hund-Rudel gefunden. Das Gefühl kam ihr bekannt vor.

Als sie näherkam, fiel ihr auf, dass Jake telefonierte. Er schob sich die Haare aus der Stirn, und die Sonne funkelte in den dicken braunen Strähnen. Dann sah er sie, zwinkerte ihr zu und redete weiter: „Ja, ich werde der Haushälterin sagen, dass sie den Kühlschrank auffüllen soll. Nein, Mom, ich werde nicht nachsehen, wie es um Jennifers Küche steht. Wenn sie Sachen drin gelassen hat, kann sie die selbst beseitigen."

Seine Familie kehrte nächste Woche aus Europa zurück, erinnerte sich Rainie. Sie gab ihm die Flasche mit dem Eistee.

Sein wertschätzendes Lächeln reichte aus, um jeden Eiswürfel in der Flasche und auch ihren Knochen zum Schmelzen zu bringen. Er neigte den Kopf nach hinten und trank. Sein Adamsapfel bewegte sich an seinem sehnigen Hals, als er gierige Schlucke nahm.

Sie beobachtete ihn aufmerksam – pervers, wie sie war. Das Wasser lief ihr im Mund zusammen und die Luft um sie herum verdichtete sich.

Er sollte öfter Eisenstangen in den Boden rammen! Jetzt waren seine Muskeln aufgepumpt, die gebräunte Haut spannte sich über seinen steinharten Bizeps und seine Brustmuskeln. Schweiß hatte sich auf seiner Brust gebildet, der in der Sonne glitzerte, und die feinen Brusthaare klebten an ihm, sodass seine flachen braunen Nippel frei lagen. Auf der Rückseite seiner Unterarme ragten seine Venen hervor und lockten sie, diese mit ihrer Zunge nachzuzeichnen. Seine Jeans hing tief auf seinen Hüften. Endlich hatte sie einen uneingeschränkten Blick auf seine Bauchmuskeln, und dann ... sah sie, wie die Beule in seiner Jeans zuckte.

Sie riss ihren Blick hoch.

Er senkte sein Handy und knurrte tief und männlich: „Wenn du diese hungrigen Augen weiter auf mich richtest, werde ich dich unter der Sonne nehmen."

„Oh, mein G-Gott, du sprichst doch gerade mit deiner M-Mutter! Du kannst nicht −", stotterte sie und wusste, dass ihr Gesicht nun feuerrot war. Wie konnte er so etwas sagen, während seine Mutter zuhörte? Sprachlos reichte Rainie ihm einen Cookie. „Schieb dir den in den Mund und sag ja nicht, was dir gerade durch den Kopf geht!"

Sein tiefes Lachen hallte durch sie und erfüllte ihr Herz mit Glückseligkeit. Dann warf er einen Blick auf sein Handy und ... schaltete das Mikro wieder ein. „Ja ich bin noch hier. Ich musste mich nur für einen Moment um etwas kümmern. Ja, morgen ist die Hochzeit von Marcus und Gabi. Es ist eine Schande, dass ihr nicht rechtzeitig zurück sein werdet."

Bevor Rainie entkommen konnte, schlang er einen Arm um ihre Taille. Er hielt sie an seine Brust gepresst, rieb sich mit seinem Schritt an ihr und rief ihr ins Bewusstsein, wie hart er war. Eine große Hand legte sich auf ihren Arsch und knetete die Pobacke.

In das Telefon sagte er: „Nadia arbeitet? Das ist ja ein Ding. Mit William Renard? Nun, vielleicht sehe ich sie morgen."

Mehr Worte, die sie nicht entziffern konnte, traten aus dem Handy, bevor er antwortete: „Ich liebe dich auch, Mom. Gib ihn mir."

Ich liebe dich auch. In der Kurve von Jakes Arm gefangen, unfähig zu fliehen, beobachtete Rainie ihn, als sich seine Worte tief in ihr verwurzelten. Dieselben Worte − *ich liebe dich* − lebten in ihrem Herzen und warteten nur darauf, freigelassen zu werden.

Nein. Nein. Auf keinen Fall. Nein, sie liebte ihn nicht. Sie konnte ihn nicht lieben. *Niemals. Falsch. Böse Rainie.*

Sie versuchte, von ihm auf Abstand zu gehen, und er reagierte, indem er sie noch näher an sich zog. Selbst als er seinem Vater in einer geschäftlichen Angelegenheit antwortete, drückte er ihr einen Kuss auf die Schläfe.

Die liebevolle Geste schlug mit dem Gewicht eines Vorschlaghammers auf ihren gefassten Entschluss ein. Und als die zerbrochenen Teile ihrer Zukunft um sie herum auf den Boden fielen, fragte sie sich: *Was, wenn ich einfach ... bleibe?*

Aber was war mit ihrer Vergangenheit? Ihr Kiefer spannte sich an. Die grausamen Menschen aus ihrer Vergangenheit – wie auch die Erinnerungen – würden sie immer wieder finden. Niemals würde sie ihnen entkommen.

Dennoch hatte sie Erfahrung im Umgang mit Arschlöchern, die sie verurteilten, und bisher hatte sie alles überlebt.

In der nächsten Sekunde schmiegte sie sich an Jake und atmete seinen Duft ein. Wenn die verbalen Beschimpfungen der Arschlöcher der Preis dafür wären, bei Jake zu bleiben – und *Gott*, sie wollte ihn so sehr –, dann würde sie ertragen, was sie in ihre Richtung warfen.

Oh ja, das würde sie.

Die Götter lächelten auf Gabi und Sally herab, dachte Rainie, denn sie hatten die beiden mit einem makellosen Hochzeitstag gesegnet. Die kaum sichtbaren Wolken über dem Horizont wurden dichter, schirmten die Sonne ab und hielten die Temperatur angenehm. Die sanfte Meeresbrise blies alle Käfer weg und lud die blau-weißen Blüten der Einjährigen Pflanzen und die Reben zum Tanz ein.

Rainie wich einem Caterer aus, trat um eine Frau herum, die ein Geschenk trug, und eilte zur Hochzeitssuite.

Hinter ihr am Eingang zum Garten besprachen Jessica und Linda die letzten Einzelheiten mit dem Hochzeitsplaner. Obwohl beide Frauen in das satte Blau der Brautparty gehüllt waren, hatten sie es bisher geschafft, den traditionellen Aufgaben als Brautjungfer zu entkommen.

Linda hatte sich taktvoll geweigert, dann wieder geweigert und schließlich den Bräuten gesagt, dass Master Sam die nächste Absage übernehmen würde. Und natürlich wollten weder Gabi noch Sally den berüchtigten Sadisten des Shadowlands verärgern.

Angesichts des Gruppenzwangs hatte die schwangere Jessica die Bräute darüber informiert, dass sie, wenn sie so hartnäckig blieben, entweder mit purer Willenskraft die Wehen einleiten oder – was schlimmer war – Master Z über jeden Streich informieren würde, den die beiden Gören im Club gespielt hatten.

Fantastische Drohung. Und wirksam.

Grinsend ging Rainie durch den Haupteingang der Hochzeitssuite. Die Suite war in ruhigen Creme- und Khakifarben gehalten und verfügte über eine kleine Küche, ein Badezimmer und einen Ankleideraum. Im Hauptraum, der ein Wohnzimmer und einen Schönheitssalon in sich vereinte, säumten Waschbecken und Spiegel eine ganze Wand.

Im Moment herrschte Chaos. An den Schminktischen beendeten drei Friseure Kims, Beths und Andreas Haare. Ein Makeup-Artist verlieh Gabi den letzten Schliff.

Rainie zählte im Kopf die Anwesenden und nickte. Gabi und alle Brautjungfern waren hier.

In der Mitte des Raumes hatten es sich Uzuri und Kari auf den beigefarbenen Wildledersesseln bequem gemacht. Sie, zusammen mit Rainie, waren Sallys Brautjungfern. Rainie räusperte sich. „Wo ist die zweite Braut?"

„In der Küche", rief Gabi.

„Nein, da kam sie vor einer Weile raus. Ich sah, wie sie ins Ankleidezimmer gegangen ist." Kari zuckte mit dem Kopf nach hinten. „Sie ist schon länger drin."

„Sie sah ein wenig nervös aus", sagte Uzuri. „Ich war mir nicht sicher, ob ich nach ihr sehen sollte oder nicht. Vielleicht die Nerven?"

Kalte Füße wegen der bevorstehenden Hochzeit? Das sah Sally nicht ähnlich. „Ich werde nach ihr sehen."

Als Rainie jedoch die Küchentür erreichte, empfing sie jene feindseligen Wellen, vor denen sie so große Angst gehabt hatte.

Leider waren ihr die beiden Stimmen vertraut. Gabis Mutter. Und Galens Mutter – Mrs. Kouros. Die Königin der Boshaftigkeit unterhielt sich mit der Kaiserin der Zickigkeit.

Wie war es möglich, dass sich diese unterkühlten Frauen lange genug aufgewärmt hatten, um sich fortzupflanzen? Rainie grinste und stellte sich vor, wie ein armer Kerl versuchte, mit einer dieser Furien Sex zu haben. Sein Schwanz würde sofort einfrieren und dann wie ein Eiszapfen zerbrechen und abfallen.

Ihr Lächeln verblasste bei dem, was Galens Mutter sagte. „Ich weiß nicht, wo Galen sie gefunden hat, aber er könnte jemanden so viel Besseres finden. Sie ist vulgär. So gewöhnlich."

„Es ist eine Schande, dass sie nicht auf ihrer Farm geblieben ist. Dort gehört sie hin", stimmte Gabis Mutter zu. „Ihre reizlose Anwesenheit mindert den gesamten Wert der Hochzeit – ebenso wie ihre tölpelhaften Verwandten."

Rainie knirschte mit den Zähnen. Sie sprachen von Sally und ihrem charmanten Bruder, seiner Frau und den entzückenden Kindern.

„Ja, wirklich eine Schande, aber Galen ist ziemlich entschlossen, diese Farce durchzuziehen." Mrs. Kouros stieß einen eisigen Seufzer aus. „Ich fürchte, ich werde sie auch ertragen müssen, wenn –"

„Ich wage, zu behaupten, dass das genau das ist, was Sally gerade zu sich selbst sagt." Rainie machte sich nicht die Mühe, ihre Stimme zu senken. Miss Lily wäre über ihre Unhöflichkeit entsetzt gewesen.

Rainie betrat den Raum und sah sich der obsessiv dünnen, älteren Version von Cruella de Vil gegenüber.

Mrs. Kouros starrte auf den Eindringling herab. „Entschuldigen Sie bitte?"

„Ich bezweifle, dass es eine Entschuldigung für Ihr Verhalten gibt", sagte Rainie. „Ihr Sohn hat es geschafft, eine wunderschöne Frau für sich zu finden, die ihn so glücklich macht, dass er jetzt lacht. Ich würde sagen, das ist eine Seltenheit für ihn, wenn auch verständlich, bedenkt man, wer seine Mutter ist."

Mrs. Kouros trat einen Schritt zurück, als hätte sie einen Schlag eingesteckt, und der Ausdruck von Gabis Mutter wurde kalt. Kälter.

„Aber nachdem er von Ihnen aufgezogen wurde", fuhr Rainie fort, „weiß Galen genau, was er in einer Frau will und was nicht. Er suchte nach einer warmen, temperamentvollen Frau, die so mutig ist, dass sie sogar sein Leben gerettet hat. Oder haben Sie vergessen, dass Sie ohne Sally überhaupt keinen Sohn mehr hätten?"

Als keine Antwort kam, schnalzte Rainie abwertend mit der Zunge. „Sie haben es vergessen. Oh, nun, der geistige Abbau ist in Ihrem Alter ja vorprogrammiert."

Gabis Mutter trat vor. „Hören Sie mal –"

„Nein, Sie hören mir zu. Dies ist ein freudvoller Tag und Sie ruinieren die Stimmung. Ich will, dass Sie beide diese Suite sofort verlassen."

Mrs. Kouros hatte sich erholt. „Wer sind Sie denn schon? Sie haben hier nichts zu sagen."

Rainie versuchte es mit einem bedrohlichen Lächeln. „Ich bin allgemein als Gör bekannt. Und ich kann Ihnen versichern, wenn Sie sich nicht von der gesamten Brautparty, einschließlich der Bräute, fernhalten, werde ich Sie zum Mittelpunkt einer Szene machen, wie Sie das noch nie erlebt haben. Schreien, Haare ziehen, zerrissene Kleidung, zerkratzte Gesichter."

Rainie holte tief Luft, ihre Wut allgegenwärtig. „Wollen Sie das wirklich riskieren?"

Die Frauen wichen zurück. Mrs. Kouros öffnete die Küchentür und ...

Gottheit aller kleinen Katzen und Hunde. Gekleidet in einem schwarzen Smoking stand Jake direkt vor der Tür. Von seinem fassungslosen Gesichtsausdruck zu urteilen, hatte er jedes einzelne Wort gehört. Er trat zur Seite und ließ die Schreckschrauben des Jahres vorbei. Dann sah er ihnen nach, wie sie auf ihren hohen Absätzen den Bürgersteig hinuntereilten. Einen Herzschlag später richtete er seinen Blick auf Rainie und zog eine Augenbraue hoch.

War es nicht einfach unfassbar, dass ihr Mund diesen Moment wählte, um auszutrocknen?

Sein rechter Mundwinkel zuckte. „Z schickt mich. Die Gäste werden in wenigen Minuten eintreffen."

Rainie presste heraus: „Ich werde es weitergeben."

Mit einem höflichen Nicken schloss er die Tür. Durch das offene Fenster beobachtete sie, wie er davon marschierte.

Er hatte alles mitangehört. Sie stand in der leeren Küche und schüttelte sich. Ihr Gesicht fühlte sich heiß an. Kalt. Heiß. Der Mann, den sie ... bewunderte, hatte mitbekommen, wie sie zwei eleganten Frauen die Leviten gelesen hatte. Sie gehörte wirklich zum weißen Abschaum der Gesellschaft. Ein vulgäres, unhöfliches, schamloses Mädchen aus dem Ghetto.

Wie ihre Mutter.

Sie hatte die ganze Hochzeit mit ihrem dummen Mundwerk ruiniert. *Hoffentlich hat sonst niemand zugehört.*

Guter Dinge drückte sie ihre Schultern durch und öffnete die Tür. Direkt dahinter standen die Brautjungfern und ... die Bräute.

Nein, nein, nein. Gott, was hatte sie getan? „Ich dachte, ich hätte recht leise gesprochen."

„Besonders laut warst du nicht, das stimmt", sagte Uzuri. „Wir konnten allerdings das Quietschen von deinen Opfern hören und mussten einfach näher treten."

Als Gabis Blick auf ihren traf, wollte Rainie weinen. *Ich habe die Mutter meiner besten Freundin attackiert.* Sie biss sich auf die Lippe. „Es tut mir so leid. Ich war −"

„Ehrlich und direkt." Umhüllt in weißen Satin trat Gabi vor sie und warf sich Rainie in die Arme. „Ich wünschte nur, ich hätte es auf Band, verdammt. Jetzt muss ich mich an alles erinnern, um Marcus später davon zu erzählen."

„Du hasst mich nicht?" Rainie entließ einen Schluchzer, und dann ... sah sie Sally. Eine weinende Sally.

Gott, sie hatte die gesamte Sache wirklich −

„Ich hatte noch nie Freunde wie dich", flüsterte Sally. „Jemand, der sich für mich einsetzt." Sally schlang ihre Arme um Rainie und drückte fest zu.

Oh. Atme. Zittrig tat sie genau das, blinzelte heftig und erwiderte dann Sallys Umarmung. Nachdem die Nässe aus ihren Augen verschwunden war, schaffte sie es, sich umzusehen. Von allen im Raum war nur Anerkennung zu sehen − sowie mehr Tränen.

„Oh, ihr müsst sofort damit aufhören." Die Make-up-Dame sah nicht besonders glücklich aus. „Ich habe wasserfestes Make-up benutzt, aber auch das hat seine Grenzen. Keine Tränen mehr, bis die Zeremonie vorbei ist."

Als sich der Raum mit lautem Gelächter füllte, ertönte ein Geräusch, das doch stark an einen Schuss erinnerte.

Unbeeindruckt von dem erschrockenen Quietschen der Frauen stand Jessica vor einem Schminktisch und goss schäumenden Champagner in hohe Gläser. Eins nahm sie in die Hand und hob es in die Luft. „Ein Hoch auf die Schlacht der zwei Zicken gegen das Gör vom Dienst, bei der die Beste den Sieg davongetragen hat!"

Neben ihr lachte Linda. Sie zwinkerte Rainie zu und machte sich daran, die Gläser zu verteilen.

Heilige Scheiße. **Immer** noch fassungslos – und mit einem breiten Grinsen auf den Lippen – erreichte Jake das Quartier der Trauzeugen.

Einen verdammt guten Job hat sie gemacht. Rainie hatte es mit diesen beiden Hexen aufgenommen und die kleine Sub hatte sie plattgemacht. Wie viele Leute hätten den Mut dazu? Diese zwei Frauen waren das menschliche Äquivalent zu riesigen, aggressiven Mastiffs. Im Vergleich erinnerte Rainie eher an einen flauschigen Collie. Und doch hatte sie sich ihnen gestellt, ihre Freundin verteidigt und den Kampf gewonnen.

Er müsste einen Weg finden, um sie heute Abend zu belohnen. *Verdammt*, er war stolz auf sie.

Er trat in den Raum für die Trauzeugen. Das maskuline Dekor aus dunklem Holz und Leder wurde durch einen raumhohen Blick auf das Ufer aufgehellt. An einer verspiegelten Wand mit Tischen verliehen Marcus, Dan und Nolan ihren Fliegen, den Einstecktüchern aus Seide und den Manschettenknöpfen den letzten Schliff. Mit Drinks in der Hand hatten es sich Vance und Galen in der Mitte des Raumes auf Ledersesseln bequem gemacht. Saxon, Raoul und Cullen standen an der brusthohen Bar und unterhielten sich. In der Nähe eines Fensters saß Sam an einem Tisch und las Zeitung.

Jake räusperte sich lautstark. Als er die Aufmerksamkeit aller im Raum hatte, verkündete er: „Z bittet die Trauzeugen, sich in etwa fünf bis zehn Minuten im Garten einzufinden, um die Gäste zu ihren Tischen zu führen."

Cullen nickte. „Wir werden da sein."

„Dann hast du noch etwas Zeit dafür." Saxon schenkte ihm einen Schuss Ketel One ein und reichte Jake das Glas.

Jake musterte seinen Freund. „Nette Mischung aus schickem Smoking und barbarischem Wikinger." Um seinem Smoking gerecht zu werden, hatte Saxon seine langen Haare zu einem Zopf gebunden. Seine Jacke war offen und zeigte die silberne Weste. „Du siehst gut aus, Kumpel."

„Das tue ich", sagte Saxon selbstgefällig. Er war gebeten worden, als Trauzeuge einzuspringen, da Holt unerwartet die Stadt verlassen musste. Obwohl die Bräute und Bräutigame Familie und Freunde hatten, die diesen Job hätten übernehmen können, hatten sie nur Shadowlands-Mitglieder in die Zeremonie einbezogen.

Gerade jetzt, umgeben von der entspannten Freundesgruppe, schätzte Jake diese Entscheidung.

Als Saxon zu seinem Gespräch mit Cullen zurückkehrte, nahm Jake einen leeren Stuhl neben Galen und fragte: „Die Fotografin und ihre Assistentin sind mir im Flur begegnet, als ich die Suite der Bräute verließ. Sollte die Assistentin nicht in diesem Raum bleiben?"

Vance grinste. „Das stimmt. Sie floh, als Cullen anfing, sich auszuziehen."

Cullen sah sich bei der Erwähnung seines Namens im Raum um.

Jake betrachtete ihn. „Bist du nicht schon vor einer Stunde mit dem Ankleiden fertig gewesen?"

„Das ist korrekt." Mit einem Ellbogen auf der Bar schwenkte Cullen sein Getränk. „Und das nächste Mal wird sie um Erlaubnis bitten, bevor sie in das Männerquartier eindringt."

Jeder Mann im Raum lachte, sogar Nolan. Galen hob sein Glas und toastete Cullen zu.

Galen. Verdammt. Ganz vergessen.

Jake nahm einen kräftigen Schluck von seinem Wodka und ließ ihn brennen, bevor er sich an den Mann wandte, den er als Freund betrachtete. Jake war dafür bekannt, diplomatisch zu sein, aber in diesem Fall wusste er nicht genau, wie er die Sache ansprechen sollte. Wären die Rollen jedoch vertauscht, würde er es wissen wollen – und zwar eher früher als später. „Es gibt da etwas, dass du wissen solltest", begann er.

Galen setzte sich bei dem grimmigen Ton auf. „Gut klingt das nicht."

„Nein. Als ich zur Hochzeitssuite ging ...“

Je mehr Jake erzählte, umso finsterer zeigte sich Galens Gesichtsausdruck.

„Galen“, sagte Vance. „Wir wussten, dass das passieren könnte. Deine Mutter ist, wie sie ist.“

„Ayuh. Und sie hatte ihre Chance“, murmelte Galen. „Ich werde dafür sorgen, dass sie sich nach der Hochzeit entschuldigt. Sie wird nicht zum Empfang kommen.“

„Ich stimme zu.“ Vance nickte Jake zu. „Wir wissen die Informationen zu schätzen und werden Rainie danken, sobald wir die Gelegenheit dazu bekommen.“

Jake nickte. Galens und Vances Sally war eine entzückende Sub, jünger als Rainie, aber mit der gleichen lebhaften Natur. Vielleicht war das der Grund, warum es zwei FBI-Doms brauchte, um sie zu zähmen.

Was Rainie betraf ... Jake schmunzelte. Er betrachtete sich selbst als den perfekten Sub-Bändiger für eine kleine Sub namens Rainie.

Da Vance und Galen nicht zu dem Schlag gehörten, der eine unangenehme Aufgabe hinausschob, stellten sie ihre Drinks ab und verschwanden durch die Tür.

Als Raoul sich Sam am Fenster anschloss, ließ sich Cullen auf dem Ledersessel gegenüber von Jake nieder.

„Hey, Kumpel.“ Saxon nahm den anderen Platz ein. „Wir hatten so viel zu tun, dass ich bisher nicht dazu gekommen bin, dich zu fragen, wie es dir mit deinem neuen Mitbewohner ergeht.“

Jake zog eine Augenbraue hoch. Zunächst nahm Jake an, dass Sax auf Rainie anspielte, dann wurde ihm aber klar, dass er sich auf Violettas Hund bezog. „Guido geht's gut, obwohl der kleine Bastard drei meiner Paprikapflanzen ausgegraben hat.“ Er grinste. „Er hat entschieden, dass er jetzt eine Katze ist, also haben MacArthur und Patton ihn in die Katzenarmee aufgenommen.“

„Das ist erbärmlich. Sie werden den armen Hund ruinieren.“

„Nein, nein, sie beschäftigen ihn, sodass er nicht zum Trauern kommt."

„War das Liefermädchen nützlich?" Saxons helle Augenbrauen sprangen anzüglich auf und ab.

Also jetzt meinte er Rainie. Jake blickte finster drein. „Ich weiß es zu schätzen, was du getan hast, aber ... du hättest sie nicht schicken sollen. Ich war verdammt unhöflich zu ihr."

„Ich wette, sie hat Verständnis gezeigt." Mit einem Drink in der Hand streckte Saxon seine Beine aus und entspannte sich sichtlich. „Wenn sie nicht gerade Streiche spielt, ist sie eine Frau, die es versteht, Trost zu spenden. Ich dachte, sie könnte helfen."

„Ich sollte keine Hilfe brauchen", knurrte Jake. „Ich komme allein klar." *Gott, denkt Sax wirklich, dass er seine Probleme auf Rainie ablad –*

„Ja, das dachte Andrea auch", sagte Cullen leise.

„Und sie hat Recht", entgegnete Jake. „Ein Dom steht auf eigenen Füßen. Ich sollte keine Hilfe br –"

Cullen schüttelte den Kopf. „Nein, Kumpel, das dachte sie über sich selbst. Ihr Vater hat ihr Verständnis zu Unabhängigkeit vollkommen aus dem Gleichgewicht gebracht. Es hat eine Weile gedauert, bis ihr klar wurde, dass wir alle nur Menschen sind, und dass es in Ordnung ist, sich auf jemand anderen zu verlassen."

Jake stellte sich Gunnys empörtes Knurren vor, seine Worte kamen jedoch gelassen heraus: „Wie kann ein Dom für die Sub stark sein, wenn er ihre Hilfe nötig hat?"

„Niemand kommt ohne ein bisschen Unterstützung durchs Leben", antwortete Cullen. „Ein Dom muss ehrlich zu sich selbst und seiner Sub sein. Und –"

„Wir müssen los, meine Herren", unterbrach ihn Nolan. „Die Gäste werden gleich kommen."

Jake folgte den anderen aus der Tür und entschied, das Gespräch ad acta zu legen. *Verdammt*, er respektierte Cullen. Guter Mann, guter Dom.

Aber er irrte sich.

Für eine halbe Stunde eskortierte er Gäste über den sich windenden Pfad mit den purpurroten Rosen, unter der Jasminlaube entlang und dann über den gepflegten Rasen zu den weißen Stühlen, die mit silbernen und blauen Bändern verziert waren. Vorne schmückten blaue Blumen den Bogen des weißen Pavillons, und dahinter zeigte sich der Sandstrand, der zum blaugrauen Wasser des Golfs führte.

Der heutige Tag wirkte regelrecht friedlich. Die Gäste sprachen miteinander und die sanften Wellen rollten ans Ufer. Die Palmen, die vereinzelt auf dem Rasen zu finden waren, raschelten besänftigend im Wind.

Als sich die Sonne hinter die Wolkenbank schob, nahmen die Bräutigame und Trauzeugen ihren Platz zu beiden Seiten des Pavillons ein. Z stand in der Mitte, und seine komplett schwarze Kleidung verlieh seiner heutigen Aufgabe als Friedensrichter einen gefährlichen Anstrich.

Jake drehte sich um, als die Brautjungfern erschienen. Die Stühle waren so angeordnet, dass sie zwei diagonale Korridore bildeten. Auf der linken Seite stand Kim an der Spitze von Gabis Brautjungfern. Kari führte Sallys Truppe an. Als sie vorne ankamen, nahm Kari neben ihrem Mann Dan und Kim neben Raoul Platz.

Nachdem Uzuri und Beth die Hälfte des Ganges bewältigt hatten, setzten sich Rainie und Andrea in Bewegung, die sich hin und wieder über die mittlere Reihe ansahen, um im Einklang zu bleiben.

Jake lächelte. *Zum Teufel*, die meisten Männer, die Rainie sahen, würden ein Lächeln nicht unterdrücken können. Im Gegensatz zu Andrea war Rainie erheblich kleiner. Runder. Und sie strahlte so hell, dass alles um sie herum an Intensität gewann.

Er hatte noch nie eine Frau wie sie getroffen. Von der Art und Weise, wie sie seine und Saxs Praxis umgestaltete, über ihre Freude, Rhage in ihrem Leben zu haben und wie sie ihre Freundin verteidigt hatte, bis hin zu seiner Beobachtung, wie die

Haustiere in der Praxis – und ihre Besitzer – sie sofort ins Herz schlossen.

Sie war wundervoll. Was sich zwischen ihnen formte, war wundervoll.

Er hatte vor, sich an sie zu klammern und sie nie wieder loszulassen.

Die Musik veränderte sich und die Gäste erhoben sich.

Sehr zum Erstaunen der drei Verlobten hatten sich die beiden Bräute in diesem Fall für die Tradition entschieden.

Was bedeutete, dass Gabi von ihrem Vater den Gang hinunter geführt wurde.

Sallys Vater, der anscheinend ein totales Arschloch war, hatte keine Einladung bekommen. Nach Meinung von Jake hatte Sally jedoch jemanden gefunden, der dieser Aufgabe bestens gewachsen war. Sie hatte Sam gebeten, die Rolle ihres Vaters zu übernehmen und sie an ihren zukünftigen Mann zu übergeben.

Und der Sadist, der jeder Sub im Shadowlands Angst einjagte, hatte bei ihrer Bitte kein Wort herausgebracht und sogar Tränen zurückdrängen müssen.

Als sie den Gang hinunterschritten, fiel Jake auf, dass sich Gabis Vater wie ein Roboter bewegte und sich mehr darum sorgte, wie er auf die Anwesenden wirkte, als an seine Tochter zu denken. Vorne angekommen, übergab er seine Tochter an Marcus und entfernte sich.

Im Gegensatz dazu hielt Sam seinen Blick auf Sally gerichtet, und sein Ausdruck verriet, wie sehr es ihn freute, sie so glücklich zu sehen. Er brachte sie zum Pavillon und bot Galen ihre linke Hand, Vance ihre rechte an. Nach einem Kuss auf die Wange richtete er einen unmissverständlichen Blick an ihre Männer: *Behandelt sie gut oder ihr werdet euch vor mir rechtfertigen müssen.*

Als Sally einen zweifellos unverschämten Kommentar abgab, brach er in Lachen aus.

Er hielt kurz inne, um Marcus die gleiche Warnung zu vermitteln, streichelte sanft Gabis Wange und sagte etwas, das nicht bei Jake ankam.

Und Gabi, die ihren eigenen Vater einfach hatte ziehen lassen, ohne emotional zu werden, lächelte Sam nun an und blinzelte Tränen zurück.

Schließlich nahm Sam seinen Platz ein. Z räusperte sich und begann, die Zeremonie mit der Anmut durchzuführen, die alle von ihm erwarteten. Mit einer gelegentlichen Überarbeitung, um Sallys Dreiecksbeziehung gerecht zu werden, verband er das hart erkämpfte Wissen eines Psychologen mit der noch härter erkämpften Weisheit eines Masters.

Gelübde und Ringe wurden ausgetauscht. Die meisten Frauen im Publikum tupften sich die Augen trocken.

Amüsiert schüttelte Jake den Kopf und bemerkte dann den Blick, den Marcus seiner Gabi zuwarf. Liebevoll und stolz und besitzergreifend.

Neben ihm hatte Galen einen Arm um Sally geschlungen und seine Wange ruhte auf ihrem Haar, als hätte er etwas so Kostbares erworben, dass er befürchtete, es mit zu viel Druck zu zerbrechen. Nach einem langen und zufriedenen Austausch mit Vance gab er sie an seinen Partner weiter.

Und auch Jake fühlte, wie die Tränen in seinen Augen brannten.

Hochzeiten waren wirklich ein gefährliches Schlachtfeld. Seine Augen fanden Rainie. Gefährlich oder nicht, er plante, das Gefecht zu gewinnen und sie heute Abend mit zu sich nachhause zu bringen.

KAPITEL ZEHN

Rainie war sowohl erschöpft als auch glücklich. Im Moment stand sie an den deckenhohen Fenstern mit Blick auf die Küste des Golfes. Aus dem dunklen Wasser rollten schaumige weiße Wellen auf den Strand zu und im aufsteigenden Wind tanzten die hohen Palmen.

Das Abendessen war vorbei und so ging es hinter ihr beim Empfang nun ab. Eine Gruppe älterer Gäste füllte die Tanzfläche und ließ sich voll und ganz auf das Lied *The Twist* ein.

Die meisten der über Fünfzigjährigen waren Geschäftspartner, die von Galens Mutter und Gabis Eltern eingeladen wurden. Im friedlichen Interesse hatten Gabi und Sally nachgegeben ... und eine Weile lang hatte Rainie sich gefragt, ob Verwandte diese Mühe wirklich wert waren.

Aber in den letzten Tagen hatten Vances und Marcus' liebevolle, unterstützende Familien gezeigt, was eine Familie ausmachte. Dies hatte bei ihr zu der Sehnsucht geführt, auch eine zu haben.

Ein Flimmern erregte Rainies Aufmerksamkeit, als das Licht des Mondes von den Segeln eines Bootes reflektiert wurde, das in Richtung des Yachthafens glitt. Was für ein wunderschöner Ort.

Zu ihrer Freude hatten die Bräute trotz eines recht hohen elterlichen Drucks schon früh auf den Strand als Veranstaltungsort gepocht. Gabi und Marcus hatten romantische Erinnerungen an das gemeinsame Spielen in den Wellen, und auch die im Mittleren Westen geborene Sally hatte an der Idee einer tropischen Hochzeit Gefallen gefunden.

Rainie lächelte. Wenn Sally etwas wollte, würden Galen und Vance sich den Arsch aufreißen, um es für sie wahr werden zu lassen. Obwohl Menschen in einer Dreiecksbeziehung nicht legal heiraten konnten, hatten sich die Männer für ihre Sally eine traditionelle Hochzeitszeremonie gewünscht. Trotz der Einwände von Außenstehenden hatte sie also genau das bekommen. Sogar Gabis Mutter bebte, wenn sie sich Galens unerbittlichem Blick gegenübersah.

Rainie hatte diesen Ausdruck im Spiegel geübt und zu ihrem persönlichen Arsenal hinzugefügt. In ihrer zukünftigen Unternehmensposition würde sie diese Feuerkraft brauchen.

Ein Hochzeitsempfang war jedoch nicht der Ort, auf dem solche Waffen eingesetzt werden sollten. Hier führten die Menschen ihre Schlachten mit schöner Kleidung und Anmut. Sie wandte sich von den Fenstern ab, strich mit den Händen über ihr Kleid und schaute sich nach möglichen Tanzpartnern um. Im ganzen Raum sah sie Mitglieder aus dem Shadowlands.

Am Kopfende des Tisches unterhielten sich Kim, Andrea und Kari mit ihren Ehemännern.

In der Mitte des Raumes tanzte Beth mit Nolan. Wer hätte gedacht, dass der raue Master ein Talent beim Tanzen zeigen würde? Tanner tanzte mit dem Paar, das ihn als Sub ausgewählt hatte; er sah so glücklich aus.

Wie eine artige schwangere Frau saß Jessica neben Linda, die beiden Männer von ihnen stets in der Nähe. Bei der Schüssel mit dem Punsch hatte Uzuri einen heißen Mann für sich entdeckt.

Anne tanzte mit einem jungen Mann, der so fasziniert von ihr war, dass die Mistress keine Herausforderung in ihm sah. Rainie runzelte die Stirn. Anne sollte besser vorsichtig sein, sonst müsste sie sich schon bald einem von Master Zs berüchtigten Gesprächen stellen.

In der Mitte der Tanzfläche zeigten Gabi und Sally die Schritte, die sie noch vom Junggesellinnenabschied im Kopf hatten, und irgendwie verwandelten ihre jungfräulichen Brautkleider die exotischen Tanzrhythmen zu atemberaubenden und verlockenden Bewegungen.

Abseits stand Ben, der im Shadowlands für die Sicherheit zuständig war, neben Galen und Vance. Während sie sich unterhielten, waren die Augen der Bräutigame mit einem breiten Lächeln auf den Lippen einzig und allein auf deren Braut gerichtet. Indessen wanderte Bens Blick immer wieder zu Mistress Anne. *Interessant.*

Als das Lied zu einem Ende kam, setzte sich Rainie in Bewegung. Sie sollte die Bräute aufsuchen und fragen, ob sie etwas brauchten. Danach –

In dem Moment entdeckte sie Jake, der sie als Ziel auserwählt zu haben schien.

Ihr Herz setzte einen Schlag aus. Da sie nicht wusste, wie spät es für sie als Brautjungfer werden würde, hatte sie ihm gesagt, dass er auf sich allein gestellt war, und sie nach dem Empfang zu ihrer eigenen Wohnung fahren würde. Jetzt bereute sie ihre Entscheidung; sie wollte in seinen Armen schlafen.

Einen Tanz mit ihm würde sie sich aber ganz sicher nicht entgehen lassen.

Leider musste sie mit ansehen, wie Gabis Eltern ihn abfingen. Rainie überlegte, ihm zur Rettung zu eilen, doch von der Art und Weise, wie Mr. Renard Jake auf die Schulter schlug und seine Hand schüttelte, waren sie sich nicht fremd.

Obwohl er über die Verzögerung, zu Rainie zu gelangen, verärgert war, schüttelte Jake William Renard die Hand und beantwortete die Frage des Mannes. „Ja, danke, meine Eltern genießen ihre Reise." Er lächelte. „Bevor es nachhause ging, haben sie einen Zwischenstopp in Paris eingelegt."

„Ich kann nicht glauben, dass du dich ihnen nicht angeschlossen hast", sagte Mrs. Renard. „Sicherlich hättest du mehr Spaß in Europa, als jeden Tag in deiner kleinen Praxis zu verbringen."

Jake zuckte mit den Schultern. „Ich langweile mich schnell im Urlaub." Obwohl ein Urlaub mit Rainie bestimmt nicht langweilig wäre. Er blickte über seine Schulter, aber sie war von Uzuri, Saxon und Holt auf die Tanzfläche gezerrt worden.

Und, *meine Fresse*, sie konnte tanzen ...

Er hatte ihr Talent bereits im Shadowlands und auf der Junggesellinnenparty bewundert. Hier hatte sie einfach Spaß und sah in ihrem Kleid unglaublich sexy aus. „Verdammt", flüsterte er.

Ein Körper trat vor ihn und versperrte ihm die Sicht. Genervt machte er einen Schritt zur Seite.

Zwei weiche Hände umklammerten seine. „Jake, erkennst du mich nicht?"

Überrascht folgte er der Stimme und entdeckte eine schlanke Frau. Kupferfarbene Haare in einer eleganten Hochsteckfrisur, goldenes Designerkleid, sinnliche blaue Augen. „Nadia." Seine entfernte Cousine sah wie immer wunderschön aus. „Es ist schön, dich zu sehen. Meine Mutter hat erwähnt, dass du kommen würdest. Ist dein Ehemann auch hier?"

„Oh, wir sind seit Jahren geschieden. Deshalb habe ich einen Job in Williams Anwaltskanzlei akzeptiert." Ein Schmollmund zeigte sich auf ihrem Gesicht, als wäre sie verärgert, dass sich Jake nicht über ihr Leben auf dem Laufenden hielt.

Es hatte eine Zeit gegeben, in der er das getan hatte. Als Student hatte er sie gejagt, bis seine Zunge über den Boden geschliffen war, aber sie hatte ihn für einen reicheren Mann abgeschoben.

„Tut mir leid, das zu hören", sagte er höflich. „Ich bin mir jedoch sicher, dass William erfreut ist, dein Fachwissen zu haben. Ich kann mir vorstellen, dass er viel für dich zu tun hat."

Sie kam näher. „Das hat er. Für dich würde ich aber immer Zeit finden."

„Wir sollten uns irgendwann Mal auf einen Drink treffen." Sein Blick fiel über ihre Schulter und er sah, dass Rainie zum Getränketisch ging. „Bitte entschuldige mich."

„Natürlich." Nadia hob sich auf die Zehenspitzen und küsste ihn auf die Wange. „Bis bald, Schatz."

Rainie schaffte gerade mal einen Schluck ihres Punsches, bevor Jake auftauchte und sie wegzog. Typisch Dom – er hatte sie nicht mal gefragt, ob sie tanzen wollte.

Andererseits fühlte sich ein langsamer Tanz mit Jake fast besser an als Sex mit ihm. Betonung auf *fast*. Also schmiegte sie sich eng an ihn. „*Truly Madly Deeply*. Ich liebe dieses Lied."

„Gern geschehen."

„Hast du den DJ dazu gebracht, es zu spielen? Ist das der Grund, warum zwei langsame Lieder hintereinander gespielt wurden?"

Er rieb seine Wange gegen ihre. Obwohl seine Hände angemessen positioniert waren, schaffte er es dennoch, sie fest an sich zu ziehen. So war es auch unmöglich, dass ihr seine Erektion entging. „Habe ich erwähnt, dass meine Freunde und ich in der Highschool eine Garagenband hatten? Ich weiß aus Erfahrung, dass eine gute Bestechung Wunder bewirken kann."

Sie atmete sein Eau de Cologne ein, mit Duftnoten aus dem Wald, und schmiegte sich noch enger an ihn.

„Diese Bestechung war mir jeden Cent wert, da ich es nicht erwarten konnte, mit dir zu tanzen", murmelte er. „Gerne würde ich dich in einen Abstellraum zerren und mehr tun, aber das

Personal überwacht die privaten Bereiche. Der Strand vielleicht
…"

Da sie annahm, dass er nur scherzte, lachte sie. „Du bist …"
Bei der Hitze in seinen Augen schluckte sie schwer. Vielleicht
scherzte er doch nicht. „Ähm. Für Sex im Sand bin ich nicht
passend gekleidet."

„Mhm." Er rieb mit der Nase über ihre Schläfe und ihr Herz
setzte aus. „Ich würde dich nicht in den Sand setzen, Buttercup.
Ich würde dich über einen Tisch beugen, dein wunderschönes
Kleid hochschieben und dich von hinten nehmen."

Er rieb seine Brust seitwärts über ihre Brüste, um ihre Nippel
zu necken. „Weil ich auf diese Weise um dich herumgreifen und
mit deinen Brustwarzen spielen kann … mit meiner rechten
Hand."

Was ist mit seiner linken Hand? „Benimm dich, Sir."

„Die linke Hand" – seine Stimme nun tiefer – „würde sich um
deine Pussy kümmern."

Die Flammen, die über ihre Haut züngelten, wären in der
Lage, ihr Kleid zu verbrennen. Sie merkte, dass sie feucht wurde,
und trat einen Schritt zurück. Seine Arme spannten sich an und
hielten sie wie zwei Eisenstangen an ihn gepresst.

„Ich mag deine Wimmerlaute, wenn ich bis zum Anschlag in
dir stecke", flüsterte er. „Es gefällt mir, wie die Wände deiner
Pussy um meinen Schwanz pulsieren, wenn du kommst."

Wenn er so weiter machte, war es gut möglich, dass sie mitten
auf der Tanzfläche, umgeben von den Hochzeitsgästen, zum
Orgasmus fand. Als ihre Beine bebten und drohten, einzuknicken,
lachte er.

„Jake." Linda manövrierte sich an den tanzenden Paaren
vorbei. „Sam meinte, dass du dafür verantwortlich bist, den
Fahrern der beiden Limousinen Bescheid zu geben, wenn die
Brautpaare bereit sind. Könntest du das jetzt tun?"

„Natürlich." Mit seinen üblichen tadellosen Manieren eskortierte er Rainie an den Rand der Tanzfläche und hob ihre Hand an seine Lippen. „Ich bin gleich wieder bei dir, Süße."

„Okay", hauchte sie und beobachtete, wie er wegging. Jacob Sheffield im Smoking musste zu den Weltwundern gehören.

Sie hatte sich so besonders gefühlt, als er mit ihr getanzt hatte. Er lachte über ihre Witze und neckte sie. Sein Blick sagte, dass er sie für wunderschön hielt.

Aber ... Sie zuckte zusammen. Mr. – *Höflichkeit* – Sheffield höchstpersönlich war Zeuge von ihren Worten zu den bösen Müttern geworden. Warum hatte er ihr Verhalten nicht erwähnt?

Ein Knoten formte sich in ihrem Bauch, als sie sich daran erinnerte, wie einfach es ihm gefallen war, sich mit Gabis Eltern zu unterhalten. Und umgekehrt genauso. Die total aufgeblasenen Renards würden sich nicht mit jemandem unterhalten, den sie für unwürdig hielten. Jake jedoch wurde auf gleicher Augenhöhe betrachtet.

Ihre Schultern spannten sich an. Ihr war nicht entgangen, dass Jake regelmäßig weibliche Aufmerksamkeit auf sich zog. Wie die Rothaarige, die mit ihm geflirtet, dann seine Wange geküsst und dabei ihre Brüste an seinem Arm gerieben hatte.

Aber er hat sie stehen lassen, um mit mir zu tanzen.

„Du musst Rainie sein." Wie eine Hexe, die sich aus schwarzem Rauch materialisierte – offensichtlich von Rainies unglücklichen Gedanken herbeigerufen –, näherte sich die Rothaarige. Mit einem Weinglas in der Hand musterte sie Rainie von Kopf bis Fuß. Ihr Blick erinnerte sie so an jedes Haar, das fehl am Platz war, auf jede Rolle an ihrer Hüfte und ihrem Bauch, und daran, dass ihr Kinn rund und nicht spitz war.

„Ich habe heute Abend ziemlich viel von dir gehört." Der abfällige Ton der Frau stellte klar, dass sie nicht Rainies neue BFF werden wollte.

„Wie seltsam", sagte Rainie gleichmäßig. „Ich habe rein gar nichts von dir gehört." Ein schwaches Comeback, aber besser als keines.

„Ich kann sehen, warum Jake eine Frau wie dich für eine kleine Affäre auswählen würde", sagte die Rothaarige. „Fett und vulgär bietet einen gewissen Anreiz, wenn man zu lange immer die gleiche Kost zu sich genommen hat." Ihre makellos geschwungenen Augenbrauen hoben sich und passten zu dem höhnischen Lächeln.

Rainie erstarrte. *Was um alles in der Welt?*

„Da ich jedoch die Sheffields kenne, schlage ich vor, dass du es dir nicht allzu bequem machst. Männer heiraten selten außerhalb ihrer Schicht, und du, meine Liebe, bist so weit unten, dass du auf ewig in der Gosse festhängen wirst."

Bevor Rainie eine Antwort auf das unerwartete Gift in ihren Worten finden konnte, drehte sich die Bitch auf ihrem hohen Absatz um und stolzierte davon ... zurück zu den Renards, die Rainie anstarrten, als ob sie aus einer Lagune gekrochen wäre, die von Monstern bewohnt wurde.

Nach einer Sekunde verstand Rainie, was gerade passiert war. Gabis Mutter hatte die Frau als ihren persönlichen Kampfhund von der Leine gelassen.

Sie drehte sich um und kämpfte gegen das Gefühl an, sich übergeben zu müssen. Ja, sie war unhöflich zu Mrs. Renard und Galens Mutter gewesen; das jedoch vollkommen berechtigt. Schließlich hatte sie ihre Freundin verteidigt.

Sie hatten sich über Sallys Hintergrund lustig gemacht, auf den sie keinen Einfluss hatte. Das war einfach nicht fair.

War es aber fair, wenn ein fester Freund wie Geoffrey sie mit zu seiner Familie nahm und sie dann wie eine heiße Kartoffel fallen ließ, nachdem seine Eltern klar gemacht hatten, dass sie die Beziehung missbilligten? War es fair, wenn Teenager wie Mandy sie im Klassenzimmer mobbten? Oder schlimmer noch: im Haus der Sheffields? Tränen brannten ihr in den Augen. Das Problem war, dass die Rothaarige nicht im Unrecht lag, wenn es um die Sheffields ging. Sie waren elegant. Kultiviert.

Rainie schloss die Augen und erinnerte sich zurück. Als Pflegekind hatte sie nie jemanden zuhause besucht. Das erste Mal war dies passiert, als die beliebte, charmante Jennifer Sheffield sie zu ihrer Geburtstagsparty eingeladen hatte. Rainie hatte ihr hübschestes Kleid angezogen und Stunden damit verbracht, ihre Haare und ihr Make-up zu perfektionieren. Mit ihrem hässlichen, alten Rucksack über der Schulter war sie in das Haus der Sheffields getreten. Mit Bewunderung hatte sie die Parkettböden angestarrt, die mit Patina überzogenen Möbel und die mit lebendigen Farben und Texturen gefüllten Gemälde. Alles verschmolz zu einer atemberaubenden Schönheit, auf eine Weise, die sie noch nie zuvor gesehen hatte.

Und es hatte auch eine andere Art von Schönheit gegeben. Jake war an diesem Tag im Haus gewesen ...

Rainie starrte gedankenverloren zur Tanzfläche und hörte, wie das Lied *Nobody Knows it But Me* begann. Ein traurigeres Lied hatte der DJ wohl nicht gefunden? *Crying inside* – im Inneren weinen. Ja, der Liedtext passte sehr gut. Sie erkannte, dass sie sich langsam, aber stetig von der Musik und den Gästen entfernte.

Bei den Sheffields hatte sie eine furchtbare Lektion lernen müssen: Dass Kleidung und Manieren einen Menschen auch nur so weit brachten. Wenn gemeine Menschen eine Schwäche an anderen entdeckten, stocherten sie so lange in der Wunde herum, bis das Opfer verblutete.

Sie hatte sich geirrt, als sie dachte, sie könnte bleiben – dass sie Jake lieben könnte. Ihre ganze Arbeit, sich selbst weiterzuentwickeln, wäre nichts wert, wenn jeder wusste, was sie durchgemacht hatte. Im Umkehrschluss bedeutete das auch, dass sie Jakes Schwäche wäre. Mit ihr zusammen zu sein, könnte ihm schaden. Sie musste – *musste sie einfach* – umziehen. Aber Flucht hätte zur Folge, dass sie Jake hinter sich lassen müsste.

Nicht weinen, nicht weinen. Sie atmete durch ihre Nase und drängte Tränen zurück.

„Hey, ist alles okay?" Beth erschien vor ihr und griff nach ihren Händen.

Nolan folgte einen Schritt hinter ihr. Die klaren Linien seines schwarzen Smokings betonten die Narben in seinem Gesicht und die Tödlichkeit seines dunklen Blicks. Dieser Master war gruseliger als Master Sam. „Was ist passiert?"

„N-Nichts." Ihre Stimme brach. Nolans Augen verengten sich und sie fügte hastig hinzu: „Mir geht's gut."

Er legte einen Finger unter ihr Kinn und hob ihren Kopf. Seine Augen verdunkelten sich noch mehr. „Wer hat dich traurig gemacht?"

Verflucht sei er, dass er das bemerkt hatte und sich sorgte. Von den Tränen in ihren Augen verschwamm ihr Sichtfeld. „Niemand. I-Ich bin nur ... Hey, wir befinden uns auf einer Hochzeit. Frauen sollen heute weinen." Sie nahm das Taschentuch, das Beth ihr reichte, und wischte sich die Nässe von den Wangen.

„Frauen *sollen* ehrlich sein", knurrte er.

Zu ihrem Entsetzen sah er über ihre Schulter. Die Rothaarige war verschwunden – *Gott sei Dank.* Aber Mrs. Renard stand immer noch mit zwei Freundinnen auf demselben Fleck. Ihre Augen waren auf Rainie gerichtet und die Schadenfreude war nicht zu übersehen.

„Ich denke, Gabis fiese Mutter hat etwas gemacht. Ich schätze, weil Rainie ihr mal gesagt hat, was Sache ist." Beth lehnte sich an Nolan und streichelte durch das Sakko hindurch seinen riesigen Bizeps. „Oh, mein wunderbarer, majestätischer König. König aller Könige. Könntest du diese unmögliche Frau auf die Tanzfläche ziehen und ihr Unbehagen bereiten?"

Sein Gesichtsausdruck änderte sich nicht im Geringsten, doch sie sah die Belustigung in seinen grausamen Augen. Er musterte Rainie, das Taschentuch in ihrer Hand, und richtete seinen Blick wieder auf seine Sub. „Das kann ich sehr wohl, kleines Häschen." Ohne ein weiteres Wort schlenderte er auf die Frauen zu.

„Beth", flüsterte Rainie. „Nein."

Beth drückte ihre Hand. „Sei ruhig. Ich will die Show genießen."

Mit seiner großen Hand um ihren Oberarm geschlungen, eskortierte er Gabis Mutter auf die Tanzfläche.

Die Frau protestierte, wurde aber ignoriert. Als ihre Stimme lauter wurde, ließ er den Blick eines Masters auf sie wirken. Einen Blick, den das Shadowlands wirklich patentieren sollte.

Mrs. Renard verlor sichtlich an Größe und ihr Mund klappte zu.

„Zeig ihr, wo der Hammer hängt, Sir." Beth kicherte wie Sally an ihren albernsten Tagen.

„Beth, er sollte nicht –"

„Doch, das sollte er. Gabi gab den Jungs Anweisungen. Wenn ihre Mutter Ärger verursachte, sollte ein Master sie auf die Tanzfläche ziehen und seinen Dom herauslassen."

Rainie versuchte zu lachen, schaffte aber nur ein schwaches: „Das ist gemein."

„Gabis Mutter ist gemein." Beth drückte ihre Hand. „Was hat sie zu dir gesagt?"

„Nichts weiter. Eine Freundin von ihr hat mir einfach eine unbestreitbare Tatsache unter die Nase gerieben." Eine, die sie versucht hatte, zu vergessen. „Jake ist reich."

„Seine Familie, ja." Beth überlegte. „Ich schätze, das macht ihn auch reich. Ihm ist Geld aber egal."

Is' klar.

Beths Mund verzog sich. „Du glaubst mir nicht."

„Ich habe einige Erfahrungen mit diesen Dingen", sagte Rainie. „Jake ist vielleicht im Moment nicht besorgt. Schließlich ist er ein Kerl. Männer denken mit ihren Schwänzen. Und die Ambitionen eines Schwanzes sind nicht gerade auf lange Frist angelegt."

Beth verschluckte sich an einem Lachen.

„Eltern jedoch haben kein Schwanz-Handicap. Wenn ihr geliebter Erbe also eine Frau wie mich nachhause bringt? Dann sind hässliche Szenen vorprogrammiert." Wie Geoffreys Familie gezeigt hatte.

„Jake gehört nicht zu dem Schlag Mann, der dieser Art von Druck nachgibt."

„Ich weiß." Das war ein Teil dessen, was ihn so besonders machte. „Ich möchte einfach keinen Bruch in der Familie verursachen. Vor allem nicht, wenn es bei jemandem ist, den ich" – *liebe* – „mag. Jake braucht seine Familie."

Mich braucht er nicht.

„Rainie ...", protestierte Beth.

Rainie umarmte Beth und flüsterte: „Richte Master Nolan meinen Dank aus, okay?"

Als Rainie zurücktrat, bemerkte sie, dass jemand ihren Fluchtweg blockierte. Die Frau war in einem großmütterlichen Alter, aber bei dieser Großmutter drehten sich auch jetzt noch die Köpfe nach ihr um. Nicht nur, weil ihr Gesicht makellos mit ein wenig Make-up strahlte oder dem exquisiten eisblauen Kleid, das ihre dunklen Haare und grauen Augen betonte, sondern vor allem ausgehend von ihrer gelassenen Ausstrahlung. Nichts würde diese Frau aus der Fassung bringen.

Wenn ich groß bin, möchte ich wie sie sein.

Die Dame hatte zweifellos gehört, dass sich Rainie wie eine Heulsuse aufgeführt hatte. *Einfach toll.* Rainie drückte die Schultern durch. „Ma'am, kann ich Ihnen helfen?"

„Ja, das können Sie." Das Lächeln auf ihren Lippen war charmant mit einem Hauch von Zurückhaltung. „Ich bin Madeline Grayson. Ich glaube, Sie sind mit meinem Sohn Zachary bekannt?"

Master Zs legendäre Mutter? *Gott steh mir bei.*

Rainie zog ihre Schultern zurück und erinnerte sich an ihre Manieren. *Etikette. Ich schaffe das.* „Es freut mich, Sie kennenzulernen, Mrs. Grayson. Ich bin Rainie Kuras, und das ist meine Freundin Beth King."

„Schön, dich wieder einmal zu sehen, Beth. Der Garten, den du für das Strandhaus der Leightons gestaltet hast, ist atemberaubend."

„Danke." Beth drehte sich um, als sich die Musik änderte. „Entschuldigt mich. Ich muss Nolan belohnen – ähm, mich ihm wieder anschließen."

„Natürlich." Mrs. Grayson neigte ihren Kopf in einer Manier, die an die ihres Sohnes erinnerte. Bei Master Z führte es jedoch dazu, dass die Subs auf die Knie fielen.

Mrs. Graysons Aufmerksamkeit richtete sich wieder auf Rainie. „Zachary hat mir erzählt, dass Sie Ihren Master in Betriebswirtschaft mit einer Spezialisierung in Organisationsmanagement abgeschlossen haben?"

Master Z hatte mit seiner Mutter über sie gesprochen? Ihr fehlten die Worte. „Das stimmt."

„Er spricht in den höchsten Tönen von Ihnen – genau wie Ihre Professoren."

Meine Professoren? Warum sollte sie –

„Und im Moment arbeiten Sie in einer Tierarztpraxis?"

„Ja. Für Dr. Sheffield."

„Sie helfen aus." Ihr Lächeln war liebenswürdig. „Ich habe von Jake und Saxons ... Problem mit dem Personal gehört."

Rainie unterdrückte ein Lächeln und doch konnte sie nicht anders, als die Jungs zu verteidigen. „Jake und Saxon sind hervorragende Tierärzte. Ihr Versagen war, eine Familienempfehlung nicht gründlich zu überprüfen."

„Ja, ich habe mit Saxon über diese Fehleinschätzung gesprochen", sagte Mrs. Grayson sanft. Ihr Kinn hob sich leicht. „Obwohl Zachary Sie mir empfohlen hat, bezweifelt er, dass Sie zu einem Umzug bereit wären. Ich habe jedoch ein wenig von dem Gespräch mit anhören können."

Rainie spürte, dass ihr Gesicht heiß wurde. „Ich verstehe."

Mrs. Grayson reichte ihr eine Visitenkarte. „Ich habe kürzlich eine Werbefirma in New York gekauft und gehe damit nun in eine andere Richtung. Was bedeutet, dass in Kürze mehrere Führungspositionen zu besetzen sind. Wären Sie daran interessiert?"

New York? So weit weg von ... Jedoch hatte sie immer geplant, umzuziehen. Jedenfalls, wenn sie nicht gerade in Tagträumen schwelgte. Aber Tagträume waren nichts, worauf man ein Leben aufbauen konnte. Hier bot sich ihr keine Zukunft. Nicht mit Jake Sheffield.

Oh Gott, nicht weinen. Sie weigerte sich, vor dieser unerschütterlichen Frau emotional zu werden.

Rainie schluckte. „Ich bin sogar sehr interessiert. Ich habe mich jedoch bis Mitte Februar in der Praxis verpflichtet. Ich kann nicht – es wäre nicht fair, sie so plötzlich im Regen stehen zu lassen."

„Das stimmt natürlich." Mrs. Grayson nickte anerkennend. „Ich werde noch eine Weile mit Vorstellungsgesprächen beschäftigt sein, was Ihnen Zeit gibt, über mein Angebot nachzudenken. Da mein Sohn unfehlbare Instinkte hat, kann ich Ihnen eine Position versichern. Bitte zögern Sie nicht, mich anzurufen."

Mit einem einmaligen Nicken schwebte sie scheinbar davon.

„Oh, mein Gott!", hauchte sie. Rainie sah nach unten, da sie befürchtete, dass sich der Boden unter ihren Füßen aufgelöst hatte. Sie wollte schreien, einen Siegestanz aufführen, Feuerwerk zünden ... und in Tränen ausbrechen.

Wie sollte sie es schaffen, diese Stadt zu verlassen?

„Süße, geht's dir gut?" Jakes starke Hand schloss sich um ihren Arm. Er drehte sie zu sich um und fuhr mit den Händen über ihre Arme. „Ich sah Mrs. Grayson bei dir. Sie kann ein bisschen einschüchternd sein."

Rainie zwang ihre taub gewordenen Lippen, Worte zu bilden. „Sie war ... nett."

„Gut." Er schob ihr die Haare aus dem Gesicht und seine Fingerspitzen hinterließen Empfindungen – elektrisierende Empfindungen, die durch ihren gesamten Körper jagten. „Linda treibt die Gäste zum Eingang, um Gabi, Sally und den Männern zum Abschied zuzuwinken. Danach kommt die Party zu einem Ende und wir können gehen."

„Oh, okay." Sie hatte Pflichten. Wie hatte sie das vergessen können? Zu sehr auf sich selbst und ihre Probleme konzentriert, um ihren Job zu machen. „Ich muss nach Sally sehen."

„Sie ist dort drüben." Er führte sie zum Tisch. „Verbringe die Nacht bei mir. Wir können Rhage auf dem Weg zu meinem Haus abholen."

Ihr ganzes Leben hatte sich in der letzten Stunde verändert. Von der Rothaarigen bis zu ihrem Gespräch mit Mrs. Grayson. Und Jake hatte keine Ahnung. Er dachte immer noch ... Ihr Herz fühlte sich an, als wäre es zwischen zwei rauen Oberflächen einge-klemmt, die bei jedem Herzschlag Schmerz mit sich brachten. „Jake."

Er entdeckte Sally. „Da ist sie."

Wie kann ich ihm das nur antun?

„Männer heiraten selten außerhalb ihrer Schicht, und du, meine Liebe, bist so weit unten, dass du auf ewig in der Gosse festhängen wirst."

Wie könnte sie bleiben? Wenn sie hierbliebe, wäre es wegen ihres eigenen egoistischen Bedürfnisses, geliebt zu werden. Und am Ende würde sie Jake nur Probleme machen. Sie würde ihm Schmerz bereiten. Sie wollte ihm nicht wehtun. Und das würde sie auch nicht.

Ihr Leben wurde auf den Boden abgelassen und nur eine kalte, steife Leiche blieb zurück. Aber sie wollte diese Kälte, brauchte das Eis, sonst würde sie die Worte niemals herausbe-kommen. „Jake. Sie hat mir ein Jobangebot gemacht. In New York."

Er blieb so plötzlich stehen, dass sie stolperte. „Mrs. Grayson? New York?"

Sie nickte. „Geschäftsführung. Wie ich es mir immer gewünscht habe." *Und du wirst frei von der Frau der unteren Schicht sein, die dein Leben ruinieren würde.* Selbst wenn sie eines Tages in seiner Liga spielen sollte, würde er doch niemals diesen Bundes-staat verlassen. Tierärzte zogen nicht um. „Ich werde ihr Angebot annehmen."

„Du willst gehen? Einfach so?" Seine Hand fiel von ihr ab und er trat zurück. „Entscheidung gefällt. Wir reden nicht mal drüber?"

Der Unglaube in seinen Augen stach wie ein Messer durch ihre Rippen und bohrte sich direkt in ihr Herz.

Jake trat einen weiteren Schritt zurück. Er hatte bereits über einen Antrag nachgedacht; sie hatte nur ihre Karriere im Sinn. Letztes Jahr war er von einem Schafsbock umgerannt worden. Das massive Tier traf ihn, hatte ihn in die Lüfte katapultiert und ihm den Atem gestohlen, sodass er eine Minute nach Luft gerungen hatte.

Das hier fühlte sich schlimmer an.

Er starrte in Rainies große Augen, eine verlockende Mischung aus Grün und Braun, die normalerweise wie ein sonnenbeschienener Zypressenwald funkelte. So verdammt wunderschön. Heute Abend zeigten sich ihre Augen gedämpft. Besorgt.

Das sollte sie auch sein. *Gott.* Sie wollte gehen. Nach New York. *Zum Teufel,* Zs Mutter hatte wahrscheinlich einen Bonus für den Umzug angeboten – ein paar zusätzliche Dollar, sodass Rainie eine Rechtfertigung hatte, deren Beziehung als ein Ärgernis zu betrachten und sich seiner zu entledigen.

Von einer Minute auf die nächste.

Fuck, vielleicht war er der Einzige von ihnen, der das Wort Beziehung benutzte.

„Jake?" Sie legte eine Hand auf seinen Arm.

„Glückwunsch." Das Wort schmeckte bitter. „Ich schätze, ich muss mich nach einem neuen Angestellten umsehen."

„Ich – Ja. Ich habe zu ihr gesagt, ich würde bis Mitte Februar bleiben, wie ich es dir versprochen habe."

„Wie ehrenwert du doch bist ...", sagte er, und obwohl er sein Bestes gegeben hatte, neutral zu klingen, schlich sich der Sarkasmus in seinen Ton.

Sie zuckte zusammen. „Das ist für uns beide die beste Entscheidung."

„Sicher. Ich bin froh, dass du den Verstand hattest, um zu erkennen, dass ich jemanden brauche, der meine Entscheidungen für mich trifft." Er entfernte ihre kalten Finger von seinem Arm. „Ich schätze, das beantwortet die Frage, ob du heute Abend zu mir kommst."

Sein Kiefer spannte sich an, sodass er nicht weiter dummes Zeug von sich gab. Dann wandte er sich von ihr ab, marschierte davon und ließ seine Pläne für die Zukunft, sein Leben und sein Herz in einem Aschehaufen zu ihren Füßen zurück.

KAPITEL ELF

Rainie war sich nicht sicher, ob sie zwei weitere Wochen in der Tierarztpraxis überleben würde. Am Empfangstresen schlug sie auf die Backspace-Taste und tippte den korrekten Betrag ein. Vielleicht brachte sie die Akten nicht auf die gleiche Weise durcheinander, wie es die alte Rezeptionistin geschafft hatte. Das lag aber allein daran, dass sie jeden Eintrag dreimal prüfte.

Mit einem Seufzer streichelte sie die uralte und viel zu dünne Katze, die auf ihrem Schoß schlummerte. Rainie war dankbar für das Schnurren von ihrem tierischen Freund. Dankbar für den Trost.

Als Jake vor zwei Tagen die Hochzeitsfeier verlassen hatte, war sie überzeugt gewesen, die richtige Entscheidung getroffen zu haben. Denn wirklich, was genau hatten sie schon? Er war mit ihr glücklich gewesen, sicher, aber er brauchte sie nicht. Nicht wirklich. Jede Frau könnte ihm Essen, Sex und jemanden zum Reden geben.

Es war richtig gewesen, die Beziehung frühzeitig zu beenden. Aus Erfahrung wusste sie das.

Nachdem sie sich bei der Party von den Bräuten und Bräutigamen verabschiedet hatte, hatte sie sich dem Exodus angeschlossen. Auf dem Parkplatz hatte sie die Rothaarige wieder gesehen. Mit Jake. Sie hatten miteinander geredet, hatten gelacht und geflirtet. Dann war sie in sein Auto gestiegen.

Ohne ein einziges Mal zurückzublicken, war Jake weggefahren – die Rothaarige neben ihm auf dem Beifahrersitz.

In dem Moment hatte sie ihn gehasst; tief hatte sich der Schmerz in ihr Herz gebohrt. Und doch ... konnte sie es ihm nicht verübeln.

Rainie drückte auf SICHERN und öffnete eine weitere Rechnung. In Anbetracht der grausamen Art und Weise, in der sie die Beziehung beendet hatte, würde er sie nicht vermissen. Hätte er das nicht trotzdem tun können? Zumindest für ein oder zwei Stunden? Es hatte wehgetan, ihn mit der Rothaarigen zu sehen. Noch schlimmer war der Schmerz, ihn nicht mehr für sich zu haben ...

Die Melodie des Alltags setzte sich fort, während die tiefen Noten des Schmerzes lauter und lauter wurden.

Der arme Rhage verstand nicht, was mit ihr los war. Jeden Abend leckte er ihr die Tränen aus dem Gesicht, setzte sich auf ihren Schoß und versuchte, sie dazu zu bringen, mit ihm zu spielen. Aber den kleinen Hund an ihre Brust zu drücken, fühlte sich bittersüß an, denn schließlich war es Rhage gewesen, der sie zu Jake geführt hatte.

Warum – *oh warum nur?* – hatte sie gesagt, dass sie auch die letzten beiden Wochen in der Praxis arbeiten würde? Jedes Mal, wenn sie Jake sah oder seine Stimme hörte, zerfetzte es ihr das Herz.

Aber sie konnte nicht gehen, bevor Jake und Saxon jemanden eingestellt hatten. Selbst wenn sie Jake hassen würde – und *Gott*, das könnte sie nie –, musste sie auch an Saxon denken.

Okay. Okay. Reiß dich zusammen. Wie die Überlebende, die sie war, drückte sie die Schultern durch, druckte die letzte Rechnung aus und legte sie in einen Ordner – bereit für Mrs. Atkinson, sobald sie ihren hübschen, frisch kastrierten Cockerspaniel abholte.

Rainie rümpfte die Nase, als sie einen Blick auf die Mappe warf, in der sie Vorschläge und Anregungen für die Praxis gesammelt hatte: Expansion in eine Notfallklinik. Lagerung und Verkauf von speziellen Lebensmitteln und Medikamenten. Tierpension. Ausgestaltung der Terminplanung mit neuer Software. Verbesserung des Abrechnungssystems und –

Das reicht jetzt, Rainie!

Sie öffnete eine Schublade und warf die Mappe hinein. Wie bei den Vorschlägen für Barts Abschleppfirma würden ihre Vorstellungen für die Praxis in Vergessenheit geraten, ungewollt und unbenutzt.

Um sie herum summten die verschiedensten Geräusche: eine klagende Katze im Katzenzimmer, leise Stimmen aus dem Behandlungsbereich, Schranktüren im Medikamentenraum. Das Wartezimmer hatte sich geleert, da das Personal zu Mittag aß. Trotz Notfällen gelang es Rainie normalerweise, jedem die Möglichkeit zu geben, sich hinzusetzen und zu essen. Seit sie hier arbeitete, waren die gestressten Gesichtsausdrücke und der allgemeine Unmut verschwunden.

Die Praxis brauchte sie. Und sie war glücklich hier. In alles einbezogen. Die Tiere fügten eine unglaublich belohnende Dimension hinzu, die sie so noch nie zuvor erlebt hatte. *Ich möchte nicht gehen.*

Die abgemagerte Katze auf ihrem Schoß rieb ihr Köpfchen über Rainies Finger und markierte sie mit ihrem Duft, als wollte das Tier sie darauf hinweisen, dass sie hier hingehörte.

Zu spät, Rainie.

Selbst wenn sie das früher erkannt hätte, müsste sie trotzdem gehen. Um ihrer Vergangenheit zu entfliehen.

Nein, sie hatte keine Wahl – zumal Mrs. Grayson ihr diese tolle Chance gab. In New York würde sie sich zu einer besseren Person entwickeln. Respektabel. Anmutig. Und sie würde nie wieder auf alte Klassenkameraden stoßen oder als Hure bezeichnet werden.

Bei dem Gedanken richtete sie ihre Jacke. Sie trug ihr konservativstes Kostüm, weil es dazu fähig war, Jakes kalte Blicke zu absorbieren. Wenn ihre Kleidung nur die Art und Weise absorbieren könnte, wie ihr Herz bei seiner Stimme einen Salto verrichtete. Wenn sie ehrlich war, schafften das sogar seine verdammten Schritte. Wann zum Teufel hatte sie sich den Klang seiner Stiefel eingeprägt?

Sie schluckte den Schmerz in ihrer Kehle herunter und sah auf, als Jake aus dem Medikamentenraum trat.

„Rainie."

„Wie kann ich helfen, Dr. Sheffield?"

Ein Muskel in seinem Kiefer spannte sich an. „Kannst du bitte eine Bauchspiegelung einplanen?"

„Für?"

„Für den alten Buckingham, Jed Parkers Basset Hound. Er hat wahrscheinlich Krebs."

„Oh nein!" *Oh Gott!* Der ältere Herr litt an Arthritis und wohnte auf dem Land. „Ohne Buck wäre er ganz allein da draußen. Sein Sohn lebt in Miami und kommt ihn nicht oft besuchen. Und –"

Jake legte die Hand auf ihre Wange und sein Daumen wischte die Träne weg, die sich gelöst hatte. Und dann stand er einfach da und betrachtete sie.

Sie schloss die Finger um sein Handgelenk und zog an ihm. „Jake, nicht."

Er bewegte sich nicht. Seine durchdringenden grünen Augen schickten stählernen Zorn durch ihre Rippen und direkt zu ihrem schmerzenden Herzen. „Wie kannst du all das hinter dir lassen, Rainie? Du liebst es hier. Die Menschen teilen ihr persönliches Leben mit dir." Sein Blick richtete sich auf die Siamkatze, die sich in ihrem Schoß zusammengerollt hatte. „Du vergießt Tränen für Welpen und trägst Katzen wie Babys auf dem Arm herum. Was zum Teufel wirst du an einer gefühllosen Werbefirma finden?"

Ihr Mund öffnete sich, aber die Worte kamen nicht heraus. Sie, die nie Probleme hatte, sich auszudrücken, blieb stumm. „Ich –"

Er wartete und ließ sie dann begleitet von einem angewiderten Laut los. „Nicht das erste Mal, dass ich eine Frau falsch eingeschätzt habe", murmelte er, nahm sich eine Krankenakte und verschwand im Untersuchungsraum Zwei.

Ja, du hast mich falsch eingeschätzt. Er hatte keine Ahnung, wer sie in ihrer Vergangenheit gewesen war – wie sich ihre Präsenz in seinem Leben auf seine Zukunft und die Beziehungen zu seinen Familienmitgliedern auswirken würde. Sie schloss die Augen und spürte, wie ihre Emotionen außer Kontrolle gerieten.

Warum musste er so tun, als sorgte er sich um sie? Das tat er nicht. Was hatte er nur wenige Minuten nach ihrer Verkündung über das Jobangebot und den Umzug getan? Er hatte sich eine neue Frau – *einen Ersatz* – gesucht. Er war reich und wichtig. In seiner Welt gab es keinen Platz für sie.

Aber ... *Gott*, sie hasste es, ihn traurig zu sehen.

„Miau-au-au." Die Beschwerde der Katze klang wie eine Kreissäge.

Mit dem Rücken noch immer zum Wartezimmer sah Rainie auf ihren Schoß, aber die Siamkatze schlief. Sie erstarrte. War jemand hereingekommen, als sie mit Jake gesprochen hatte? Wie war es möglich, dass sie das nicht bemerkt hatte?

Weil Jake ihre ganze Welt einnahm.

Sie zwang sich zu einem Lächeln, drehte sich auf dem Stuhl herum und ... entdeckte Master Z.

Er trug ein weißes Hemd und eine dunkelgraue Krawatte, die zu seinen Augen passte. Vor ein paar Monaten hatte sie Jessica geholfen, die Krawatte auszusuchen. „Du trägst Weiß", sagte sie wie ein totaler Idiot.

„In der Tat." Die Lachfältchen neben seinen Augen vertieften sich. „Ich arbeite mit Kindern, Kleine. Ein Psychologe in Schwarz ist beängstigend.“

„Ähm. Richtig.“ Sie drückte die Schultern durch und erkannte, dass er eine Transportbox hielt. „Was kann ich für dich tun?“

„Jessica und ich glauben, dass Galahad wieder seine Impfungen braucht. Kannst du ihn reinquetschen?“

Während er sprach, sah sie bereits im Computer nach. „Er ist erst in ein paar Wochen fällig.“

„Allerdings bin ich jetzt hier.“ Er stellte die Transportbox auf den Tresen.

Solch eine Katze für einen eleganten Mann wie Master Z war überraschend. Die riesige Katze hatte Narben, zerfetzte Ohren … und starrte sie aus verengten Augen an. Das war wirklich ein verärgertes Kätzchen.

„Wir vermissen dich im Shadowlands“, sagte Master Z.

Gott, sie vermisste sie auch alle. Sie hatte Mühe, ihren niedergeschlagenen Gesichtsausdruck vor ihm zu verbergen. „Mir geht's genauso.“

Als Rainie ihre Finger ausstreckte und die genervte Katze an ihr riechen ließ, wurde sie von Master Z aufmerksam gemustert. „Meine Mutter berichtet, dass du vorhast, nach New York zu ziehen. Glaubst du, es wird dir dort gefallen?“ Seine Stimme klang entspannt. Ein zwangloses Gespräch – als hätte der Shadowlands-Besitzer jemals in seinem Leben zwanglose Gespräche geführt.

„Ich denke schon. Wenn die Stadt so schlimm wäre, würde deine Mutter nicht dort leben.“

Er schenkte ihr ein sanftes Lächeln. „Sie würde nicht in New York leben, wenn ihre Existenz davon abhinge. Obwohl sie Unternehmen auf der ganzen Welt kauft, ist ihr Zuhause in Sarasota.“

„Oh.“ Rainie fühlte, wie die Verzweiflung erneut ihre Fratze zeigte. Bald würde sie alle ihre Freunde zurücklassen. „Ich bin mir sicher, dass ich mich schnell einfinden werde.“

„Du schließt rasch Freundschaften, das stimmt. Aber, Rainie, du und Jake scheint gut zusammen zu passen, und du liebst Florida. Warum hast du das Angebot meiner Mutter angenommen?"

Er hatte gehört, was sie mit Jake besprochen hatte. Der ... der kleine Schnüffler. Ihre Mundwinkel fielen, und doch, unter seiner fesselnden Stille, rutschten ihr die Worte heraus: „Ich muss an einem Ort leben, an dem die Leute meine Vergangenheit nicht kennen. Ich muss .... mehr sein, mehr werden. Außerdem hat Jake eine b-bessere Frau gefunden. Jemanden aus der gleichen sozialen Schicht." Aus Zs Schicht.

Er musterte sie nachdenklich. „Ich denke, dass du dich irrst, Sub. Ich bezweifle, dass Jake an irgendjemandem außer dir interessiert ist."

Freude durchzog sie und löste sich dann im Licht der Realität auf. „Nein. Ich habe sie zusammen gesehen – ich meine: ich habe Recht."

Aufmerksam betrachtete er sie aus diesen silbergrauen Augen. Dann blitzte sein Grinsen auf, was sie vollkommen aus der Bahn warf. „Wie wäre es mit einer kleinen Wette, Rainie? Wenn ich verliere, werde ich alle Kosten für Jessica, Gabi und Uzuri übernehmen, um sie nach New York zu fliegen, sodass sie dir in den ersten Tagen zur Seite stehen."

Ihre Finger schlossen sich um die Tischkante. Die Unterstützung ihrer Freunde an einem fremden Ort? Das wollte sie. Besser wäre nur, Jak - *Nein, hör auf.* „Was, wenn ich verliere?"

„Wenn Jake noch vor Freitag beweist, dass er an der ... anderen Frau kein Interesse hat, kommst du ins Shadowlands zurück. Dort wirst du den Abend damit verbringen, ihm mit absolutem Vertrauen und absoluter Unterwerfung zu dienen."

Sie schnappte nach Luft. „Nein."

Er zog eine Augenbraue hoch.

Jessica, Gabi und Uzuri. In New York. Sie würden ihr helfen, sich einzuleben, würden den Stress des Umzugs und ihre vorprogrammierte Einsamkeit lindern.

Aber ... was, wenn sie verlor? Könnte ihr Herz eine weitere Nacht mit Jake überstehen? „Das wird nicht passieren. Er ist an ... ihr interessiert, und selbst wenn er das nicht wäre, will er mich nicht mehr."

„Wie wäre es, wenn wir ihm diese Entscheidung überlassen?" Z steckte seine Finger durch die Drahttür der Tragebox, um seine angeschlagene Katze zu streicheln. „Ich werde ihm nichts von der Wette erzählen – es sei denn, du verlierst. Wenn es dazu kommt, rufst du mich an und ich erkläre ihm erst an diesem Abend die Regeln."

Freunde in New York. Eine weitere Nacht mit Jake. „Okay, abgemacht."

„Ausgezeichnet." Zs silbergraue Augen trafen auf ihre, hielten sie gefangen und seine Stimme vertiefte sich mit seinen nächsten Worten: „Rainie, wenn es darum geht, wer am besten zu ihm passt, irrst du dich. Auch wer du bist und was du geben kannst, scheint dir nicht klar zu sein. Denke nochmal darüber nach, was im Leben wichtig ist. Nimm dir die Zeit und überlege es dir ganz genau, bevor du einen Fehler machst."

Seine Familie war am Montag wieder in St. Petersburg gelandet. Zwei Tage später schloss er sich ihnen mit Saxon zum Abendessen an. Die Köchin hatte sich mit ihrem Willkommensessen selbst übertroffen, und hatte sich den Feierabend redlich verdient. Sie war bereits auf dem Weg zu ihrem Ehemann. Am Ende befanden sich in dem ungezwungenen Esszimmer also nur seine Eltern, seine jüngere Schwester und sein bester Freund.

Als die Geschichten aus Europa um ihn herumwirbelten, trug Jake geistesabwesend zu der Unterhaltung bei, obwohl er im Inneren vor Wut brannte. Rainie hatte die ganze Woche nicht gelächelt. Sogar die Kunden hatten es bemerkt. Mrs. Flanders hatte ihn gescholten und ihm befohlen, zu lösen, was auch immer sie durchmachte.

Nicht ganz einfach. Es war so idiotisch von ihm gewesen, sich auf sie einzulassen.

„... Jake?" Jennifer zog die Augenbrauen hoch.

Alle warteten auf seine Antwort.

„Ich habe nicht aufgepasst", entschuldigte er sich. „Was hast du gefragt?"

„Ich bin Nadia begegnet und sie meinte, dass ihr wieder miteinander ausgeht. Wann ist es denn dazu gekommen?"

„Wer ist Nadia?" Saxon runzelte die Stirn. „Ist das der Grund, warum Rainie seit drei Tagen nicht mehr gelacht hat?"

Scheiße war das einzige Wort, das ihm gerade in den Sinn kam. Er ignorierte Sax und starrte stattdessen seine Schwester nieder. „Seit wann bedeutet ein Drink nach einer Party, dass ich jemanden date?"

„Wer ist Rainie?", fragte seine Mutter.

Nein, das Wort *Scheiße* reichte nicht aus. *Verdammte scheiße* war besser.

Seine Mutter herrschte nicht über das Leben ihrer Kinder, aber sie bestand darauf, auf dem Laufenden zu bleiben. „Jake?"

Es gab keine Ausflüchte. „Erinnerst du dich an Lynette? Die Rezeptionistin, die Saxs Onkel empfohlen hat? Sie hat nichts richtig machen können, sodass ich sie feuern musste. Rainie hilft in der Praxis aus." Er warf Saxon einen eindeutigen Blick zu. „Zs Mutter Madeline Grayson bot Rainie jedoch einen Job in New York an, und sie zieht bald um. Ich werde morgen eine Anzeige schalten, um den Platz an der Rezeption zu besetzen." Er hätte früher handeln sollen, war aber nicht in der Lage gewesen, sich der Aufgabe zu stellen.

„Nun, das ist wirklich ätzend." Saxon runzelte die Stirn. „Ich wollte, dass sie bleibt." Er sah zu Jakes Vater. „Sie hat Lynettes Chaos innerhalb eines Tages beseitigt, übernahm auch die Personalpläne und die Gehaltsabrechnung. Zudem sucht sie nach effizienterer Software. Und sie macht sich Notizen darüber, was erforderlich ist, um in eine Notfallklinik zu expandieren."

„Und ihr nennt das eine Rezeptionistin?" Jakes Vater legte seine Serviette neben seinen Teller und lehnte sich zurück.

„Sie hat gerade ihren MBA abgeschlossen", sagte Jake. „Bei ihrem letzten Job hat sie eine Abschleppfirma geführt. Da der Eigentümer kein Interesse mehr daran hatte, die Leitung zu übernehmen, hat er eine Aufgabe nach der anderen an Rainie weitergereicht. Sie ist wirklich sehr engagiert." Nur nicht, wenn es um Beziehungen ging.

Aber er konnte den Erinnerungen einfach nicht entkommen: Rainie umgeben von Welpen. Wie sie eine Katze, krank vor Heimweh, mit ein wenig Zuwendung wieder ins Leben zurückgeholt hatte. Wie sie aus Leib und Seele tanzte. Wie sie vor ihm kniete und mit ihm lachte.

Seine Brust krampfte sich schmerzhaft zusammen. Er würde die Begeisterung vermissen, die sie bei allem, was sie tat, mitbrachte.

Jetzt komm drüber weg.

„Jemand, der unter Multitasking aufblüht, ist der perfekte Manager für eure Praxis. Wenn es das ist, was ihr Spaß macht, ist die Wahrscheinlichkeit recht hoch, dass ihr in einer großen Firma die Luft zum Atmen fehlt", sagte Jakes Vater.

Er hatte nicht Unrecht. Das schien ihr jedoch egal zu sein.

Während seine Mutter entkoffeinierten Kaffee einschenkte, servierte seine Schwester das Dessert.

„Interessanter Name." Jennifer legte ein Stück Limettenkuchen auf Jakes Teller und sagte: „Ich kannte auch mal eine Rainie. Ein Mädchen in meiner Klasse, das frühzeitig die Schule verlassen hat. Sie ist von ihrer Pflegefamilie weggelaufen. Ich weiß noch, wie traurig ich darüber war, weil ich sie unbedingt besser kennenlernen wollte."

Jake erstarrte. Rainie in einer Pflegefamilie? „Ja, das klingt nach unserer" – meiner – „Rainie. Warum ist sie weggelaufen?"

Und warum hatte sie diese Information nie mit ihm geteilt?

„Ich bin mir nicht sicher. Ich habe jedoch einige böse Gerüchte über diese bestimmte Pflegefamilie gehört. Der Mann –" Jennifer verzog das Gesicht. „Na ja, es gibt immer Gerüchte. Mandy meinte, dass Rainie danach bei einem Drogendealer untergekommen ist."

Mit zusammen gepressten Lippen tippte Jakes Vater mit den Fingern auf den Tisch. „Wie alt warst du zu dem Zeitpunkt?"

„Ähm. Ich habe gerade meinen Führerschein gemacht", sagte Jennifer.

Jake schob seinen Kuchen von sich; ihm war der Appetit vergangen. Dann hatte Rainie mit sechzehn bei einem Drogendealer gewohnt? Seine weichherzige Frau, der bei in die Jahre gekommenen Hunden und ihren Besitzern die Tränen kamen?

„Also, großer Bruder", sagte Jennifer und versuchte, dem Thema am Tisch ein wenig die Ernsthaftigkeit zu nehmen. „Hast du dieses Vorbild an Effizienz gedatet?"

„Offensichtlich war es nichts Ernstes, sonst würde sie nicht nach New York ziehen." Er zuckte bei seiner verbitterten Antwort zusammen. Mit einem erzwungenen Lächeln fügte er hinzu: „Und das ist auch gut so. Ihre Prioritäten unterscheiden sich von meinen."

„Oh." Jennifers Blick flackerte über sein Gesicht, dann biss sie sich auf die Lippe und richtete ihre Aufmerksamkeit auf ihren Kuchen.

„Nun ja ..." Der Gesichtsausdruck seiner Mutter hielt Mitleid bereit. Sie hatte ihn schon immer wie ein Buch lesen können. „Wie ergeht es Nadia mit ihrem neuen Job?"

„Gut", sagte Jake. „Sie ist eine ausgezeichnete Wahl für Renard. Zwei Snobs, die einander verdienen." Bei dem erstickten Lachen seiner Mutter konnte er sich gegen ein Grinsen nicht erwehren. Dass er wirklich mal gedacht hatte, Nadia sei der Inbegriff weiblicher Perfektion. Unbegreiflich. Aber junge Männer werden erwachsen und lernen, die unter der Oberfläche verborgene Schönheit zu schätzen.

Rainie war von innen und außen wunderschön.

Er ignorierte das Gespräch um sich herum, spielte mit seinem Kuchen und dachte an Heather, seine Ex-Freundin. Sie waren gut zusammen gewesen. Sich in sie zu verlieben, war leicht gewesen. Er vermisste ihre fröhliche Natur, aber ... aber der Schmerz kam nicht dem Gefühl gleich, das er bei Rainies Verlust empfand – als hätte er versehentlich ein Loch in seine Brust geschnitten.

Wenn er Rainies Stimme in der Praxis hörte, erwärmte sich sein Körper, nicht vor Lust, sondern einfach vor ... Glück. Sah er sie mit Welpen, hatte er das starke Bedürfnis, ihr ein halbes Dutzend zu schenken, nur um sicherzustellen, dass sie dieses Lächeln niemals verlor. Immer wollte er an ihrer Seite sein und an ihrer Freude teilhaben.

Seit der Hochzeit jedoch war ihr Strahlen nicht mehr zu sehen. Seine Schuld – oder ihre.

Sie war unglücklich; er war unglücklich. War ihr das denn nicht bewusst? Warum redete sie nicht mit ihm, *verdammt*?

Der Teller inklusive des Kuchens, mit dem er spielte, verschwand vor seinen Augen. Mit finsterer Miene blickte er auf.

Sax zwinkerte ihm zu. Er nahm einen großen Bissen des misshandelten Kuchenstücks und kaute breit grinsend. „Tut mir leid, Kumpel, aber wenn du etwas Köstliches zu lange ignorierst, verlierst du es."

KAPITEL ZWÖLF

S pät am nächsten Abend lehnte sich Jake im privaten
Speisesaal eines Restaurants in seinem Stuhl zurück und
lauschte den anderen Mastern und Mistresses. Die verschiedenen
Gespräche neigten sich dem Ende zu. Das monatliche Abendessen der Master und Mistresses war fast vorbei.

Die Kellnerin stellte ein Bier vor ihm ab und Jake schenkte ihr
ein Lächeln. „Danke."

Sie nickte ihm schüchtern zu. Die arme Frau. Als sie die
Bestellungen entgegengenommen hatte, war sie aus dem Zittern
nicht mehr herausgekommen. Aber Z hatte ihre Ängste gelindert,
Cullen hatte sie geneckt und Marcus hatte ihr ein Kompliment
gemacht. Sogar Nolan hatte sich für sie zu einem Lächeln durch-
gerungen.

Sie schien nun entspannter. So wie das eben möglich war,
wenn man mit der gesamten Feuerkraft des Shadowlands
konfrontiert war, geschweige denn mit der besprochenen
Themenauswahl. Das Argument, das sie über Blut-Play hatten,
würde jeden verstören, der kein Sadist war.

„Gibt es noch weitere Bedenken?", fragte Z vom Kopf des
Tisches.

„Eine Sache, ja." Anne drehte sich zu Jake. „Ich habe gehört, dass Rainie wegzieht?"

Er nickte.

„Also sind wir jetzt bei zwei Auszubildenden?"

„Weniger", sagte Jake. „Tanner hat mir mitgeteilt, dass er sich dem Colton-Haushalt anschließt. Nur Uzuri ist noch übrig."

„Eine Schande, dass wir Rainie verlieren." Marcus runzelte die Stirn. Sein Gesicht war von den Flitterwochen tief gebräunt. Während er gestikulierte, blitzte das breite goldene Band an seiner Hand in dem schwach beleuchteten Raum auf. Gabi hatte zu Jake gesagt, dass sie einen Ring für ihn gewählt hatte, der so gigantisch war, sodass jede Frau in Florida sofort sah, dass er vergeben war. „Ich werde das Mädchen vermissen, und Gabi auch."

Und ich. Ohne sie wäre das Shadowlands nicht mehr dasselbe. Rainie hatte den Club mit Licht und Farbe gefüllt. Und sein Leben.

In dem Moment sah Jake, dass Z ihn beobachtete. Jake erstarrte. So sehr er den Besitzer des Clubs auch respektierte, hatte Jake kein Interesse an seiner Art von Therapie.

„In diesem Fall wird die Sitzung vertagt." Z stand auf.

Jake erhob sich mit den anderen und nach der allgemeinen Abschiedsrunde nahm er sein Bier mit an die Bar, um es dort zu leeren. Schließlich war es nicht so, als würde zuhause jemand auf ihn warten – abgesehen von einem kleinen Hund und zwei Katzen. *Bemitleidenswert, Sheffield.* Natürlich hatte er sein kleines schwarzes Buch mit Kontakten, die er anrufen konnte, wenn er sich nach weiblicher Kameradschaft sehnte.

Das tat er jedoch nicht.

„Hey, Kumpel, du bist immer noch hier?" Cullens Stimme dröhnte über den Lärm des Fernsehers und der Gespräche. Neben Jake rutschte er auf einen Barhocker. Überfällig für einen Haarschnitt musste sich der Mann die braunen Haare aus dem

Gesicht schieben. Sein dunkelrotes Hemd stand ihm. Jakes Blick landete auf einer verdächtig aussehenden Erhebung unter dem linken Ärmel. Ein Verband vielleicht? Cullen war ein Brandermittler – nicht die sicherste Berufswahl.

Jake wies mit dem Kinn auf Cullens Arm. „Was hat dich erwischt?"

„Ein Balken ist runtergefallen. Ich wurde ein bisschen versengt." Cullen erregte die Aufmerksamkeit des Barkeepers und zeigte auf das Guinness vom Fass. „Bier ist viel einfacher – und leckerer – zu schlucken als Schmerztabletten."

Jake betrachtete ihn. Cullen wog wahrscheinlich weit über einhundert Kilo, aber das war nicht sein erstes Bier. „Soll ich dich nachhause fahren, wenn du mit der Selbstmedikation fertig bist?"

Cullen trank am Schaum vorbei zur dunkelbraunen Flüssigkeit und stieß einen erfreuten Seufzer aus. „Nicht nötig. Andrea ist mit Freunden unterwegs. Als ich ihr sagte, dass ich heute gerne mehr trinken würde, bot sie mir sofort an, mich abzuholen."

„Okay." Jake lenkte seine Aufmerksamkeit wieder auf sein Bier.

Cullen grinste. „Nimmt mir das die Männlichkeit? Wenn ich meine Sub um Hilfe bitte?"

Verdammt. Gunny hätte diese Frage mit *Ja* beantwortet – dass ein Dom seine eigenen Probleme lösen sollte. Jake rollte seine Bierflasche zwischen den Handflächen. Er war sich nicht sicher, ob er noch zustimmte; Cullen war einer der besten Doms, die er kannte.

Cullens Mundwinkel zuckte, als Jake nicht antwortete. „Wer hat dir gesagt, dass ein Dom keine Schwäche zeigen darf?"

„Ein Professor an der Uni. Ein Gunnery Sergeant bei den Marines, der schon gefühlt zu Zeiten Moses in jedem Kriegsgebiet unter der Sonne gedient hat und so viele Orden hatte, dass er sie zum Gewichtheben hätte verwenden können." Jake runzelte die Stirn und erinnerte sich an seinen ersten Blick auf den kampferprobten Tierarzt. Zu der Zeit war Jake vielleicht einundzwanzig gewesen. Jung genug, um den Worten des Doms vollkommen gebannt zu lauschen. „Er hat mich an den Lifestyle herangeführt."

Gunny hatte die Kameradschaft der Marines vermisst. Er hatte es vermisst, jüngere Männer zu unterweisen. Als Jake sein Interesse an BDSM bekundet hatte ... Jake grinste und schüttelte den Kopf. Im Nachhinein wurde ihm klar, dass es ein Loch in Gunny ausgefüllt haben musste, für jemanden wie Jake den Mentor zu geben.

„Verstehe." Cullen trank die Hälfte seines Bieres und lehnte sich dann mit einem Arm auf die Bar. „In Anbetracht der Mentalität der Marines keine überraschende Haltung. Ich stimme jedoch nicht zu. So sehr wir Doms es auch hassen, es zuzugeben, wir sind Menschen. Du kannst diesen unfehlbaren Scheiß abziehen, wenn du nur gelegentlich mit einer Sub spielst, aber in einer Beziehung fällt die Fassade schnell in sich zusammen."

Jake erstarrte. „Willst du damit sagen, dass wir alle nur vorgeben, stark und unverwüstlich zu sein?"

„Manchmal. Wir sind stark und unverwüstlich. Aber auch wir haben Gefühle, die verletzt werden können und brauchen eben hin und wieder Hilfe." Cullen warf einen Blick auf seinen verbrannten Arm. „Korrigiere mich, wenn ich falschliege, aber selbst Doms verlieren Angehörige, Jobs oder Haustiere. Wir müssen trauern. Manchmal haben wir depressive Phasen." Er lächelte. „Meinen besten Sex hatte ich in der Nacht, in der es Andrea gelungen ist, mich aus einem schwarzen Loch herauszuholen. Ich brauchte sie, und das wusste sie."

Jake blickte finster drein. „Ich brauche niem –"

„Geben und nehmen ist keine Einbahnstraße, Kumpel. Verweigere deiner Sub nicht das Vergnügen, dir helfen zu können. Das Vergnügen, gebraucht zu werden."

Das Vergnügen, zu helfen. Sein Mentor hatte jedem diese Befriedigung verweigert, nicht wahr? *„Es geht mir gut, Sheffield. Ich brauche* *keine Hilfe.*" Sein Alter hatte sich nach seinem letzten Herzinfarkt schließlich gezeigt und Gunnys Hautfarbe war regelrecht grau gewesen. Er konnte sich kaum noch bewegen. Jake hatte sich so sehr gewünscht, ihm beizustehen – und wurde abgelehnt.

War es seine innere Stärke, die den alten Marine davon abgehalten hatte, Unterstützung zu akzeptieren ... oder war es eine Schwäche?

„Da ist er ja. Und Jake." Andreas sanfter Akzent driftete durch die Bar.

Jake warf einen Blick über seine Schulter und war erleichtert über die Rettung. *Fuck.* Seit Rainie in seine Praxis getreten war, schien sein Leben zu einem Chaos aus Verwirrung mutiert zu sein.

„Jake, es ist schön, dich zu sehen." Andrea lächelte ihn an, dann ihren Dom. „Sir."

Cullen zog sie zwischen seine langen Beine. „Jake hat mich gerade daran erinnert, dass du das Beste in meinem Leben bist."

„Da hat Jake Recht." Andreas Lächeln wurde sanft und zeigte ihre innere Schönheit. „Ich liebe dich, mein *Señor*."

„Ich liebe dich auch. Heirate mich, kleiner Tiger. Wir –" Cullen fluchte leise und ließ sie los. „Tut mir leid. Ich habe zu viel getrunken."

„*Sí*. Ich werde dich heiraten." Andreas Antwort kam schnell und überzeugt über ihre Lippen.

Cullens Finger legten sich so fest um ihre Arme, dass sie quietschte. „Sorry, Liebling, aber –" Er blinzelte. „Was? Du willst mich heiraten?"

Ihre Augen glänzten vor Tränen, ihr Lächeln jedoch konnte mit dem Sonnenlicht konkurrieren. „*Sí*."

„Fuck", murmelte Cullen. „Du hast *Ja* gesagt – das hast du wirklich." Sein zerklüftetes Gesicht formte sich zu einem breiten Grinsen. Dann streckte er plötzlich den Arm aus und zeigte auf Jake. „Du bist mein Zeuge."

„Verstanden."

„Siehst du, jetzt gibt es für dich kein Entkommen mehr, Liebes." Cullen zog seine kleine Gefangene an seine Brust.

Grinsend versuchte Jake, den beiden etwas Privatsphäre zu geben, und drehte sich auf dem Barhocker von ihnen weg – nur um sich Heather gegenüber zu finden. „Hey." Sie hatte sich die Haare geschnitten, erkannte er, und die braunen Wellen rahmten sanft ihr Gesicht ein. „Mir war nicht klar, dass du in der Stadt bist."

„Es ist schön, dich zu sehen, Jake." Sie nahm die Hand, die er ausstreckte, und küsste seine Wange. Ihr Duft war noch immer leicht blumig, ihre Lippen weich. „Ich war auf einer Tagung in Orlando und dachte, ich mache einen Umweg und besuche ein paar Freunde."

Natürlich gehörten die Subs aus dem Shadowlands zu ihren Freunden.

„Wir haben es so arrangiert, dass ich Andrea absetze, sodass sie Cullen in seinem Pick-up nachhause fahren kann." Ihr Lächeln wurde breiter. „Und dort werden sie sicher ihre Verlobung feiern."

„Ja, bestimmt", stimmte er zu. Hinter ihm hörte er laute Kussgeräusche.

Als eine Person an der Bar genervt murmelte: „Sucht euch ein Zimmer", lachte Cullen. Mit Andrea an seine Seite gepresst, küsste er Heather auf die Wange, schlug Jake freundschaftlich auf die Schulter und verließ schnurstracks das Restaurant.

„Nun." Heather starrte ihnen hinterher. „Ich habe ihnen nicht mal gratuliert."

„Ich glaube nicht, dass sie es bemerkt haben." Jake trank von seinem Bier. Er freute sich für Cullen, keine Frage, jedoch bemitleidete er sich gerade selbst. Wie erbärmlich war das?

Aber die Frau, die er wollte, hatte ihn zugunsten ihrer Karriere verlassen. Und hier war Heather, die genau dasselbe getan hatte. *Fuck*, er musste seine Beziehungen neu evaluieren.

Er holte den Barkeeper zu sich. „Was möchtest du trinken, Heather?"

Sie zögerte. Schließlich rutschte sie auf den Barhocker, den Cullen geräumt hatte. „Nur ein Wasser bitte", sagte sie dem Barkeeper, bevor sie Jake fragte: „Wie läuft es in der Praxis?"

„Es gibt viel zu tun." Mit Rainie hätten sie expandiert. „Bei deinem Job ist alles okay?"

„Wundervoll." Ihr Lächeln war immer noch liebreizend. „Ich wurde befördert."

„Glückwunsch. Ich bin mir sicher, die Beförderung hast du dir verdient." Natürlich hatte sie das. Auch als Sub hatte sie stets hundert Prozent gegeben. Er konnte sich nicht vorstellen, dass sie es bei ihrer Karriere anders handhabe. „Du siehst glücklich aus. Anscheinend hast du die richtige Entscheidung getroffen."

Ihr Blick senkte sich und sie rutschte nervös auf dem Barhocker umher. „Das habe ich. Obwohl ich es mir fast anders überlegt hätte und geblieben wäre."

Jake beobachtete sie, als er einen Schluck von seinem Bier nahm. „Das wusste ich nicht."

„Ich war hin- und hergerissen." Ihre Hände öffneten und schlossen sich auf ihrem Schoß. „Wenn du gesagt hättest, dass du mich brauchst, wenn du auch nur den geringsten Hinweis gegeben hättest, dass es dir irgendetwas ausmacht, mich zu verlieren, wäre ich nie in der Lage gewesen, zu gehen."

Jake drückte die Schultern durch und fühlte sich, als hätte sie ihm in den Bauch getreten. „Hinweis? Was denn für einen Hinweis? Ich habe dich" – wann hatte sich das Wort in eine Vergangenheitsform gewandelt? „… geliebt. Ich verstehe nicht."

„Ich weiß." Mit den Augen auf ihrem Getränk, glitt sie mit dem Finger durch die Kondensation am Glas. „Weißt du, wir alle lieben unsere Familie, Freunde, unsere Haustiere. Aber ein Mensch braucht keinen Hund. Sie sind nicht essentiell für das Lebensglück. Es ist keine Geben-und-Nehmen-Beziehung."

„Ich habe dich nie wie ein Haustier behandelt." *Meine Fresse.*

„Nein." Sie entließ ein verzweifeltes Schnaufen. „Aber Menschen, die ein gemeinsames Leben beginnen, verlassen sich aufeinander. Sie lehnen sich aneinander. Sie kennen die Schwächen und Sorgen des anderen, um ihnen beizustehen."

„Richtig. Sprich weiter."

„Du hast mich unterstützt. Ich jedoch ... habe das nie für dich getan. Ich habe in deinem Leben keinen Unterschied gemacht. Du hast mich nicht gebraucht."

„Heather –"

„Ich konnte dir nichts bieten, was du nicht von Freunden oder einem gelegentlichen Sexpartner bekommen hättest."

Jake setzte sich gerader hin. „Das stimmt nicht."

„Ich weiß", flüsterte sie. „Jetzt weiß ich das. Aber damals dachte ich das." Sie legte ihre Hand auf seine. „Du hast dir nie erlaubt, verwundbar zu sein."

Er zog die Augenbrauen zusammen. Was zum Teufel war heute los? Alle wollten plötzlich, dass er sich schwach gab. „Doms sollen stark sein. Subs wollen jemanden, auf den sie sich stützen können."

„Das stimmt." Sie nickte. „Ich habe einen Dom gefunden", sagte sie. „Und er hat mir gezeigt, was das Problem zwischen uns war, Jake. Ich hatte nie das Gefühl, dir etwas geben zu können. Eine Beziehung – auch die zwischen einem Dom und seiner Sub – besteht aus zwei Menschen, die zusammen stärker sind als getrennt. Nicht ein beständiger Baum, allein und stark, der einen anderen stützt."

Ihr Lächeln schwankte ein wenig. „Subs sehnen sich genauso verzweifelt danach, zu geben, wie Doms beschützen wollen."

Cullens Worte. Jakes Augenbrauen zogen sich zusammen. Er nippte von seinem Bier und dachte nach. Gunny hatte ihm gezeigt, wie man dominierte, wie man einen Flogger benutzte und wie man Sessions gestalten sollte. Aber ... vielleicht, nur vielleicht, hatte ihm sein Mentor nicht gezeigt, wie man eine langanhaltende D/s-Beziehung aufrechterhielt – weil Gunny in dem Punkt selbst keine Ahnung hatte. Er hatte drei Scheidungen hinter sich. Jake hatte gedacht, dass die Frauen den Stress, einen Berufssoldaten zu lieben, nicht ertragen konnten, aber vielleicht hatte etwas Grundlegenderes gefehlt.

Fuck. Jake begegnete Heathers Blick. „Ich habe dich gebraucht."

„Zu dem Schluss bin ich auch irgendwann gekommen." Erleichterung und Trauer zeigten sich in ihren Augen, als sie aufstand. „Wir haben uns beide weiterentwickelt, aber ... Freunde?"

Er küsste sie sanft auf die Wange. „Freunde."

Als sie die Bar verließ, beobachtete Jake sie und sah ihren Reiz und ihre Süße. Ihre Beziehung hätte vielleicht eine Zukunft haben können – wenn er sich ihr gegenüber anders verhalten hätte. Jedoch musste er zugeben, dass die Verbindung, die er zu Rainie hatte, mehr Potenzial zeigte. Es fühlte sich erfüllender an.

Wenn Rainie die Stadt verließ, würde ihr Verlust ihn auf eine Weise ausweiden, die er noch nie zuvor erlebt hatte.

„Subs sehnen sich genauso verzweifelt danach, zu geben, wie Doms beschützen wollen." Fiel es Rainie so leicht, zu gehen, weil sie nicht glaubte, dass er sie brauchte? Er schloss seine Augen.

Sie war eine Frau, die es liebte, die Wünsche aller um sie herum zu erfüllen – Haustiere, Freunde, Doms. Und ihr Partner hatte sie nichts für ihn tun lassen. *Fuck, ich bin ein Idiot.*

Ihre Gründe für einen Umzug waren jedoch vielseitig – wie ein Zwang, den er nicht verstand.

Aber um zu ihr durchzudringen, musste er ihr zeigen, dass er sie brauchte ... und dass er darum kämpfen würde, dass sie blieb.

Am Dienstag hatte ein Kälteeinbruch Einzug gehalten; die feuchte Luft vom Golf war beißend. Eine leichte Brise raschelte durch die Blätter der Ahornbäume, als Rainie ihr Auto verließ und sich Jake vor einer beliebten irischen Bar anschloss. Sie blickte zu ihm auf und sah, dass die Anspannung aus seinem Gesicht verschwunden war.

Die letzten Stunden waren schlimm gewesen. Eigentlich hatte sich der Tag bis zum Nachmittag recht langweilig gestaltet, doch dann war ein Polizist mit einem blutigen Bündel durch die Tür getreten. Saxon und Jake hatten ihr Bestes gegeben, um das Tier zu retten. Laut Ceecee hatten sie es länger versucht, als es die meisten Tierärzte tun würden. Am Ende war der Hund zu schwer verletzt gewesen.

Als Jake mit einem elenden Ausdruck aus dem OP-Saal gekommen war, hatten sich Rainies Augen mit Tränen gefüllt. Er hatte sich abwenden wollen, zögerte jedoch und sagte: „Ich weiß, dass Überstunden nicht in deiner Stellenbeschreibung stehen, aber ich bin ... Würdest du mit mir auf einen Drink kommen? Leiste mir Gesellschaft. Ich ... brauche dich."

Er brauchte sie. Sie könnte etwas tun, um ihm zu helfen. Trotz ihrer Traurigkeit wärmte ihr dieser Gedanke das Herz.

Als sie die Bar erreichten, öffnete Jake lächelnd die Tür für sie. „Danke, dass du dir die Zeit genommen hast, dich mir anzuschließen."

Ihre erste Antwort drückte sie nieder: *„Ich würde überall mit dir hingehen."* Stattdessen sagte sie: „Gerne."

Die überfüllte Bar roch nach Bier und frittiertem Essen, mit einem Hauch von Eau de Cologne und Parfüm. Aus der mit Dartscheiben verhangenen Ecke drangen dumpfe Laute, dann schriller Jubel und enttäuschtes Stöhnen.

Mit einer Hand auf Rainies Arm suchte Jake nach einem Tisch.

Sie wartete schweigend, saugte jede noch so kleine Berührung in sich auf und speicherte Erinnerungen für eine Zukunft ohne ihn ab.

Jake fuhr mit den Fingerknöcheln über ihre Wange. „Du bist eine ausgezeichnete Gesellschaft, obwohl du heute etwas ruhig bist." Die Lachfalten neben seinen Augen vertieften sich. „Vielleicht gerade, weil du ruhiger als sonst bist."

Von den Worten aus ihrer Melancholie gerissen, starrte sie ihn mit offenem Mund an. „D-Du beleidigst mich? Ich war so freundlich, mich dir anzuschließen, und du wag –"

Mehrere Leute brüllten als Reaktion auf ein Basketballspiel, das im Fernseher der Bar lief. Rainie folgte den Lauten, bemerkte die Anzeigetafel – Miami Heat in Führung – und fügte ihre eigene Reaktion hinzu: „Juchuh. Juchhu!" Sie würde ihre Fünf-Dollar-Wette mit Saxon ja mal so was von gewinnen.

„Da ist ein freier Tisch." Jake nahm ihre Hand und zog sie hinter sich her. Sein Griff war stark. Warm. Vertraut. Und sie wollte sich für immer an ihn krallen und nie wieder loslassen.

Als er sich durch die grob verarbeiteten Tische schlängelte, lächelte sie bekannten Gesichtern zu. Zu ihrer Bestürzung saßen Mandy und Jefferson, ihre ehemaligen Klassenkameraden, an einem der Tische. Ihr Magen rebellierte. Mussten sie wirklich überall auftauchen?

Die beiden waren der laufende Beweis dafür, dass sie die Tampa/St. Pete-Gegend hinter sich lassen sollte.

Jake blieb vor einer Sitznische stehen, die ihren ehemaligen Klassenkameraden viel zu nah war. *Verdammt.* Sie hätte Jake sagen sollen, eine andere Bar zu wählen. Diese hier war bei den Einheimischen viel zu beliebt.

Da sie nicht ihre Arme in die Höhe heben und schreien konnte: *„Erschieß mich einfach"* – so befriedigend das auch wäre –, setzte sie sich ihm gegenüber auf die Bank. Zumindest war ihr Rücken dem Rest des Raumes zugewandt.

„Was kann ich euch bringen?" Eine Kellnerin in Jeans und einem knappen Oberteil erschien.

„Rainie?", fragte Jake.

„Ein Frozen Mudslide bitte." Bei Jakes hochgezogenen Augenbrauen erklärte sie: „Es ist, als würde man Schokolade, Dessert und Alkohol auf einmal bekommen. Perfekt für das Ende eines furchtbaren Tages."

Als sich seine Augen verdunkelten, bereute sie ihre Worte. Warum musste sie ihn an den Tod des Hundes erinnern?

Es dauerte nicht lange, bis sich sein Lächeln wieder zeigte. „Frauen und Schokolade." Er nickte der Kellnerin zu. „Mach zwei daraus."

„Wird bei dir nicht funktionieren", sagte Rainie. „Die beruhigende Wirkung von Schokolade wird durch zu viel Testosteron verringert – und ich denke, dass du dich auf einem toxischen Level befindest."

Jake schnaubte.

Als die kichernde Kellnerin zur Bar ging, erkannte Rainie etwas. „Du hast mich bestellen lassen. Ohne mich zu unterbrechen oder die Kontrolle an dich zu reißen."

„Ah." Er lehnte sich zurück, machte es sich bequem und streckte seine langen Beine unter dem Tisch aus, sodass er Rainies Knöchel zwischen seinen einfing. Sie versuchte, sich zu bewegen, aber seine Beine hielten die ihren gefangen. Und ihre Hormone platzten wie Rennpferde aus dem Tor, als hätte er den Startschuss gegeben.

„Ich mag es, beim Sex die Kontrolle zu haben, Süße", sagte er gelassen. „Ich muss jedoch nicht vierundzwanzig Stunden am Tag das Sagen haben."

„Es sei denn, ich versuche, Pilze in deine Rühreier zu mischen?" An ihrem letzten Morgen in seinem Haus hatte er ihr einen zwiebelnden Schlag auf den Hintern gegeben und ihr einen Vortrag darüber gehalten, warum Pilze nicht mit Essen verwechselt werden sollten.

Sein Grinsen blitzte in dem schwachen Licht der Bar auf. „Es ist wirklich beunruhigend, wenn eine Sub versucht, ihren Dom zu vergiften."

Ihren Dom. Das wäre er niemals wieder. „Pilze oder nicht, Frühstück zu machen, hat nichts Sexuelles an sich."

„Natürlich hat es das. Wann immer eine Frau im Haus eines Mannes ist, dreht sich alles um Sex. Duschen ist sexuell. Die Mahlzeiten sind sexuell." Er grinste reumütig und zuckte mit den Achseln. „Männer."

„Wie ich schon sagte: toxische Mengen an Testosteron." Kein Witz. Jeder Moment in seinem Haus war von der Erwartung erfüllt gewesen, auf der Couch genommen, auf der Arbeitsfläche in der Küche gefickt zu werden ... und sie hatte es geliebt.

Zu Rainies Erleichterung unterbrach die Kellnerin das Gespräch und servierte die Getränke.

Jake musterte sein Glas misstrauisch. Nach einer Kostprobe schwenkte er die Flüssigkeit und trank erneut davon. „Nicht schlecht."

Rainie lächelte. „Danke." Sie nahm einen Schluck, schloss die Augen und stöhnte über die erhabene Kombination aus Schokoladeneis, Baileys und Kahlúa.

Als sie ihre Augen öffnete, traf sein Blick auf ihren – heiß vor Lust.

Ihr freudiger Ausdruck löste sich augenblicklich auf.

Jedoch räusperte er sich nur und kehrte zu dem eigentlichen Gespräch zurück. „In deiner Shadowlands-Akte steht, dass du einen Teilzeit-Dom willst, keinen Vollzeit-Dom."

Nein, das war nicht gerade ein Thema, das sie mit ihm besprechen wollte. Das würde ihre Trauer nur verstärken. „Darüber werde ich mir in nächster Zeit erstmal keine Gedanken machen. Bestimmt wird es eine Weile dauern, bis ich mich einlebe und die Energie finde, mich nach einem neuen Club umzusehen."

Die Muskeln in seinem Kiefer spannten sich an und seine Augen färbten sich eisgrün.

Er wollte immer noch, dass sie blieb. Die Erkenntnis schnürte ihr die Kehle zu. *Nicht weinen. Nicht weinen. Nicht weinen.* Sie zwang ihre Mundwinkel nach oben. „Also, denkst du, dass Miami Heat gegen Orlando eine Chance hat?"

„Ich denke, du wechselst das Thema", sagte er leise. „Wir werden –"

Ein Mann trat an ihren Tisch. „Rainie."

Rainie hob den Blick. „Bart? Solltest du nicht in Europa sein?"

„Ja, das sollte ich." Er zischte die Worte. Sein stämmiger Körper war vor Wut angespannt. Wut, die sie nicht mehr gesehen hatte, seit einer ihrer Angestellten Fahrerflucht begangen hatte. „Es gab eine Planänderung, da ich zurückkommen und meine Firma retten musste."

Cory musste ein Chaos angerichtet haben. Überraschend war das nicht. „Es tut mir leid, dass Cory –"

Bart schlug so hart auf den Tisch, dass die Gläser klirrten. „Ich habe dich eingestellt, als du keine Referenzen hattest. Ich habe dich gut bezahlt. Ich habe dir Aufgaben anvertraut. Ich habe *dir* vertraut."

Moment mal ... Er war nicht sauer auf Cory, sondern auf sie. Ihr stockte der Atem. „Ja, das hast du. Und ich habe mir den Hintern für dich aufgerissen."

Er lehnte sich vor und funkelte sie wütend an. „*Natürlich* hast du das", kam seine sarkastische Antwort.

„Das reicht!" Jake stand auf.

Bart ignorierte ihn. „Als ich dich wirklich brauchte, bist du von einem Tag auf den anderen verschwunden. Ohne mir Bescheid zu geben. Und du hast meinen Jungen im Stich gelassen."

Als Jake zwischen sie und Bart trat, machte ihr ehemaliger Chef ein angewidertes Geräusch. „Du bist es nicht wert."

Er stampfte durch den Raum und schob jeden aus dem Weg, der ihm in die Quere kam.

Sprachlos sah Rainie ihm nach. *Aber, aber, aber ...*

„Rainie." Jake setzte sich neben sie und zog sie an seine Seite. „Ganz ruhig, Süße."

Bart verschwand irgendwo im Raum. Sie schaffte es nicht, den Blick von der Menschenmenge zu nehmen, in die Bart eingetaucht war. Die Musik und die Gespräche wurden durch die Schmerzensschreie in ihrem Kopf übertönt, durch die Schreie in ihrem Herzen. Er dachte, sie hätte ihn einfach verlassen. Er hatte sie angeschrien. Sie legte ihre Hände auf ihren Mund, um das Schluchzen zurückzuhalten.

„Scheiße." Mit sanften Fingern auf ihrer Wange zwang Jake sie, ihm in die Augen zu sehen. „Baby, ich habe gesehen, wie du die zwei alten Drachen auf der Hochzeit fertiggemacht hast. Das war nur ein Mann, und er kennt die Wahrheit nicht. Warum hast du sie ihm nicht gesagt?"

„Er ist" – ihre Stimme brach – „er war ein Freund. Er hat mir einen Job gegeben, hat mir vertraut. Genau wie er gesagt hat." Selbsthass färbte ihr Blut schwarz. „Ich hätte mich mehr bemühen sollen, mit Cory klarzukommen."

„Rainie, sein Sohn hat dich angegriffen. Du bist nicht verschwunden, weil dir an dem Tag mal eben danach war."

„Oh nein, weint die Hure?" Das Flüstern kam von einem nahegelegenen Tisch. Ihre ehemaligen Klassenkameraden.

Rainies gesamter Körper erstarrte, als die Kommentare an Lautstärke gewannen. „Schaut nur, Sheffield hat es schwer erwischt. Hat sie ihn um den kleinen Finger gewickelt, oder was?"

Rainie versuchte, sich aus seinen Armen zu befreien. Jake sollte sie nicht halten. Er sollte nicht –

Sein Kopf neigte sich und er runzelte die Stirn. Sein Arm zeigte sich als unbewegliche Eisenstange um ihre Taille.

„Lass mich los", flüsterte sie.

„Die unhöflichen Arschlöcher stören dich wirklich, oder?" Er kippte ihr Gesicht wieder nach oben, aber sie schloss ihre Augen, um sich nicht seiner Abscheu stellen zu müssen. „Baby, sie sind unsicher und müssen jemand anderen runterziehen, um sich besser zu fühlen. Ignoriere sie."

Was? Ihr Blick traf auf seinen. Er schien nicht wütend auf sie zu sein. Oder angewidert.

Sein rechter Mundwinkel zuckte. „Was dachtest du, was ich tun würde? Dich vom Sitz stoßen, falls deine ... Unbeliebtheit bei diesen Verlierern auf mich abfärbt?"

Am liebsten würde sie nicken.

Er musterte sie. „Ist das dein Ernst?"

Es war ihm wirklich egal, was ihre Klassenkameraden sagten? Er hatte sie Verlierer genannt. Ihre Finger fühlten sich eiskalt an. Ihr Körper wurde von Schauern überwältigt.

Aber Mandy und Jefferson *waren* Verlierer. Sie schloss die Augen, als die Wahrheit bis in ihr Mark vordrang. Sie hatte Freunde, Lehrer, Mentoren, die sie schätzten. Warum störte es sie so sehr, von diesen Verlierern betitelt zu werden? Vielleicht war ihre Beurteilungsskala verzerrt, wenn böse Kommentare von Menschen, für die sie keinerlei Respekt hatte, mehr wogen als Meinungen von denen, die sie mochte. In naher Zukunft musste sie dieses Problem genauer beleuchten.

„Rainie." Jake drückte ihre Schulter. „Dieser Mann ... Bart muss die Wahrheit hören."

Das Elend war ein schwerer Anker, der ihr Herz in die Tiefe zog. „Er denkt, dass sein Sohn ein guter Mensch ist."

„Mmmhmm. Das hofft er vielleicht, aber ich bezweifle, dass er es glaubt. Er fühlt sich von dir verraten, weil er denkt, dass du ihn im Stich gelassen hast. *Dir* hat er vertraut."

Obwohl sie wusste, dass sie auf Abstand gehen sollte, schaffte sie es nicht, den Trost, den Jakes Arme boten, zu verlassen. Sie lehnte ihre Stirn an seine Brust und versuchte, zu entscheiden, was sie tun wollte. Wie sollte sich eine Person für einen Weg entscheiden, wenn jeder einzelne mit Schmerz endete?

Nichtsdestotrotz hatte Jake Recht. Bart dachte, sie hätte ihn verraten. Schlimmer noch: Wenn er nicht verstand, welche

Gefahren es mit sich brachte, Cory die Verantwortung über seine Firma zu geben, könnte Bart alles verlieren.

Aber ... oh ... sich Bart zu stellen, wäre viel schwieriger, als einfach durch die Tür ins Freie zu verschwinden.

Als sie sich dieses Mal aus Jakes Umarmung zurückzog, ließ er sie. Entschlossen presste sie die Lippen aufeinander. „Geh ruhig nachhause. Danke für den Rat."

„Was hast du jetzt vor?"

„Ich werde mit ihm reden." *Gott steh mir bei.*

„Du wirst dich ihm nicht allein stellen, Süße." Er stand auf und half ihr aus der Nische. „Ich werde mich nicht einmischen, aber du hast meine Unterstützung."

Rainies Augen füllten sich mit Tränen. „Sei nicht so nett, verdammt." Verspielt schlug sie ihm gegen den Arm. Es fehlte nicht viel und sie würde losheulen.

„Okay." Die Lachfalten neben seinen Augen vertieften sich, obwohl sie auf seinen Lippen kein Anzeichen eines Lächelns sah. Mit den Fingerknöcheln wischte er eine Träne von ihrer Wange, so sanft, dass ihr Herz schmerzte. „Ich werde daran arbeiten, gemeiner zu sein."

„D-Danke."

Sie hatte mit ihm Schluss gemacht. Wie war es also möglich, dass ihre Liebe zu ihm weiter wuchs und sich ausdehnte? Und dass sich ihr Herz mittlerweile so anfühlte, als stände es kurz vorm Bersten?

Als sie sich einen Weg an den Tischen vorbei bahnten, entdeckte sie ihr Zielobjekt in einer Nische unter Fenstern, hinter denen die schwarze Nacht wartete. Bart und seine Frau Tilly auf einer Seite, Cory auf der anderen. Glattrasiert, gepflegt, gut gekleidet und wie ein Pfadfinder aussehend – mit Ausnahme seiner geschwollenen Nase, die nur langsam heilte.

Bart stand auf, als er sie entdeckte. Sie beobachtete, wie sich sein Ausdruck mit Wut füllte und der Anblick fühlte sich wie ein Messerstich direkt in ihre Brust an. Wann war es passiert, dass sie den alten Mann in ihr Herz geschlossen hatte? Und warum hatte sie ihm das nie gesagt?

Ihr Bedauern war wie ein Echo in einem von Felsen gesäumten Tal. *Zu spät, zu spät, zu spät.*

Cory sah sie und erstarrte. „Was zum Teufel will die denn hier? Verpiss dich, Schlampe."

„Cory." Seine Mutter schnappte entsetzt nach Luft. „Ich verbitte mir solche Ausdrücke."

Rainie zog eine Schutzmauer um ihr Herz. Wenn sie jetzt nicht das Wort erhob, würde sie nie den Mut finden. „Bitte gib mir eine Minute, Bart." Sie hob ihr Kinn und hielt den Blick auf den alten Mann gerichtet.

„Spuck es schon aus, Rainie." Barts Kiefer war angespannt.

Hinter ihr trat Jake näher und wärmte sie mit seiner Präsenz. Sie war sich seiner Unterstützung sicher.

Cory funkelte sie wütend an, sein Ausdruck von Boshaftigkeit durchzogen.

Sie schluckte und presste die Worte heraus: „Bart, ich habe nie erwähnt, wann ich Cory das erste Mal begegnet bin. Ich war sechzehn und lebte zu der Zeit bei einem Drogendealer."

„Drogendealer? Sechzehn?" Tilly schnappte erneut nach Luft. Ihr Gesicht veränderte sich. Ihre Augen füllten sich mit Besorgnis und ... Rainie erkannte, dass die Sorge ihr galt, einem Teenager in einer schlimmen Situation. Barts Frau hatte ein so großes Herz wie er.

Bart nickte kaum merklich. „Davon wusste ich. Lily hat es mir erzählt." Seine buschigen Augenbrauen zogen sich zusammen. „Warum sollte Cory dort gewesen sein?"

„Er kam, um Drogen zu kaufen." Sie hatte das Gefühl, durch einen Sumpf ihrer Vergangenheit zu waten. „Dann wollte er mich für S-Sex kaufen. Es folgte ein Faustkampf mit Shi – mit dem Dealer – und endete mit Cory in einem Müllcontainer."

Sie sah Bart und Tillys Gesichtsausdrücke. Fassungslosigkeit spiegelte sich darin wider. Der Anblick schmerzte und sie kam ins Stocken.

Jake drückte ihre Hüfte. „Erzähl weiter, Baby", murmelte er.

Gott, sie liebte ihn.

Sie zwang ihren Blick zurück zu Bart. „Als ich bei dir angefangen habe und erkennen musste, dass Cory dein Sohn ist ... Nun, es war eine unangenehme Überraschung für uns beide."

„Du redest nur Müll", platzte Cory heraus. „Schlampe, ich habe dich davor ganz sicher nicht gekannt ..."

„Sei still." Die Dominanz, die Jacob Sheffield zu einem Master im Shadowlands gemacht hatte, füllte die Luft.

Cory wich jegliche Farbe aus dem Gesicht und er rutschte instinktiv über die Bank, weit weg von Jake.

Der wundersame Gedanke, ihren eigenen Helden im Rücken zu haben, lockerte ihre Kehle und ließ die Worte kommen: „Am Tag bevor ich gekündigt habe, übernahm Cory die Planung für die Schichten. Wie du weißt, kümmert sich Larry um das Baby, wenn seine Frau arbeitet, und er braucht diese freien Nachmittage. Cory ignorierte diesen Wunsch und plante ihn ein. Larry hat sich beschwert, woraufhin Cory ihn feuerte."

„Larry gefeuert?" Bart sah aus, als hätte ihn jemand geschlagen. „Er gehört zu unseren zuverlässigsten Fahrern. Cory, du –"

Rainie fuhr fort: „Nachdem ich Larrys Gehaltsscheck ausgestellt hatte, zerriss Cory ihn und meinte, er würde Larry nicht bezahlen, und das, obwohl er den ganzen Monat gearbeitet hatte. Daraufhin kam es zu einem Streit zwischen uns."

„Das ist absoluter Schwachsinn", knurrte Cory. „Du –"

Rainie wandte den Blick nicht von Bart ab. „Cory hat mich aus dem Büro geworfen. Das war an einem Freitag. Am darauffolgenden Abend tauchte er total high vor meiner Wohnungstür auf. Wahrscheinlich Koks. Er hat zu mir gesagt, dass ..."

Sie sah zu Tilly, und ihr blieben die Worte im Hals stecken.

Gott, sie konnte das nicht tun. Sie konnte das dieser netten

Frau nicht antun. Rainie versuchte, einen Schritt zurückzutreten, und stieß gegen Jake.

Er legte einen Arm um ihre Taille und zog sie an seine Seite. Dann erhob er das Wort: „Ma'am, es tut mir leid, Ihnen das sagen zu müssen, aber ... Cory sagte zu Rainie, dass er sie feuern würde, wenn sie ihm keinen Blowjob gebe. Er sagte ihr, er könne alles tun, was er wolle, auch die Angestellten ficken."

„Nein. *Nein*", flüsterte Bart. Seine Augen wanderten zu Rainie. Sein Ausdruck sprach von Entsetzen und Schmerz.

„Ich ... Ja." Es fühlte sich an, als würde man einen hilflosen Welpen treten. „Cory packte mich am Arm. Jake ist dazwischen gegangen und hat ihm auf die Nase geschlagen."

„Du dumme Fotze! Ich habe dich nicht angefasst!" Cory sprang auf die Füße. „Und ich habe deinen Arschloch-Freund noch nie in meinem Leben gesehen."

„Soll ich dir die Nase nochmal brechen?" Jake trat um Rainie herum. „Setz. Dich. Hin."

Rainies Knie bebten. Cory fiel zurück auf die Bank.

Bart starrte auf die Prellungen. „Du meintest, du wärst gestürzt." Die Farbe wich von seinem Gesicht und hinterließ Sorgenfalten. Er sackte sichtlich zusammen.

Als seine Frau nach seiner Hand griff, unterdrückte sie ein Schluchzen.

Oh Gott, was hatte sie getan? „Es tut mir leid, Bart", gelang es Rainie, zu flüstern. „Es tut mir so leid." Sie zögerte, bevor sie Reißaus nahm und durch die Tür ins Freie stürzte.

„Rainie." Jake folgte ihr nach draußen.

In der Ferne grollte der Donner, und die Palmen, die den Parkplatz säumten, beugten sich unter dem vorrückenden Sturm.

Rainie drehte sich zu Jake. Eine weitere Person, die sie enttäuscht hatte. Er hatte einen Hund in der Praxis verloren; er hatte sie gebraucht. Und was hatte sie getan? Sie hatte ihn benutzt und seinen Abend mit ihren eigenen Problemen ruiniert. Sie hatte ihm überhaupt nicht geholfen – wieder einmal war sie von ihrer Vergangenheit überrannt worden. Eine Vergangenheit, die ihr – und anderen – regelmäßig Schmerzen bereitete.

„Ich bringe dich nachhause", sagte Jake.

„Nein." Sie trat einen Schritt zurück und distanzierte sich von ihm. „Danke. Danke, dass du bei mir geblieben bist. Danke, dass du mir beigestanden hast. Aber … i-ich bin nicht gut für dich."

„Rainie, das ist doch nicht –"

„Ich möchte jetzt allein sein."

Sein Kiefer spannte sich an. „Ich –"

Sie schüttelte den Kopf. „Meine Entscheidung."

Als sie sich von ihm entfernte, spürte sie, wie sich die Verbindung zwischen ihnen dehnte, dünner wurde und schließlich verschwand. Der Wind peitschte gegen die Tränen, die über ihre Wangen strömten, und ließ nur Kälte zurück.

Jake beobachtete Rainie an ihrem Schreibtisch in der Praxis. Sie sah furchtbar aus. Sie war so blass, dass er die blauen Adern an ihren Schläfen und Schatten unter ihren Augen sehen konnte. Sie bewegte sich, als ob sogar ihre Muskeln weh taten.

Sie hatte zweifellos die Nacht damit verbracht, für Bart und seine Frau zu leiden. Ja, sie war der Typ, der diese Schuld auf sich nahm.

Fuck, er wollte sie in seine Arme ziehen.

Stattdessen öffnete er den Kühlschrank, schnappte sich zwei Energydrinks und reichte ihr eine Dose. „Die brauchst du. Trink."

Sie blinzelte zu ihm auf und schenkte ihm ein Lächeln. „Deiner Präsentation mangelt es an Finesse, aber danke."

„Geht's dir gut?"

Sie seufzte. „Die Tatsache, dass du mir einen Energydrink geholt hast, bedeutet wohl, dass ich heute nicht Miss America gewinnen werde, was?"

Er lächelte. „Du bist so schlau."

„Ja, das bin ich." Sie schob sich die Haare aus dem Gesicht und seufzte. „Jake?"

Sie hatte ihre Haare heute nicht zu einem Zopf geflochten oder sie hochgebunden. Nicht, dass er sich beschwerte. Bei der Art und Weise, wie sich ihre Haare über ihre Schultern ergossen, konnte er nur daran denken, seine Finger darin zu vergraben. „Mhm?"

Sie senkte den Blick, öffnete die Dose und drehte das Getränk zwischen ihren Handflächen. Schließlich sagte sie: „Gestern Abend hast du gehört, was meine ehemaligen Klassenkameraden über mich gesagt haben und ... na ja, deine Reaktion hat mich überrascht."

„Weil ich sie nicht für dich verprügelt habe?"

Nach ihrem erschrockenen Gesichtsausdruck zu urteilen, hatte sie nicht mal im Traum daran gedacht, dass er sie auf diese Weise verteidigen würde.

Jetzt wünschte er sich, er hätte mit den Losern den Boden gewischt. „Normalerweise nutze ich meine Fäuste nicht, wenn jemand im Hintergrund Beleidigungen flüstert. Wären sie zum Tisch gekommen, dann ja, aber –"

„Nein, Gott, nein, ich wollte nicht, dass du ... Meine Güte." Ihre Hände schlossen sich um die Dose, drückten zu, verbeulten sie. „Nein, mir ist nur aufgefallen, dass es dir nicht peinlich war oder –"

„Weil die Arschlöcher aus ihren Mündern gefurzt haben?"

Bei ihrem entsetzten Blick grinste er. „Entschuldige meine Ausdrucksweise."

„Ähm. Okay." Ihre Finger lockerten sich. „Es ist nur ... Es muss schön sein, wenn es einem egal ist, ob Leute einen mögen oder was sie über einen sagen."

Jakes Augen verengten sich. Wieder einmal erkannte er, wie wichtig es ihr war, was andere über sie dachten. „Rainie –"

Sie drückte die Schultern durch. „Kannst du einen spontanen Patienten reinschieben?"

Eindeutiger konnte ein Themenwechsel nicht sein. Er warf einen Blick zum Wartebereich, nickte den drei Kunden zu, die mit ihren Haustieren warteten, und antwortete: „Ich habe die Schrotmunition aus dem Dobermann entfernt. Also, ja, ich sollte in der Lage sein, jemanden dazwischen zu schieben."

Die Eingangstür öffnete und schloss sich. „Jake", rief eine Frau quer durch den Eingangsbereich.

Jake stieß einen Seufzer aus. Das hatte heute noch gefehlt. „Nadia, was machst du hier?"

„Erinnerst du dich nicht, was ich gestern zu dir gesagt habe?" Sie blickte zu Rainie und ihre Lippen verzogen sich zu einem selbstgefälligen Grinsen. „Ich meinte, ich würde vorbeikommen, um dich zum Mittagessen abzuholen."

Als sich die Krallen der Oberzicke in Rainies Haut bohrten, an ihren Rippen vorbei und ihr Herz in Fetzen rissen, zwang sie sich zu einem leeren Ausdruck. Was Jake mit Nadia machte, war seine Sache. Schließlich schien er die Frau zu mögen. Immerhin war er nach der Hochzeit mit ihr verschwunden. Rainie sollte ihnen alles Gute wünschen.

Ganz sicher nicht.

Sie prüfte ihre Bluse, falls Blut aus der Wunde spritzte, die sich verdächtig nach einem Herzschuss anfühlte. Als Jake nichts sagte, hob sie den Blick.

Mit zusammengekniffenen Augen betrachtete er Rainie ... und las mit der unheimlichen Wahrnehmung eines Doms jede einzelne Emotion, die sie fühlte. *Verdammt.*

„Jake, Schatz, können wir los?", fragte Nadia, ihre Stimme dickflüssiger als kalter Melassesirup.

Jake ignorierte sie, berührte Rainies Wange mit einem sanften Finger und hielt ihren Blick auf eine Weise gefangen, die bis in die Ewigkeit anhalten würde.

Schließlich erhob er sich. „Nadia, gestern Abend, als *du* angerufen hast" – dem Blick, den er bei seinen Worten auf Rainie richtete, entging sicher nicht, wie erleichtert und gleichermaßen überrascht sie war, ihn das sagen zu hören – „meinte ich, ich hätte kein Interesse an einem Mittagessen. Oder an irgendetwas, das du anbietest."

„Oh, Jake." Nadias Schmollmund wirkte durch ihre gut aufgespritzten Lippen noch beeindruckender. Sie warf Rainie einen verachtenden Blick zu. „Ich hoffe nur, dass jemand wie sie es nicht geschafft hat, sich zwischen uns zu drängen."

Jake lachte. „Nadia, es gibt kein uns. Ich bin vor Jahren mit dir ausgegangen. Bevor du verheiratet warst. Ich habe kein Interesse daran, diese Erfahrung zu wiederholen. Nie wieder."

Das Flüstern aus dem Wartezimmer wurde hörbar.

Jake drehte Nadia den Rücken zu, lehnte sich mit der Hüfte an den Schreibtisch und sagte zu Rainie: „Die Laborergebnisse von Brennans Kaninchen kamen zurück, und ich muss das Antibiotikum wechseln. Kannst du den Besitzer ans Telefon holen?"

„Ich – natürlich. Sofort, Sir."

Sein Mundwinkel zuckte bei ihrem unterwürfigen Ausrutscher, aber er öffnete einfach einen Ordner und blätterte darin herum.

Die Außentür zischte unverwechselbar, und Rainie hob den Blick.

Nadias Gesicht hatte eine violette Farbe angenommen und so stürzte sie aus der Praxis.

Der ältere Mann im Wartezimmer hatte seine Hand über den Mund gelegt, aber seine bebenden Schultern konnten nicht verbergen, dass er lachte. Die Frau mit der Katzentragebox zwinkerte Rainie zu. Und die Dame mit dem Pudel gab ihr ein Daumenhoch.

Rainies Körper summte vor Erstaunen. *Jake will die Rothaarige nicht.* Schließlich gelang es ihren Fingern, Mr. Brennans Akte aufzurufen – ohne jeglichen mentalen Input, *Gott sei Dank*, da ihr Gehirn eine längere Pause genommen zu haben schien.

Verärgert über sich selbst stieß sie einen Atemzug aus.

Und Jake richtete seine Aufmerksamkeit wieder auf sie. Die Wucht in seinem Blick ließ Schweiß auf ihrer Stirn ausbrechen. „Gibt es ein Problem, Rainie?"

„N-Nein, Sir." Als sie erkannte, dass sie ihn wieder *Sir* genannt hatte, errötete sie.

Die Sonnenlinien neben seinen Augen vertieften sich, und er beugte sich vor, um ihr ins Ohr zu flüstern: „Ist dir klar, dass du mir stets den Tag erhellst, wenn du mich *Sir* nennst?"

Das Echo seiner Stimme hallte durch sie, und dann verschwand er im Behandlungsbereich und sie starrte ihm mit offenem Mund nach. *Gott*, sie wollte ihn so sehr. Nur gut, dass sie bald die Stadt verlassen würde, bevor er …

Oh nein. Was hatte sie nur getan?

Jeder Tropfen ihres Blutes rauschte direkt in ihren Kopf. Sie musste gestöhnt haben, da Rhage unter dem Schreibtisch herauskam und mit dem Köpfchen gegen ihre Beine stieß. Sie kraulte ihm hinter den Ohren und versuchte, an dem Knoten in ihrer Kehle vorbei zu schlucken.

Du dämliche, unvernünftige Idiotin.

Master Z hatte es wieder einmal geschafft. Auf beeindruckende Weise. Sie beobachtete, wie ihre Hand nach dem Telefon griff und sie die Nummer eintippte. Dann wartete sie. *Bitte geht nicht ran. Bitte geh nicht ran.*

„Shadowlands." Master Zs Stimme könnte nie mit einer anderen verwechselt werden. Seine Dominanz zischte durch all die Meilen zwischen ihnen und ließ wahrscheinlich die Telefonleitungen so heftig beben, wie sie das gerade tat.

„Ähm, hier spricht Rainie", flüsterte sie. *Reiß dich zusammen.* Sie zwang sich, die Schultern durchzudrücken. Ihre Finger zitterten. „Du hast … gewonnen, Sir. Die Wette."

„In der Tat."

Er ließ sie nur eine halbe Ewigkeit hängen, bevor er sanft sagte: „Du wirst am Freitag um neun Uhr abends ins Shadowlands kommen. Sag Ben, er soll mir Bescheid geben, wenn du im Club bist."

Absolutes Vertrauen. Absolute Unterwerfung. Mit Master Jake. Bei seinem Ton senkte sie instinktiv den Blick und antwortete: „Ja, Sir."

KAPITEL DREIZEHN

Als Jake an diesem Abend ins Shadowlands kam, ging er zuerst zur Bar, an der Raoul saß und mit Cullen sprach. „Gentlemen", grüßte Jake.

Er erhielt zur Begrüßung ein Nicken von beiden Männern.

„Ich dachte, du hättest gesagt, dass du eine Auszeit brauchst", sagte Raoul. „Hast du es dir anders überlegt?"

Das hatte er nicht. Der Club hielt zu viele Erinnerungen an Rainie. „Nicht direkt. Z bat mich, vorbeizukommen, weil er mit mir etwas besprechen möchte." Und der Mann hatte sich geweigert, das Problem, was auch immer es war, am Telefon zu diskutieren.

„Er ist hinten." Raoul wies in die entsprechende Richtung. „Bei den Käfigen."

„Danke." Jake schlug Raoul zum Abschied auf die Schulter und durchquerte den Raum, ging an den verschiedenen Sessions vorbei und atmete die Düfte von Leder, Parfüm, Schweiß und Nervosität ein.

Mit Jessica auf dem Schoß saß Z auf einem schwarzen Ledersessel und beobachtete, wie sich eine neuere Domina mit einem Flogger übte. Er bemerkte Jake und drückte sanft die Schulter seiner Sub. „Kannst du uns ein paar Minuten geben, Kätzchen? Ich möchte dich nicht in die Lage versetzen, Geheimnisse vor einer Freundin zu bewahren."

Jessica runzelte die Stirn. „Was hast du denn jetzt schon wieder geplant?" Als ihr Dom nicht antwortete, entließ sie ein genervtes Grunzen und rieb dann in einer hübschen Kapitulation die Wange gegen Zs.

Die kleine Blondine entfernte sich mit einer Hand auf ihrem runden Bauch und Jake nahm Platz. „Was ist los?"

„Danke, dass du gekommen bist." Z griff nach seinem Getränk. „Hat Rainie unsere Wette erwähnt?"

Rainie und Z? „Nein." Jake hielt die Frage zurück und wartete.

„Sie dachte, du hättest an einer anderen Frau Interesse – eine, die besser zu der Schicht passt, in der du aufgewachsen bist. Ich habe mit ihr gewettet, dass du ihr schon bald beweisen würdest, wie falsch sie liegt."

Was zum Teufel? „In der Schicht, in der ich aufgewachsen bin?"

„In der Tat."

Jake blickte finster drein. Rainie musste Nadia auf der Hochzeit gesehen haben. Nadia war wunderschön, keine Frage. Aber Rainie schien sich in ihrem eigenen Körper wohler zu fühlen als die meisten Frauen, denen Jake in seinem Leben begegnet war. „Was soll dieser Scheiß mit der Schicht?"

Nachdenklich brachte Z die Fingerspitzen seiner Hände vor seinem Mund zusammen. „Hat sie mit dir über ihre Ziele im Leben gesprochen?"

„Ich weiß, dass sie studiert hat und in einer guten Firma Karriere machen möchte. Sie will eine Führungsposition – eine mit hohem Status."

„Und warum hat sie sich für einen hohen Status als Ziel entschieden?"

„Möchte das nicht jede Geschäftsperson?"

„Möchte jeder Tierarzt nur mit Pferden arbeiten?" Z lächelte leicht. „Ihre Freunde sagen, dass sie deine Praxis liebt – die Tiere, die Herausforderungen, die Menschen. Meine Fragen – die sie nicht beantworten wollte – sind: Warum will sie einen Job aufgeben, den sie liebt? Und warum besteht sie stets darauf, *mehr* sein zu müssen?"

Jakes Augen verengten sich. „Mehr? Mehr was? Sie ist schon ..." *perfekt.* „Ich verstehe nicht."

„So geht's mir auch. Aus dem Grund kam es zu der Wette."

Meine Fresse, wenn Z mit einer Sub wettete, konnte es hässlich werden. Jake drückte die Schultern durch. Wenn Rainie die Strafe nicht gefiel, würde Jake dafür sorgen, dass Z sich zurückzog. „Was wirst du sie tun lassen?"

Belustigung blitzte in Zs grauen Augen auf. „Sie hat zugestimmt, heute Abend in den Club zu kommen, um dir in absolutem Vertrauen und absoluter Unterwerfung zu dienen."

„Mir?"

Z stand auf. „Sie ist im Kerker und wartet auf dich, Jacob. Dies könnte ein guter Zeitpunkt sein, um an ein paar Antworten zu kommen."

Z entfernte sich und Jake erhob sich, nur um sich wieder hinzusetzen.

Sie musste ihm dienen. Sie musste ihm vertrauen – obwohl sie es offensichtlich nicht tat, sonst würde er ihren Hintergrund kennen. Sie hatte Bart nur ungern erzählt, dass sie mit sechzehn bei einem Drogendealer gewohnt hatte. Jennifer hatte etwas davon erwähnt, dass sie mal auf der Straße gelebt hatte. Pflegefamilien. Weggelaufen.

Die meisten Menschen hatten kein Problem damit, von ihrer Vergangenheit zu erzählen, ob furchtbar oder nicht. Da Rainie in dem Punkt so zurückhaltend war, bedeutete das, dass sie sich für ihre Vergangenheit ... schämte? Er musste es wissen.

Und auch von ihren Zielen wollte er hören. Die Arschlöcher neulich Abend hatten ihr wirklich zugesetzt. Und sie wollte *mehr* sein ...

Jake starrte die Wand an. Zs Wette gab ihm eine Nacht. Was

nicht viel war, wenn er bedachte, was er alles aus ihr herausholen wollte.

Zuerst brauchte es einen Plan.

Und dann würde er sich die Antworten auf seine vielen Fragen holen.

Ihre Knie schmerzten. Mit dem Blick nach unten gerichtet, verlagerte Rainie ihr Gewicht von einer Seite zur anderen. Hinter ihr benutzte jemand ein Paddel an einer Sub, und das klatschende Geräusch hallte durch den felswandigen Kerker.

Wie lange saß sie schon hier? Hatte Master Z sie vergessen?

Nein, er vergaß nie etwas ... außer vielleicht einen Artikel auf der Einkaufsliste. Jessicas Erzählungen von einem abwesend wirkenden Z waren eine Überraschung gewesen.

Denn im Shadowlands wirkte er nie unaufmerksam.

Vielleicht wollte Jake sie nicht sehen. Bei dem düsteren Gedanken blinzelte Rainie Tränen zurück. Entschlossen lenkte sie ihre Aufmerksamkeit auf die Geräusche um sie herum – das Stöhnen von der anderen Seite des Kerkers, dem Klicken der High Heels einer Domina. Ein Seufzer. Ein Lachen.

Stiefel erschienen in ihrem Blickfeld. Schwarz und an den Zehen abgenutzt. Ebenso farbene Jeans.

Ihr Herz flatterte und hüpfte wie ein Flummi, als sich ihr Blick hob. Ein schwerer Ledergürtel um die schlanke Hüfte. Breite Schultern unter einem schwarzen Hemd – ein Hemd in schmaler Passform, das harte Brustmuskeln betonte. *Jake. Mein Jake.*

Nur ist er das nicht, oder? Warum musste sie sich immer wieder an diese Tatsache erinnern? Warum tat es jedes Mal mehr weh?

Seine oberen Hemdknöpfe standen offen und entblößten gebräunte Haut. Sein schattiger Kiefer war angespannt. Er wirkte wütend. Wollte er überhaupt hier sein?

Sie senkte die Augen, konnte aber nicht anders und begegnete erneut seinem Blick. Sie war todunglücklich und das Gefühl setzte sich als schweres Gewicht auf ihre Schultern. *Nicht weinen.* Sie grub ihre Fingernägel in ihre Oberschenkel, um so ihre Trauer und den Schmerz umzuleiten.

Die nackte Haut gab unter ihren Nägeln nach. Nackte Beine, nackter Arsch, alles nackt. Nachdem Master Z sie in den Kerker geführt hatte, hatte er auf diese Ecke gezeigt und befohlen: „Zieh dich vollständig aus, knie nieder und warte auf Master Jakes Anweisungen."

Und jetzt war Master Jake hier.

„Du sollst mir also heute Abend mit absolutem Vertrauen und absoluter Unterwerfung dienen", sagte Jake. Sie konnte seinem Ton nichts entnehmen – weder Sarkasmus oder Überraschung noch Begeisterung.

Er klang überhaupt nicht wie ihr Jake ... weil sie ihn mehr verletzt hatte, als ihr klar war. Mehr, als sie für möglich gehalten hatte. Das Letzte, was sie jemals tun wollte, war, ihm Schaden zuzufügen. Sie biss sich auf die Unterlippe und wollte ihn bitten, zu verstehen, dass sie nicht die richtige Person für ihn war.

Andererseits hatte er die perfekte Nadia weggeschickt. Und dann hatte er sich Rainie zugewandt und sie unfassbar sanft berührt.

Sie schluckte. „Ja, Sir."

„Okay." Er bot ihr seine Hand, um ihr beim Aufstehen zu helfen. „Ich bin in der Stimmung, dich hart zu nehmen, also könnte das Timing nicht besser sein."

Ein sehnsuchtsvoller Angstschauer setzte sich in ihr fest. Wie erbärmlich, dass sie ihm ... rein gar nichts verwehren würde, nur um erneut von ihm berührt zu werden.

Sie folgte ihm tiefer in den Kerker. Der Bereich für Wachs-Play wartete mit einer Einwegbedeckung auf dem Bondage-Tisch. Auf dem schweren Steintisch daneben stand eine brennende Kerze.

Wachs konnte sich wunderbar anfühlen – oder höllisch weh tun, wenn der Dom in einer sadistischen Stimmung war. Wie wütend Jake wohl war? Sie musste sich daran erinnern, dass er seine Wut niemals an einer Sub auslassen würde. Ganz sicher würde er in dem Fall die Session abbrechen ... oder?

„Rainie."

Sie riss ihren Blick von der Flamme und sah in seine entschlossenen Augen. „Ja, Sir?"

„Absolutes Vertrauen?"

Sie zuckte zusammen und ließ von ihren Zweifeln ab. „Es tut mir leid, Sir. Ich vertraue dir."

„Du vertraust mir mit deinem Körper." Er half ihr auf den Tisch und positionierte sie mit starken, unpersönlichen Händen auf dem Rücken. „Aber nicht mit deinen Emotionen. Oder deiner Vergangenheit. Deiner Zukunft." Seine Baritonstimme war so gefühllos wie sein Gesichtsausdruck.

So mag ich ihn nicht.

Doch seine stille Anschuldigung traf ins Schwarze. Die Erkenntnis, dass sie sich absichtlich von ihm abgeschottet hatte – von ihrem Dom –, brachte sie so unerwartet aus der Fassung, dass sie zu beben begann.

Mit bewussten Bewegungen schob er ein Keilkissen unter ihren Arsch, um ihr Becken nach oben zu neigen, und legte ihr an ihre Oberschenkel Fesseln an, bevor er sie seitlich am Tisch einhakte. Als er die Riemen straffte, wurden ihre Knie nach oben und zu den Seiten gedrückt. Das führte dazu, dass ihre Pussy vollkommen entblößt vor ihm lag. Ein wahrgewordener Spielplatz für ihn, besonders nachdem er ihren Hintern bis zur Tischkante gezogen hatte.

Ein weiterer Riemen legte sich über ihren unteren Bauch und sorgte dafür, dass sie sich nicht von dem entfernen konnte, was er geplant hatte.

Als er einen Riemen auf ihrer Stirn positionierte, schaffte sie es geradeso, nicht zu wimmern. Da sie ihren Kopf nicht bewegen konnte, wirkte alles viel zu restriktiv. Zusätzliche Riemen gingen über ihre Arme und kreuzten sich sowohl über als auch unter ihren Brüsten.

Er lief um den Tisch herum und zog die Einschränkungen fester oder lockerte sie, bis alles seinen Ansprüchen entsprach. „Dein Safeword ist *Rot*. Bei Krämpfen, Taubheitsgefühlen, Kribbeln oder Beschwerden, mit denen du nicht umgehen kannst, verwendest du *Gelb*. Verstanden?"

„Ja, Sir." Ihr Herz trauerte um die Zuneigung, die sonst in seiner Stimme wohnte.

„Ausgezeichnet." Er war ihr nah, füllte ihr Blickfeld und blockierte so den Rest des Raumes. „Du bist eine wunderschöne, kluge, liebevolle Frau, Rainie. Warum denkst du, dass du nicht gut genug für mich bist?"

Die Frage kam wie aus dem Nichts – wie ein Tornado riss er ihr Inneres auseinander und stahl ihr den Atem.

Sie hatte keine Antwort für ihn.

Er gab ihr Zeit, um zu antworten, schüttelte dann den Kopf und ließ seine Enttäuschung in der Stille zwischen ihnen zum Vorschein kommen.

Tränen brannten in ihren Augen.

„Wenn du nicht mit mir reden willst, kann ich auch das hier an dir benutzen." Nachdem er ihr ein quietschendes Spielzeug in die Hand gelegt hatte, knebelte er sie mit einem schwarzen Silikonschnuller. Er war nicht so einschüchternd wie die riesige Penisversion, und doch füllte das runde, weiche Ding ihren Mund vollständig aus.

Sie atmete durch ihre Nase ein und ihre Lungen nahmen Master Jakes Eau de Cologne vollkommen auf. Es roch nach Wald – eine frische Brise in einem Kerker, der nur Fels- und Lederduft mit sich brachte.

„Beiß auf den Knebel, wenn du musst", sagte er in einem gelassenen Ton. „Verwende das quietschende Spielzeug als Ersatz für dein Safeword – oder wenn du bereit bist, mit mir zu sprechen."

Wenn. Nicht falls.

Seine Handfläche lag warm auf ihrer Wange, als er sich zu ihr runterbeugte. „Du wirst mit mir reden, Süße. Die einzige Frage ist, wie viel du bis zu diesem Punkt aushalten kannst."

Bei der erschreckenden Entschlossenheit in seiner Stimme zog sie unwillkürlich an ihren Fesseln, aber sie war vollkommen hilflos.

Er lehnte seinen Unterarm auf den Tisch, sein Gesicht nur wenige Zentimeter von ihrem entfernt. Sein angespannter, strenger Kiefer erinnerte sie an den stählernen Kern unter seinem üblichen Charme. „Ich weiß nicht, was gerade in deinem Kopf vorgeht, Rainie. Bevor dieser Abend jedoch zu einem Ende kommt, werden wir deine Gedanken und Gefühle erkunden – auch, wenn wir dafür bis zu deiner Geburt zurückgehen müssen."

Sie biss auf den Knebel. Auf keinen Fall würde sie über ihre schreckliche Kindheit sprechen.

„Absolutes Vertrauen. Absolute Unterwerfung. Du gehörst zu den ehrlichsten Menschen, die ich kenne, Rainie. Ich bin mir also sicher, dass du deinen Wetteinsatz nicht vergessen wirst."

Ihr Verstand war wie leergefegt, als sie erkannte, dass Master Zs Wette eine ausgeklügelte Falle gewesen war.

Als Jake innehielt und ihr die Möglichkeit gab, zu antworten, befahl sie ihren Fingern, das Spielzeug zum Quietschen zu bringen, sodass sie mit ihm reden konnte. Aber nein. Alles in ihr blieb unbeweglich.

Er wartete noch eine Sekunde, bevor er seine Lippen über ihre strich. „Keine Sorge, Rainie. Schon bald wirst du mir alles erzählen." Sein Gesicht war ausdruckslos, als er ihr eine Sonnenbrille aufsetzte.

Der Raum wurde dunkel. Schlimmer noch: Die Gläser waren wie Lupen gebogen und verzerrten die Umgebung wie Spiegel in einem Gruselkabinett, vergrößerten Objekte und Menschen.

„Ich werde dich irgendwann ficken", sagte er sanft. „Zuerst aber werde ich sicherstellen, dass die Empfindungen ungeahnte Höhen annehmen – für uns beide."

Was meinte er damit? Hatte er vor, Chemical-Play in die Session einzubringen?

Er positionierte einen gummiartigen Kreis über ihrer Klitoris, der sich fast bis zu ihrem Anus erstreckte. Mit einer Hand hielt er das Ding an Ort und Stelle. Mit der anderen Hand ...

Der Kreis grub sich in ihre Haut, während etwas an ihrer Klitoris und ihren Schamlippen zu ziehen schien. Es gab einen weiteren Ruck. Das Zuggefühl nahm zu. Und weiter. Und weiter.

Unsicher, ob das Gerät ihr weh tat – oder sie nur erschreckte –, wimmerte sie.

„In Ordnung, ich werde es für eine Weile bei diesem Druck belassen und sehen, wie es dir damit ergeht."

Druck. Sie riss die Augen weit auf. Er hatte ihr eine Pussy-Pumpe angelegt – ein Sauggerät. Jetzt erkannte sie das Gefühl. Es tat nicht wirklich weh, aber es war extrem beunruhigend, als ob ein riesiger Mund an ihrer gesamten Pussy saugte.

Sie sah in ihrer schattenhaften Welt zu seiner bedrohlichen Präsenz auf, konnte die Züge seines Gesichts aber nicht erkennen.

Seine Hände waren warm, als er ein Öl in ihren Bauch und ihre Brüste massierte. „Du hast die weichste Haut", murmelte er. „Wie Seide." Seine schwieligen Finger fingen einen Nippel ein, rollten ihn und zwickten hinein, bis die Knospe vor ihm salutierte.

Ein sinnlicher Hunger strömte zu ihrer Mitte und verstärkte die Empfindungen. Seine Hände wieder auf ihrer Haut zu spüren, gehörte zu den bittersüßesten aller Freuden.

Jake streichelte müßig Rainies volle Brüste, als er über ihre Reaktion nachdachte. Ihre Haut hatte sich gerötet. Ihre Brustwarzen waren hart.

Mit dem Wissen, dass er sie heute Abend schnell verunsichern musste, hatte er ihr die Fähigkeit genommen, sich zu bewegen, zu sprechen und zu sehen. Ihre Pussy gehörte ihm allein, und der ständige Druck von der Pumpe würde dieses Bewusstsein verstärken. Aber sie war immer noch in ihrem Kopf gefangen.

Mit dem nächsten Schritt würde er das ändern. Er legte nasse Handtücher auf den Steintisch. Eine Schüssel Wasser mit Eis. Ein Tafelmesser. Die Kerze hatte einen Ständer, um Unfälle zu vermeiden. Seine Spielzeugtasche enthielt Aloe-Vera-Creme.

Er nahm die Kerze und testete die Höhe zuerst an sich selbst, indem er einen Tropfen auf die Innenseite seines Unterarms fallen ließ. Dem angenehmen Platscher folgte eine sich ausbreitende Wärme. Nicht zu heiß, zumindest nicht für ihn.

Er sah zu Rainie hinunter. Die Brille verbarg ihre Augen, aber mit den speziellen Gläsern erschien ihr die Flamme wahrscheinlich riesig. Mit Rücksicht auf ihre empfindlichere Haut erhöhte er den Abstand, um sicherzustellen, dass das Wachs mehr Zeit zum Abkühlen hatte. Ein Tropfen fiel auf ihre Schulter.

Sie zuckte zusammen und schnappte überrascht nach Luft – aber er hörte keinen Schmerz heraus.

Mit seinen Fingerspitzen löste er den sich verhärtenden Klecks und sah, dass die Haut darunter nun etwas pinker war. Genau richtig.

Und so begann er.

Das Wachs-Play machte so viel Spaß wie das Fingermalen im Kindergarten. Noch mehr als die künstlerische Freude an der Kreation interessanter Muster bestand die Befriedigung beim Wachs-Play darin, die seidige Haut und die Kurven einer Frau als Leinwand zu verwenden. Hinzu kam, dass es sich für einen Dom ekstatisch anfühlte, die Sub höher und immer höher zu treiben. Er verringerte den Abstand, erhöhte die Hitze, die Menge, die Intervalle, bis Rainie sich ihm entgegenwölbte und doch vor jedem Tropfen zurückschreckte.

Ihr Gesicht wurde immer pinker, ihre Lippen rot vor Erregung.

Apropos ... Er stellte die Kerze auf den Tisch und begutachtete sein Kunstwerk. Weiße Wachslinien kreuzten ihren Oberkörper, umkreisten ihre Brüste und fanden sich auf ihrem unteren Bauch. *Hinreißend.*

Die Saugvorrichtung ließ Druck ab und er entfernte das Gerät, um das Resultat zu begutachten.

Ihre Klitoris und ihre Schamlippen waren auf die dreifache Größe angeschwollen. „Sehr hübsch."

Als er mit dem Finger über ihr wunderschön geschwollenes Fleisch fuhr, sog sie scharf den Atem ein. Ja, sie war nun viel empfindlicher. Und ihre Schamlippen glitzerten bereits mit ihrem Nektar.

Verdammt, er wollte sie – aber er wollte alles von ihr, nicht nur ihren Körper. Zuerst brauchte er Antworten. Am Kopf des Tisches zog er den Knebel aus ihrem Mund. Der Schnullerknebel hatte niedliche Bissspuren. Nachdem er ihre Lippen abgewischt hatte, schob er die Brille auf ihre Stirn.

„Du siehst ein wenig benommen aus, Süße", sagte er. „Wie ist dein Name?"

Sie schluckte und flüsterte: „Rainie."

Noch vor seinem Gespräch mit Z hatte sich Jake über die Lücken in seinem Wissen über sie gewundert. Ihr Vater hatte sie im Stich gelassen, dann die Mutter. Pflegefamilien. Mehrzahl. Aber ... sie war mit sechzehn weggelaufen und hatte möglicherweise einen Drogendealer gedatet. Und Miss Lily hatte ihr mit siebzehn ein Zuhause gegeben. *Wo auch immer Sie sind, Miss Lily, vielen Dank für Ihre Fürsorge.*

„Hübsche Rainie. Du bist so ein braves Mädchen." Anerkennend flüsterte er ihr Worte ins Ohr, streichelte *seine* Sub, denn ja, das war sie. Behutsam glitt er über ihre Haut, die nicht mit Wachs bedeckt war, um sie in einen ruhigen Zustand zu versetzen. „Das Wachs sieht wunderschön auf dir aus, Baby."

Sie entspannte sich unter seinen Händen und ihr Blick verlor den Fokus.

Im gleichen beruhigenden Ton fragte er: „Warum bist du vor deiner Pflegefamilie geflohen?"

Rainies Verstand hatte sich woanders niedergelassen. Bei seiner Frage jedoch hielt eine Dunkelheit in ihr Einzug – wie eine Regenwolke, die sich vor die Sonne schob. Pflegefamilie. „Mr. Evans hat versucht ..." Ihre Lippen hatten Schwierigkeiten, die Worte zu bilden. „... hat mein Kleid zerrissen." Ihr ausgeliehenes Kleid hatte sie fast so schön aussehen lassen wie die beliebten Mädchen aus ihrer Highschool. „Mein hübsches Kleid für Jennifers Party."

„Jennifer? Für Jennifers Sweet Sixteen-Party?", fragte eine heisere Stimme.

„Hat mich eingeladen. *Mich.*" In Jennifers Haus eingeladen zu werden, war ... mehr als cool. Und das Haus war so sauber gewesen. Wunderschön. Es hatte sogar anders gerochen, nach Blumen und Gebäck. Sie war spät dran gewesen. Schon als sie die Türschwelle übertreten hatte, war sie überschwemmt worden von den glücklichen Lauten, dem Kichern und Lachen anderer Menschen. *„Gehen Sie durch das Wohnzimmer auf die hintere Terrasse, Miss."* Auf halber Strecke warf sie einen Blick nach rechts in ein Gaming-Zimmer und sah ...

Ihre Füße waren einfach stehen geblieben. „Sieh ihn dir nur an ..." Umgeben von seinen Freunden bewegte sich der Junge – nein, der Mann – auf eine Weise, die sie magisch anzog. Haare ein zotteliges Braun, Augen ein faszinierendes Grün. Sie hatte noch nie einen Mann gesehen, der so schön war. So manierlich und stark.

„Wen ansehen, Baby?"

„Jake. Bruder." Dann hatte sie das Gelächter gehört. Direkt hinter ihr. Schrecklich. Grausam. *„Hey, fette Kuh, wen starrst du so* *an? Mein Gott, sie hat es auf Jake abgesehen. Als hättest du eine Chance bei ihm."* Ihr ganzer Körper zuckte.

„Sag es mir, Baby. Was ist los?"

„Ich bin hässlich. Abschaum."

Die Stimme klang wütend. „Wer hat das gesagt?"

„Jens Freunde." Ihre Beine bewegten sich, aber die Riemen hielten sie fixiert. „Lauf weg!" Tränen füllten ihre Augen, ein harscher Schluchzer entkam. *Lauf, lauf nachhause.*

„Gott, das ist es." Eine tröstende Hand legte sich auf ihr Bein. „Du bist nachhause gerannt", knurrte die Stimme, „von meinem Haus geflohen, nur um dort von diesem perversen Bastard angegriffen zu werden."

Sie versuchte zu nicken. „Er meinte, ich hätte es verdient. Dass ich mit meinem Körper danach gefragt habe."

„Eine Lüge."

Bei der Schlagkraft hinter der Stimme des Doms klarte ihr Verstand auf. Was hatte sie ihm erzählt? *Abschaum.* Sie hatte sich selbst als Abschaum bezeichnet. *Oh Gott!* Ihr Sichtfeld verschwamm mit Tränen und sie presste die Augen fest zu. *Lass die Welt untergehen. Bitte, Gott.*

Anstatt mehr Fragen zu stellen, küsste er sie. „Ich liebe deine Lippen, Süße." Er küsste sie erneut, so zärtlich und liebevoll, dass unter ihren Lidern frische Tränen zum Vorschein kamen.

„Es tut mir leid, dass ich dich zum Weinen gebracht habe." Noch ein Kuss. „Dennoch werde ich dich dafür sorgen, dass du mir auch den Rest erzählst."

Ihr Mund klappte zu … und er gluckste.

„Das wirst du. Weil ich dich an den Punkt bringen werde, an dem du lieber reden als leiden würdest." Er schob die Brille zurück auf ihre Nase und durchtrennte so die Verbindung zur Realität.

Ihre Haut prickelte unter dem kühlenden Wachs – und ihre Erregung war verschwunden, obwohl ihre geschwollene Pussy noch immer pochte. Als sie ihre Augen öffnete, stellte sie in ihrer verzerrten Welt nur eine riesige Gestalt fest. Einen schwarzen Körper in der Dunkelheit.

„Mach dir keine Sorgen, Baby. Ich kümmere mich um dich." Die reichhaltige Klangfarbe in Jakes Stimme schaffte es, dass sich ihre Gedanken allein auf ihn konzentrierten, und so hielt er sie in seinem Bann.

Sie seufzte erleichtert aus. Sie fühlte sich behütet.

„Machen wir mit etwas Neuem weiter. Aufmachen." Mit festen Händen spreizte er ihre Pobacken.

Pobacken. Warte. „Ohhh." Sie spannte die Muskeln an, um das Eindringen zu verhindern.

„Wir haben das schon einmal gemacht, Süße, und du hast es sehr genossen." Er hielt sie offen, und das Gefühl seiner Hände auf ihrem Hintern, die Anerkennung seiner vollständigen Kontrolle, sandte eine Welle des Verlangens durch sie.

Als er den glatten Plug gegen ihren Anus drückte, wehrten sich ihre rektalen Muskeln und verloren. Das Spielzeug glitt in sie, dehnte sie. Die Nervenenden in dieser Gegend erwachten zum Leben, verbanden sich irgendwie mit ihrer Mitte und schickten Hitze nach oben.

Eine Sekunde später bedeckte das Saugding erneut ihre Pussy. Ihre Schamlippen und ihre Klitoris schwollen an. Der Druck stieg, mehr und mehr, höher als zuvor. Ihre gesamte untere Hälfte dehnte sich, spannte sich.

Die Geräusche der anderen Sessions im Raum drifteten zu ihr. Gemurmel und Stöhnen. Der harsche Laut eines Floggers. Die leichteren Schläge eines Rohrstocks. Durch die dunkle Brille sah sie Master Jake, größer als ein Baum. Seine breiten Schultern und seine Brust blockierten die Wand hinter ihm.

Er legte seine Handfläche auf ihren Bauch und seine Finger hielten sich an die Stellen, die er vor dem Wachs bewahrt hatte. „Deine Pussy wird immer feuchter und schwillt weiter an, Süße", sagte er. „Ich habe vor, dich danach hart zu nehmen."

Ein Lustschauer durchfuhr sie bei dem fleischlichen Versprechen in seiner Stimme. Die Luft selbst fühlte sich schwelend an.

Die flackernde Flamme einer Kerze stieg wie ein Sonnenaufgang in ihr Blickfeld. Sie folgte dem ersten fallenden Wachstropfen. Eine Sekunde später blühte Feuer unter ihrer Haut.

Exquisit langsam träufelte er mehr Wachs über ihren Bauch und nach oben zu ihren Brüsten. In Erwartung jedes neuen Tropfens, jedes neuen feurigen Stroms spannte sie sich an. Ihre Pussy pochte; ihr Anus brannte.

Sie keuchte und stöhnte.

Mehr Wachs.

Eine Pause. Ihre Muskeln spannten sich an.

Mehr Wachs. Das unbeschreibliche Vergnügen, das die Hitze nach sich zog.

Hoch und höher stieg sie, und irgendwie, irgendwo schnitt jemand die Leine durch und sie schwebte frei. Sie schwebte davon. Der Biss von heißem Wachs auf ihrer Haut verblasste zu einem Gefühl, das an warmen Regen erinnerte.

„So ist es gut, Baby." Die gedämpften Worte fühlten sich wie ein Teil von ihr an, als käme die Stimme aus der Wärme, die ihre Haut einhüllte.

Lippen trafen auf ihre. Der schwache Duft des Waldes wehte zu ihr und hüllte sie in Sicherheit und Stärke. Eine Wange strich über ihre, seine Stoppeln ein erregendes Kratzen auf ihrer Haut. „Miss Lily hat dich aufgenommen."

Hatten sie etwas Bestimmtes besprochen? Sie versuchte, sich zu erinnern und scheiterte. Ihre Sorgen drängten ihre Vernunft beiseite.

„Du meintest, dass du ... mehr sein musst. Hat Miss Lily das zu dir gesagt?"

Nette Miss Lily. *„Achte auf deine Körperhaltung, Rainie."* Zerbrechliche Miss Lily nippte an ihrem Tee, ihre Wirbelsäule kerzengerade, ohne die Rückenlehne des Stuhls zu berühren. *„Knie zusammen."*

Rainie kreuzte vorsichtig ihre Beine, nur an den Knöcheln, um eine anmutige Linie zu bilden. *„Zu viel Dekolletee ist für Flittchen; du bist eine Dame. Zieh deinen Schmuck an und entferne dann ein Stück. Benimm dich wie eine Lady. Nicht fluchen. Niemand will eine billige Frau.“*

Rainie hörte sich selbst die Regeln flüstern.

Eine gedehnte, tiefe Stimme murmelte: „Zur Hölle nochmal. Sie dachte, sie würde helfen. Stattdessen hat sie es übertrieben.“

Sie bekam einen weiteren Kuss. So sanft, dass ihre Gedanken wieder schwebten.

Nette Miss Lily. Sie konnte den Lavendelduft der älteren Frau regelrecht riechen, ihre weiche, faltige Wange spüren. „Sie hat mich geliebt.“ Rainies Lippen formten sich zu einem Lächeln, als sie in die Erinnerung eintauchte.

Frage. Eine Frage schwebte in ihrem Kopf, geflüstert von einer heiseren Stimme.

„Antworte mir, Süße.“

Frage. „Geoffreys Familie mochte mich nicht. Sagten, ich sei vulgär. Und fett.“ Der Schmerz von dieser Erinnerung grub sich wie scharfe Krallen in sie. Sie holte tief Luft und blinzelte.

Ihre Welt veränderte sich, kam wieder in den Fokus.

Mit der Brille in der Hand beugte sich Jake vor. Seine Augen waren schärfer als Laser und direkt auf sie gerichtet. Der Riemen über ihrer Stirn hielt sie davon ab, von seinem harten Gesicht wegzuschauen. „Von deinen Eltern verlassen, in Pflegefamilien angegriffen, von deinem Mentor kritisiert, von einem willensschwachen Freund verlassen. Kein Wunder, dass deine Ansichten etwas verdreht sind.“

Ihr Mund funktionierte, aber nichts kam heraus. Das hatte sie ihm alles erzählt? Fragmente ihrer eigenen Worte schwebten durch ihr Gedächtnis und ließen sie entblößter zurück, als es der Mangel an Kleidung vermochte.

„Du bist der Meinung, dass du alles an dir ändern musst, um geliebt zu werden?“

Wie sollte er es auch verstehen. „Ja", flüsterte sie. „Ich muss anmutig und poliert sein und –"

„*Gott*. Süße, von dir wird nicht erwartet, dass du dich änderst." Er legte seine Hände auf ihre Wangen. „Du sollst jemanden für dich finden, der dich so mag, wie du bist." Sein Kiefer war so angespannt, dass er Schwierigkeiten beim Sprechen hatte. „Der Rest ist nur ... *Politur*, aber nicht, wer du wirklich bist, Rainie."

Nicht, wer sie war?

„Es ist wie bei Kleidung. Manchmal verkleidet man sich für einen Anlass. Aber, Süße, wahre Freunde mögen dich, egal was du trägst. Der Mann, der dich liebt, wird dich ohne Politur ... oder Kleidung anbeten."

Sie starrte ihn an.

Er grinste. „Und wenn wir schon bei dem Thema sind: Ich liebe dich nackt."

Eine Sekunde später trat er zurück.

Wachs spritzte auf ihren Bauch, über eine Brust und wieder runter. Immer und immer wieder. Hitze breitete sich auf ihrer Haut aus und schoss durch sie, wuchs und baute sich auf, bis sie in einer Wolke aus Empfindung davonschwebte.

Jake stoppte, um sein Werk zu begutachten. Rainies Körper war mit einem Schweißfilm bedeckt, und das Wachs leuchtete in den Kerkerlichtern.

Er hatte das Gefühl, ein paar Meilen hinter einem Lastwagen hergezogen worden zu sein, und war dennoch begeistert von den Fortschritten, die sie gemacht hatten. *Fuck*, sie hatte eine höllische Kindheit gehabt. Jeder einzelne Mensch hatte sie enttäuscht. In gewisser Weise war er Teil ihres Traumas gewesen. Diese scheußliche Offenbarung wollte ihn einfach nicht loslassen.

Sie hatte ihn auf Jennifers Party gesehen.

Zu der Zeit war er fast einundzwanzig gewesen, hatte gerade

angefangen, BDSM mit seinem Mentor zu erforschen und darüber nachgedacht, sich zu verpflichten. *Zur Hölle nochmal*, wäre er ihr nur an diesem Tag begegnet, was hätte er ihr erspart? Reue nagte an ihm.

Nur fragte er sich, ob sie heute die Frau wäre, die er gerade vor sich hatte, wenn sie den Herzschmerz und das Trauma durch ein Kennenlernen mit ihm vermieden hätte.

Alle ihre Freunde und sogar seine Kunden in der Praxis vertrauten Rainie ihre Lebensgeschichten an – weil sie zuhörte, ohne zu urteilen. Denn Mitgefühl war so stark in ihr verwurzelt, dass jeder in ihrer Nähe es spüren konnte und sich magisch angezogen fühlte.

Das Schicksal musste Rainie auf diesen Pfad geschickt haben. Sie war eine erstaunliche Person und ja, sie wollte höher klettern, als sich irgendjemand vorstellen konnte.

Aber ... *verdammt*, wenn er daran dachte, was sie durchmachen musste, konnte er ein Knurren nicht zurückhalten. Sogar ihre geliebte Mentorin hatte in Rainies Verstand ein Chaos angerichtet. Mit den besten Absichten hatte Miss Lily versucht, einen brillanten Geist neu zu entwerfen, anstatt ihr den Unterschied zwischen dem inneren und äußeren Erscheinungsbild beizubringen.

Er seufzte. Mit einer Session würde er diese Unsicherheiten nicht aus der Welt schaffen. Sie würden oft auf diese Themen zurückkommen müssen. Auch sollte er ansprechen, dass sie eine Therapie machte.

Als er mit der Hand durch seine Haare fuhr, beschloss er, dass es ihm auch nicht schaden würde, sich einen Therapeuten zu suchen. Es gab ein paar Probleme, die er näher beleuchten sollte.

Heather hatte es ihm deutlich zu verstehen gegeben. *„Wenn du gesagt hättest, dass du mich brauchst, wenn du auch nur den geringsten Hinweis gegeben hättest, dass es dir irgendetwas ausmacht, mich zu verlieren, wäre ich nie in der Lage gewesen, zu gehen."* Er würde den gleichen Fehler nicht zweimal machen.

Jake nahm Rainies Hand in seine. „Sieh mich an, Süße."

Ihre Augen waren wieder glasig. Gut. So würde es ihr nicht gelingen, gegen seinen Befehl, sein Flehen anzugehen und sich erneut in dem Gefühl zu verlieren. Sie würde seine Aufrichtigkeit in seiner Stimme hören. „Rainie, ich liebe dich, so wie du bist. Bitte verlasse mich nicht."

„Jake", hauchte sie. Ihre grünbraunen Augen klarten auf und fanden sein Gesicht. „W-Was?"

„Ich brauche dich, Süße. Bleib. Bleib bei mir." Wenn er könnte, würde er mit ihr umziehen, aber er und Saxon besaßen die Praxis zusammen.

„Brauchst mich?" Rainies Stirn runzelte sich. „Nein."

Sein Kiefer spannte sich an. Hatte er sich, was ihre Gefühle anging, geirrt?

„Ich bin nicht gut für dich. Deine Zukunft wird Schaden nehmen. Wenn ich mehr bin, besser –"

Er musste Tränen zurückblinzeln. *Gott*, er war wirklich ein Idiot. Nicht gut genug für ihn? „Du bist perfekt, Süße. Alles, was ich mir in einer Frau wünsche. Ich möchte nicht, dass du dich änderst."

Und das nächste Mal, wenn er sie bat, eine Liste ihrer Stärken und Schwächen zu erstellen, würde er seine eigene schreiben und sie mit ihr teilen.

Seine Worte schwebten in den Wolken und schossen dann wie Blitze in Rainies Seele. Sie blinzelte, unsicher, ob sie ihn wirklich vor sich hatte. Aber er stand neben ihr, seine Augen strahlend grün. Und schließlich küsste er sie.

Oh ja, es war Jake.

Er hob seinen Kopf und sie blinzelte, als die Welt und der Abend in den Fokus rückten. Der Kerker. Ihre Wette. Seine Beichte.

„Rainie, ich liebe dich, so wie du bist. Bitte verlasse mich nicht." Er hatte gesagt, dass er sie liebte.

Oh. Mein. Gott!

Ihre Brüste prickelten, als das Wachs abkühlte. Ihre Haut kribbelte und pochte vor Hitze, als hätte jemand den Thermostat ihrer Empfindungen nach oben gedreht.

„Vertraust du mir, Baby?", fragte er.

„Ja." Das tat sie. Das tat sie wirklich.

Er grinste und setzte ihr die dunkle Brille wieder auf. Dann hob er etwas Langes und Glänzendes vom Tisch.

Es schwankte, blies sich auf, krümmte sich in der verzerrenden Brille. Trotz allem verstand sie, dass er ein Messer hielt.

Ihr Inneres wollte zusammenzucken, aber sie atmete aus, schloss die Augen und ließ alle ihre Zweifel gehen. Er würde ihr nie wehtun. Nicht Jake.

Die Klinge brannte, als sie ihre obere Brust berührte. Panik ergriff sie und sie erstarrte. Er verbrannte sie, brandmarkte sie, schnitt sie.

Er würde doch nicht. Nein, das würde er nicht. Eine Sekunde später erkannte sie, dass die Verbrennung ... kalt war. Das Messer war kalt. Und nass. „Du sadistisches Arschloch." Ihre Stimme kam heiser heraus.

Das Geräusch seines Lachens war wie Sonnenlicht, das durch den Morgennebel brach.

Stück für Stück löste er das Wachs von ihrer Haut und bildete kleine Haufen neben ihr. Sie musste zugeben, dass sich das langsame Kratzen des Messers unglaublich erotisch anfühlte.

Die Brille und die Riemen kamen ab. Er löste die Pussy-Pumpe und entfernte den Analplug. Jede Zelle in ihrem Körper war außerordentlich empfindlich und zitterte.

„Hoch mit dir." Ohne ein Anzeichen von Anstrengung trug er sie im dunklen Kerker zu einer Couch.

Auf ihm ausgebreitet, entspannte sie sich in seinen Armen. *Gott*, sie hatte ihn so sehr vermisst. Nur in seinen Armen hatte sie sich jemals so sicher gefühlt. Als sie ihre Wange an seiner Schulter rieb, lockte sein Duft sie näher, als würde sie nachhause kommen – ein Zuhause, wie sie es noch nie zuvor gekannt hatte.

„Rainie."

Sie hob den Kopf.

„Ich liebe dich, Rainie. Verlass mich nicht."

Wie konnte sie ihn verlassen? Aber ... sie konnte auch nicht bleiben. Sie war nicht gut genug. Halt, nein, das war sie sehr wohl! Er wollte keine andere. Nur sie. Und sie liebte ihn – unwiderruflich. Ihre Stimme brach, als sie nach ihrer Zukunft griff. „I-Ich möchte bei dir bleiben."

Freudestrahlend sah er ihr in die Augen. Ihre Tränen flossen erneut. Er brauchte sie wirklich.

Er küsste sie, berührte seine Lippen sanft mit ihren. „Ich helfe dir mit deiner *Politur*, wenn du das willst. Solange du die wundervolle Person bleibst, die du in dir trägst."

Ein Schluchzer löste sich.

Sein Daumen wischte ihre Tränen weg. „Ich kann dir auch dabei helfen, hier in der Nähe an einen Firmenjob zu kommen – obwohl es unsere Mitarbeiter und Kunden wohl erschüttern wird, dich zu verlieren."

„Ich liebe deine Praxis", flüsterte sie.

„Dann bleib. Bleib in der Praxis. Sei mein, Rainie."

Ihr Herz dehnte sich schneller aus, als sie ertragen konnte, drückte gegen ihre Rippen und erfüllte sie mit nie gekannter Glückseligkeit. Ihre Worte sprudelten ihre Kehle hoch und über ihre Lippen: „Ich liebe dich, Jake."

Zuerst sah sie die Freude in seinen Augen, dann formten sich seine Lippen zu einem breiten Lächeln. „Ich habe lange darauf gewartet, das zu hören." Er küsste sie langsam, besitzergreifend und machte seinen Anspruch auf sie deutlich.

„Jetzt zu einer anderen Sache, die ich nicht erwarten kann." Sein Blick erhitzte sich, als er sich auf der Armlehne der Couch zurücklehnte und sie rittlings auf seinem Schoß positionierte.

Bei jeder Bewegung rieb ihre akut geschwollene Pussy über

seine verdeckte Erektion. Er hob sie etwas an, öffnete seine Hose und rollte sich ein Kondom über.

Er hielt ihren Blick mit seinem und schob seinen Schwanz zwischen ihre geschwollenen Schamlippen. Obwohl sie extrem feucht war, zuckte sie bei dem Kontakt seiner steinharten Erektion an ihrem missbrauchten Geschlecht zusammen.

„Ja, das wird Spaß machen", murmelte er mit einem bösen Funkeln in seinen Augen. „Du wirst noch enger sein als sonst." Er packte ihre Hüften und zog sie hart auf seinen dicken Schwanz.

Als er mit seiner stählernen, warmen Länge in sie eindrang, überschwemmten die Empfindungen ihren Verstand und sie wölbte instinktiv den Rücken. Mit einem gnadenlosen Griff verhinderte er ihren Versuch, ihn wegzustoßen.

Diese demonstrierte Kontrolle sandte zusätzlich Hitze zu ihrer Mitte. Langsam, unerbittlich glitt er vollständig in sie.

„Ohhh." Das Stöhnen entrang, ihre empfindlichen Schamlippen beinahe nicht in der Lage, mehr Empfindungen zu ertragen. Seine Finger festigten sich an ihrem Hintern und stellten so sicher, dass seine pulsierende Länge in ihr blieb.

Mit den Handflächen auf seiner Brust lehnte sie sich vor und schaute auf sein attraktives Gesicht hinunter, als sich das Unbehagen allmählich in eine wunderbare, herannahende Ekstase verwandelte. Sie zappelte auf ihm, wehrte sich gegen seinen Griff und erkannte, dass ihre geschwollene Klitoris auf erregende Weise über sein Schambein rieb.

„Rainie, sag: Ich bin perfekt, so wie ich bin. Ich muss mich nicht ändern, um geliebt zu werden."

„Was?" Sie starrte ihn ungläubig und zunehmend frustriert an. „Mister, das hier ist Sex, keine Therapiestunde."

Sein tiefes, herzhaftes Lachen war der schönste Klang aller Zeiten und füllte die Höhlen in ihrer Seele bis zum Überlaufen. „Du bist es, die Effizienz mag, Baby." Sein Kinn hob sich und sein verlockender Blick schmolz ihre Einwände schneller dahin, als das Wachs von der Kerze getropft war. „Sag. Es", befahl er.

Die Worte glitten ihr über die Lippen: „Ich bin perfekt, so wie ich bin. Ich muss mich nicht ändern, um geliebt zu werden." Dann wackelte sie mit den Hüften und brachte ihn wieder zum Lachen. „Jetzt lass uns –"

„Nochmal."

„Ich bin perfekt, so wie ich bin. Ich muss mich nicht ändern, um geliebt zu werden." Sie war außer Atem. „Ich fange jedoch an, Zweifel an deiner Perfektion zu haben."

Grinsend beobachtete er sie dabei, wie sie versuchte, nach oben zu kommen. Ihre Augen schlossen sich bei der heißen Reibung seines Schwanzes über die Wände ihres Geschlechts. Mit angespannten Schenkeln behielt sie seine Eichel in ihrer Enge.

Im nächsten Moment riss er sie so hart und schnell auf seine Länge, dass ein Miniorgasmus durch sie jagte und sie vor Lust stöhnte.

„Sag es nochmal."

„Jake!" War das gerade ihr Wimmern? Ihre Haut war glühend heiß und sandte Hitzewellen durch den Raum. Ihre Klitoris pochte, ihre Pussy brannte und – „Ich bin perfekt, so wie ich bin. Ich muss mich nicht ändern, um geliebt zu werden." Und dann fügte sie zwei weitere dieser verdammten Affirmationen hinzu, einfach weil sie es konnte.

„Gutes Mädchen." Glucksend stieß er drei Mal in sie, das Gefühl so berauschend, dass sie beinahe gekommen wäre.

„Bitte ..." Mit hochgezogenen Augenbrauen skandierte sie: „Ich bin perfekt, so wie ich bin. Ich muss mich nicht ändern, um geliebt zu werden." Immer und immer wieder.

„Lauter." Er hob sie leicht an.

„Ich bin perfekt, so wie ich bin. Ich muss mich nicht ändern, um geliebt zu werden. Ich muss allerdings meinen Master gleich hauen. Ich bin perfekt, so wie ich bin."

Sein Lachen ließ ihr Inneres beben.

Er bewegte sich. Endlich bewegte er sich! Auf und ab. Hoch

und runter.

Der Druck in ihr baute sich auf, eine aufkeimende Welle, die eine Erlösung mit sich brachte, näherte sich dem Strand. Der Tsunami aus Empfindungen, erschreckend in seiner Größe und Stärke. Dann beschleunigte er seine Stöße.

Gott, Gott, Gott!

Während die Flutwelle höher und immer höher stieg, packte er ihre Hüften und hob sie von seiner Erektion. Auf seiner Eichel fixierte er sie und sagte: „Sieh mich an."

Ihre Augen öffneten sich. Jeder Muskel in ihrem Körper war starr.

„Rainie, ich liebe dich. Ich liebe dich, so wie du bist." Seine Mundwinkel zuckten, und dann riss er sie auf seinen Schwanz und vergrub sich so tief in ihr, dass sie sich von der Unendlichkeit beherrscht fühlte.

Der Höhepunkt krachte in sie, schwappte durch sie und um sie herum in einem so massiven Feuerwerk aus exquisiten Empfindungen, dass sie begleitet von ihren Lustschreien eine Antwort auf seine Worte herausbrüllte: „Ich liebe dich, liebe dich, liebe dich!"

Jake lag mit geschlossenen Augen auf der Couch des Kerkerraumes und genoss es, eine weiche, runde Frau in den Armen zu halten. Die Erlösung strahlte noch immer wie die Sonne an einem Julitag in Florida durch ihn. Irgendwann – vielleicht heute Abend – plante er, aufzustehen, das Equipment zu reinigen und seine Frau nachhause zu bringen.

Im Moment jedoch war er nicht geneigt, sich zu bewegen.

Von irgendwo in der Nähe driftete ein Geräusch zu ihm.

Es war erneut zu hören und dann erkannte er, um was es sich handelte. Ein Mann räusperte sich höflich.

Jake öffnete die Augen.

Z stand schmunzelnd neben der Couch und betrachtete Rainies unbewegliche Gestalt.

Er reichte Jake eine Flasche Wasser, bevor er eine flauschige Decke über Rainies nackten Rücken und Hintern drapierte. „Peggy wird die Ausrüstung reinigen", sagte er. „Es gibt also keinen Grund, dich in absehbarer Zeit zu bewegen."

Der Dom war ein Heiliger.

„Danke, Z." Jake fuhr mit seiner Hand durch Rainies seidiges Haar und legte dann die Finger auf ihren Nacken. Der Besitzanspruch, der in ihm aufkeimte, war beunruhigend, aber fühlte sich auch … verdammt gut an. „Übrigens: Ich schätze das Gespräch, das wir hatten. Und die Wette."

„Es war mir ein Vergnügen." Z neigte seinen Kopf etwas. „Kann ich davon ausgehen, dass ich eine weitere Auszubildende verloren habe?"

Rainie hob den Kopf, ihr Blick auf Jakes Gesicht gerichtet.

„Ich fürchte ja, Z." Er berührte ihre Wange, lächelte und bekam nicht genug von der Freude in ihren Augen. „Diese kleine Sub gehört mir."

KAPITEL VIERZEHN

„**I**ch bin mir** sicher, dass Jake hier irgendwo ist."

Beim Klang der Stimme seiner Mutter grunzte Jake und schaute von den Papieren auf seinem Schreibtisch auf. „Es kann nicht schon sieben sein."

Sie schlenderte in sein Praxisbüro, gekleidet in eine kamelfarbene Freizeithose und ein maßgeschneidertes Seidentop. „Ich fürchte schon, mein Schatz."

Sein Vater und Jennifer füllten die Tür.

„Beeil dich, J. Ich bin am Verhungern", verkündete seine Schwester.

Er grinste bei dem Spitznamen, den sie schon seit der Kindheit teilten, und warf seinen Stift auf den Schreibtisch. „Ich auch, J. Hat Rainie euch reingelassen?"

„Nein, Ceecee. Sie war auf dem Weg nach draußen", antwortete sein Vater. Sein Blick landete auf den Papieren, die picobello auf dem Schreibtisch lagen, und den Stapel an Briefen, die sich nach Jakes Unterschrift sehnten. Anerkennung war in seinem Nicken zu lesen. „Sehr ordentlich."

„Rainies Werk." Jake stand auf. „Sie muss hinten sein. Wenn ihr hier wartet, hole ich sie schnell und wir können los."

Im Flur lauschte er den Schritten, die ihm folgten. Er grinste. Natürlich warteten sie nicht. Die Neugier seiner Mutter auf Rainie hatte ihren Höhepunkt erreicht. Daher auch die mütterliche Anweisung, dass sie zusammen zu Abend aßen.

Er passierte den Katzenraum und betrat den größeren Raum mit den Hundezwingern.

Leer.

Zu seiner Überraschung nahm er aus dem kleinen Vorratsraum laute Stimmen wahr – Rainies und der von einem neuen Mitarbeiter.

Rainie stand in der Tür, ihr Rücken Jake zugewandt. „Dr. Sheffield bezahlt das Personal für die Tiere. Das bedeutet, dass die Zwinger sauber gehalten und die Wasser- und Futternäpfe regelmäßig aufgefüllt werden müssen." Ihre Hände hatte sie in die Hüften gestemmt. „Ich weiß nicht, was du in den letzten Stunden getan hast, Duke, aber deine Arbeit war es nicht."

„Oh, komm schon, Rainie. Ich habe es also ein wenig vermasselt."

„Die Hunde sind krank. Ihre Genesung hängt davon ab, dass sie mit dem Wesentlichen ausgestattet werden. Nahrung, saubere Zwinger, Wasser und Aufmerksamkeit. Das ist nicht zu viel verlangt. Und du hast sie enttäuscht."

„Fuck, mach mal halblang. Es wird nicht nochmal passieren."

Sie seufzte. „Wenn du während der Probezeit eines neuen Jobs solche Fehler machst, wirst du das auch später. Heute wirst du lernen, was es mit Konsequenzen auf sich hat. Wir sind hier fertig."

Jakes Mutter flüsterte: „Also das ist eine geborene Mutter." Sein Vater murmelte seine Zustimmung.

Obwohl er auf das Arschloch wütend war, musste Jake ein Grinsen unterdrücken. *Gut gemacht, Süße.*

„Scheiße, du kannst mich nicht feuern!", zischte Duke.

„Das kann ich sehr wohl. Um genau zu sein, habe ich das gerade getan." Sie schüttelte den Kopf und ihr geflochtener Zopf schwang über ihren Rücken, den sie sich vorhin geflochten hatte, um mit einem Wurf Kätzchen zu spielen. „Keiner von uns hat die Zeit, dich ständig zu überwachen. Du kannst gehen."

„Ihr könnt es euch nicht leisten, mich rauszuwerfen. Zur Hölle nochmal, diese Praxis hat nie ausreichend Personal. Wirst du selbst Scheiße schaufeln?"

„Aus diesem Grund haben Jake und Saxon mich angeheuert. Ich bin nämlich so organisiert, dass ich immer ein halbes Dutzend Aushilfen zur Hand habe, die gerne einspringen." Sie sah auf die Uhr. „Deine Position wird fünf Minuten nach deinem Abgang bereits wieder besetzt sein."

Sie wies auf die Schließfächer der Mitarbeiter. „Hole deine Sachen und komm dann nach vorn. Ich werde dir deinen letzten Scheck schreiben."

„Du dumme Fotze. Du fickst also den Boss, super. Denkst du wirklich, dass er dich nicht auf die Straße setzt, sobald er eine heißere Braut für sich findet?"

Gerade im Begriff sich umzudrehen, stoppte sie und starrte ihn nieder. „Nein, ich glaube nicht, dass er das tun wird. Er liebt mich." Ihre Stimme wurde sanfter. „Und ich liebe ihn – genug, um deinen wertlosen Arsch vor die Tür zu setzen."

Ja, das klang ganz nach seiner Frau. Jake grinste ... und blinzelte. Oje, ein Mann sollte vor seiner jüngeren Schwester nicht in Tränen ausbrechen.

Mit dem Kiefer vor Wut angespannt, machte Rainie vier Schritte und entdeckte Jake zusammen mit drei weiteren Leuten direkt hinter ihm. *Oh nein! Nein, nein, nein!* Sie blieb wie angewurzelt stehen. Jakes Familie war diese Auseinandersetzung mit Duke ganz sicher nicht entgangen.

Nicht fair. Ganz und gar nicht fair. Rainie blickte sich um. Kein Fluchtweg in Sicht. Warum tat sich in Momenten wie diesen kein Loch im Boden auf?

Ein kurzer Blick verriet ihr, dass es sogar noch schlimmer werden konnte. Es handelte sich um Jakes Familie. Jakes Schwester war wunderschön, und seine Mutter war eine jener Frauen, die nie ihre Fassung verloren.

Rainies Hosen zeigten die schlammigen Spuren von einem Jack Russell, der gerne an ihr hochsprang. Ein riesiger gesprenkelter Fleck schmückte ihren linken Oberschenkel, wo eine Deutsche Dogge eine Pfote geparkt hatte, damit sie ja nicht vergaß, ihn zu streicheln. Zudem war ihre weiße Bluse durch einen Kratzer an ihrem Arm mit Blut befleckt.

Sie räusperte sich. „Seid ihr alle gerade erst gekommen?" *Bitte lass sie vor einer Sekunde in den Zwingerbereich gekommen sein.*

Belustigung zeigte sich in Jakes Augen. „Ich denke, wir haben den größten Teil der Show miterlebt."

Hinter ihr ertönten Schritte, und Duke erschien.

„Duke." Jakes Stimme kühlte ab. „Geh hinten raus. Dein unhöflicher Ton gegenüber Ms. Kuras führt dazu, dass du dein Recht für die sofortige Aushändigung deines letzten Schecks verwirkt hast. Wir werden ihn dir zuschicken."

Duke öffnete den Mund, überlegte es sich jedoch und verschwand.

Rainie starrte ihren Freund an. War es kitschig, dass sie Jakes Wut – auf jemand anderen – total heiß fand? *Lass das, Rainie.* Jakes Mutter stand gleich hinter ihm und beobachtete, wie Rainie ihren Sohn anhimmelte.

Rainie errötete. Als die Tür hinter Duke ins Schloss fiel, drückte sie die Schultern durch. Sie hoffte nur, dass Jakes Eltern nicht vor ihm unhöflich zu ihr wären. Sie dachte nicht mehr, dass er sie verlassen würde, wenn seine Familie seine Wahl in sie missbilligte. Dafür war er nicht der Typ und na ja, er liebte sie. Das zeigte er ihr jeden Tag.

Aber sie würde es hassen, Spannungen zwischen ihm und seiner Familie zu verursachen. „Mr. und Mrs. Sheffield, es tut mir leid, dass Sie das mitansehen mussten. Wenn Sie mich entschuldigen, ich muss mich darum kümmern, dass heute Abend jemand hier ist und sich um die Tiere kümmert."

In der Zwischenzeit konnte Jake mit seiner Familie die Praxis verlassen und –

„Kein Grund für Formalitäten, Liebes. Wir sind hier, um Jake und dich zum Essen auszuführen." Jakes Mutter hakte ihren Arm bei Rainie ein. „Ich bin Elaine und ich bin so glücklich, dich endlich kennenzulernen. Ich kann sehen, dass du so wundervoll bist, wie es mir berichtet wurde."

Erneut blieb Rainie wie angewurzelt stehen, sodass auch Elaine anhalten musste. „Was?"

Jakes Mutter brach in Lachen aus. „Oh, alle haben uns von der Frau erzählt, in die sich unser Sohn verliebt hat. Madeline Grayson, Zachary und seine Jessica, Saxon. Überschwängliche Berichte."

Überschwängliche Berichte? Aber …

Würden diese Leute jedoch herausfinden, wer Rainie war und wo sie herkam, wären sie nicht mehr so nett. Und Rainie konnte nicht damit umgehen, darauf zu warten, dass ihnen die rosarote Brille von den Augen fiel.

Sie knirschte mit den Zähnen und wappnete sich. Jake hatte ihr beigebracht, dass es ein Fehler war, ihre Vergangenheit vor geliebten Menschen geheimzuhalten. „Mrs. Sheffield, Sie sollten wissen, dass meine Eltern mich verlassen haben. Dann bin ich vor der Pflegefamilie geflohen. Ich bin nicht –"

„Jake hat uns das bereits erzählt." Jennifer trat vor, um Rainies freie Hand in ihre zu nehmen, und drückte sie ermutigend. „Aber, hey, wir waren zusammen in der Schule, erinnerst du dich? Ich wünschte nur … Damals habe ich gehofft, wir könnten Freunde werden. Vielleicht können wir das jetzt nachholen?"

„Aber …" Jakes Familie wusste von ihrer Vergangenheit? Und trotzdem waren sie hergekommen und wollten sie zum Essen ausführen? *Sie wollen mich besser kennenlernen und sich mit mir anfreunden?* Trotz der Wärme, die sie bei dem Gedanken erfüllte, unternahm sie einen letzten Versuch: „Meine Vergangenheit ist nicht gut. Ich habe auf der Straße –"

„Ja, ich wette, deshalb warst du in der Lage, dich gegen diesen Idioten eben durchzusetzen." Die Schwester hakte sich bei Rainies anderem Arm ein und zusammen liefen sie durch den Flur. „Ich hätte den Schwanz eingezogen. Du warst super!"

„Das war sie, oder?" Elaine klang ... stolz.

Rainies Atmung stockte. Sie blieb erneut stehen und blinzelte verzweifelt die Tränen zurück.

„Na aber." Starke Hände schlossen sich um ihre Schultern, und Jake zog sie von den Frauen weg und in seine Arme. „Sie ist die taffste Frau, die ich kenne, jedoch bricht sie zusammen, wenn du zu nett zu ihr bist. Seid gewarnt."

„Verstanden", sagte Elaine. Sie lächelte sowohl Rainie als auch Jake an und rief ihren Mann und ihre Tochter mit einem Blick zu sich. „Wir werden vorne auf euch warten."

Und als sich die Schritte entfernten, hörte Rainie Elaine flüstern: „Sie ist ja sowas von perfekt für ihn. Saxon hatte Recht."

„Glaubt ihr, Jake würde sie mir ausleihen?", fragte Mr. Sheffield. „Diese neue Sekretärin von mir könnte etwas Hilfe gebrauchen und –"

Sie machte Jakes Hemd nass, erkannte sie. Gleichzeitig wurde ihr bewusst, dass seine Brust bebte. Er lachte. Er lachte!

Sie zog sich zurück, um ihn wütend anzufunkeln.

„Fuck, du hast den süßesten gemeinen Blick", sagte er und küsste ihr den Ausdruck direkt von ihrem Gesicht. „Wenn du mir erneut sagst, wie sehr du mich liebst, Baby, werde ich – vielleicht – erlauben, dass du heute mit uns zu Abend isst." Sein Grinsen blitzte weiß in seinem gebräunten Gesicht auf, seine Hände lagen stark auf ihren Schultern und seine Augen füllten sich mit seiner Liebe für sie.

Sie musste sich räuspern und legte die Hände auf seine Wangen. „Ich liebe dich so sehr. Mehr, als ich sagen kann." Dann zog sie seine Lippen zu ihren.

Und sie wusste, dass der Kuss, den sie mit ihm teilte, in all den Jahren, die sie miteinander verbringen würden, als einer der liebevollsten aller Küsse gelten würde.

Sein Lächeln zündete ihr Herz, als befände sich in ihrer Brust eine Kerze.

„Mmmhmm." Er zog sie enger an seine Brust, als könnte er die wenigen Zentimeter, die sie trennten, nicht ertragen. „Damit kann ich leben, Buttercup. Ja, damit kann ich für den Rest meiner Tage leben."

- Ende -

LESEPROBE AUS BUCH 10

in der Reihe Die Master der Shadowlands

Ich freue mich, Euch allen einen Vorgeschmack auf Buch 10 in der *Die Master der Shadowlands*-Reihe zu geben.

Dieses Buch hat nie auf dem Plan gestanden. Ich schreibe über männliche Doms – nicht über Mistresses. Also ignorierte ich damals den zunehmenden Druck meiner Leser, die sagten, dass Mistress Anne eine Geschichte brauche.

Schließlich habe ich meine Entscheidung geändert, als mir der zerklüftete Sicherheitsmann des Shadowlands zugeflüstert hat, dass er sich eine Mistress wünscht. Ich wies darauf hin, dass sie *hübsche Jungs* als Sklaven bevorzugte und ... na ja, Ben war wahrscheinlich nie traditionell hübsch, nicht einmal als Baby. Nein, er ist ein zwei Meter großer Mann, muskulös und mit einer rauen Persönlichkeit. Seine Zeit als Army Ranger fügt der Liste *tödlich* und *von Narben übersät* hinzu.

Ben aber wollte nicht hören. Tatsächlich versicherte er mir, dass er es gewohnt sei, bei einer Mission Hindernisse zu überwinden. Und Junge, hat er seine Worte in die Tat umgesetzt.

Ich hoffe, ihr werdet alle Mistress Anne und Ben genießen.

Verdammte scheiße, **ihr** tat einfach alles weh.

Anne klopfte mit dem schmiedeeisernen Türklopfer auf seine knurrende Löwennase und drückte die Tür auf. Das verdammte Ding schien heute Abend viel schwerer zu sein als sonst.

Sie marschierte in den Eingangsbereich des exklusiven BDSM-Clubs, dem Shadowlands. Nun ja, sie versuchte, zu marschieren. Schließlich hatte eine Mistress ihren Stolz, aber das Hinken musste den Effekt zerstört haben.

Verflucht seien ihre Cousins. Selbstdarstellung gehörte auf den Baseballplatz, nicht auf einen Einsatz mit bewaffneten Schwerverbrechern.

Als sich die Tür hinter ihr schloss, hob der Türsteher vom Shadowlands den Kopf. Sofort runzelte er die Stirn und umrundete den Schreibtisch. Mit seinen gut zwei Metern Körpergröße und den Schultern so breit wie ein Fußballfeld hätte der Goliath Schwarzeneggers Rolle im Film *Terminator* übernehmen können. „Was zum Teufel ist denn mit dir passiert?", knurrte er.

Ähm, okay. Sie hatte nicht gewusst, dass er seine Stimme erheben konnte. Er schien so ein Schatz zu sein, dass sie sich schon lange gefragt hatte, warum Z ihn für die Sicherheit im Club angeheuert hatte. Andererseits sah er aus wie ein Rottweiler – grobknochig, übergroß und zerschlagen – und vielleicht hatte er seine Fähigkeiten nie auf die Probe stellen müssen.

Er ragte über ihr und zog die Augenbrauen zusammen. „Ist mit dir alles okay?" Sein verblasster New York-Akzent war nun stärker herauszuhören.

„Hallo, Ben."

„Mistress Anne ..." Seine Stimme erinnerte an ein tiefes Grummeln, und sie zog eine Augenbraue hoch. Der Wachhund konnte also doch bellen.

„Alles gut." Sie tätschelte seinen Arm und fand steinharte Muskeln unter seinem losen Hemd. Sie musste sich – ganz unangemessen – fragen, was sich sonst noch unter dem Stoff verbarg.

„Hattest du einen Unfall? Soll ich jemanden anrufen?"

Sie lachte. Und blieb abrupt stehen, als der Schmerz in ihrer rechten Seite aufloderte. Es fühlte sich an, als hätte jemand einen in Flammen stehenden Speer zwischen ihre Rippen gejagt. *Nicht lachen, du Idiotin.* Sie legte ihre Hand auf die schmerzende Stelle und freute sich, dass ihr Bustier, das sie über einem Kleid trug, eine angemessene Stütze für einen angeschlagenen Brustkorb bildete. „Der einzige Unfall war die Notwendigkeit, ein unzureichendes Mitglied meines Teams zu retten." Weil ihr Cousin den Flüchtigen ausfindig gemacht und versucht hatte, den Mann festzunehmen, ohne auf Verstärkung zu warten. Weil der Verbrecher ihm die Pistole aus der Hand getreten hatte. Weil sie sich einmischen musste, um vorzubeugen, dass Roberts Kopf von einem Baseballschläger zertrümmert wurde. „Er hat ein paar gute Schläge gelandet" – und einen Tritt auf ihren Oberschenkel – „bevor ich ihn niederringen konnte."

Die verengten Augen in Bens Gesicht ließen ihn eindrucksvoll bedrohlich aussehen.

Aber nach einer Sekunde schüttelte er den Kopf und kehrte an seine Position zurück, wobei er es schaffte, dass sich die Luft weiterhin aufgewühlt anfühlte, als wäre ein Gewitter über sie hinweggezogen. Er legte eine Hand auf den Schreibtisch und runzelte die Stirn. „Flüchtige Verbrecher einzufangen, ist gefährlich. Vielleicht solltest du ..." Er verstummte, ihr eisiger Blick lähmend.

Ihr Vater und ihre Onkel dachten ähnlich, und sie gab Bens Einwänden die gleiche sorgfältige Überlegung, die sie ihren Verwandten zuschrieb. *Nicht eine.*

„Benjamin", sagte sie leise. Sie begegnete seinem Blick, hielt ihn mit ihren Augen gefangen. „Wenn ich deine Meinung zu meinem Beruf hören will, werde ich sie aus dir herauspeitschen."

Er setzte sich langsam hin – und sie war beeindruckt, da die meisten bei ihrem Ton Wackelpudding in den Knien erfuhren. Aber dies war ein Mann. Vor wenigen Minuten hätte sie ihn noch als Vanilla-Mann bezeichnet, doch nun stieg Hitze in seine

Wangen und Lippen auf. Und die Besorgnis in seinen Augen hatte sich in eine erregende Nervosität verwandelt.

Interessant.

Schnell schüttelte sie den Kopf. An Vanilla hatte sie kein Interesse.

Und sie würde sich sicherlich nicht auf einen Mitarbeiter von Z einlassen.

Zum Abschied hob sie eine Hand und schlenderte – hinkte, *verdammt nochmal* – in den Hauptraum des Clubs. Direkt zu herzzerreißenden Schreien, flackernden Wandleuchtern und den Düften nach Schweiß und Schmerz.

Trautes Heim, Glück allein.

ÜBER DIE AUTORIN

Über die Autorin

Autoren sagen oft, dass ihre Protagonisten mit ihnen argumentieren. Dummerweise sind Cherise Sinclairs Helden allesamt Doms. Was bedeutet, dass sie keine Chance hat, jemals ein Argument für sich zu entscheiden.

Als USA-Today-Bestsellerautorin ist Cherise dafür bekannt, herzzerreißende Liebesromane mit hinreißenden Doms, amüsanten Dialogen und heißem Sex zu schreiben. BDSM, Leute. BDSM! Wer kann dazu schon ‚Nein‘ sagen?

Mit den Kindern aus dem Haus lebt Cherise mit ihrem geliebten Ehemann und ihren Katzen am pazifischen Nordwesten, wo nichts gemütlicher ist als ein regnerischer Tag, den sie damit verbringt, neue Bücher zu schreiben.

Rezensionen:

Ich hoffe, Dir hat das Buch gefallen! Ich würde mich freuen, wenn Du für Sam und Linda eine Rezension verfasst. Das hilft mir als Autor und auch anderen Lesern, die auf der Suche nach neuem Lesestoff sind.